74

© 2013 Neri Pozza Editore, Vicenza
ISBN 978-88-545-0776-0

Il nostro indirizzo internet è: www.neripozza.it

MARCO MONTEMARANO

LA RICCHEZZA

NERI POZZA

Gargalesi

1.

Mario aveva tredici anni e faceva la seconda media quando suo padre telefonò in piena notte all'autista privato, l'ex maresciallo dei carabinieri De Rosa, lo stesso che andava a prelevarlo a casa la mattina presto per portarlo a Montecitorio. Gli disse di prendere l'auto e di raggiungerlo immediatamente.

«A via Cola di Rienzo o al residence, Onorevole?».

«Al residence, De Rosa, al residence. Mi ci ha riaccompagnato lei quattro ore fa, non si ricorda? Faccia presto, per carità».

«Arrivo subito, Onorevole».

Il maresciallo si presentò su una Fiat 130 munita di lampeggiante. Era un ricordo dell'Arma e in casi di emergenza lo usava ancora anche se non era legale. Secondo la leggenda di famiglia, quella notte di primavera del 1974 il maresciallo impiegò dodici minuti a percorrere la strada da Monterotondo, il sobborgo in cui alloggiava, al Residence Salario.

«Di qua, De Rosa. Si sbrighi».

«Ma che succede, Onorevole...».

«De Rosa, ma che domande fa. Svelto, venga».

L'ex carabiniere vide Maddalena, la figlia dell'Onorevole Pedrotti, seduta sui talloni con la schiena contro la parete del corridoio, e pensò che si era fatta carina. Guardò l'orologio e si accorse che erano le due e mezzo di notte.

L'Onorevole trascinò De Rosa per il polsino dentro la stanza dei due fratelli. Era una cameretta minuscola e c'era spazio appena per i due lettini. Non era la prima volta che ci entrava, dai Pedrotti circolava come uno di casa. Si domandò ancora una volta perché due ragazzoni quasi adulti dovessero dormire in una specie di sgabuzzino se persino il cane Brina aveva una stanza tutta sua, in quell'appartamento di trecento metri quadrati.

Fabrizio Pedrotti, che a quattordici anni era alto un metro e ottantacinque, stava in piedi in mezzo alla cameretta come se il suo corpo fosse un fantoccio ingiustificabile e non sapesse come disfarsene. Aveva l'aria pentita delle grandi occasioni e si domandava se ci fosse un modo per tirarsi fuori da quella brutta storia.

La madre dei ragazzi piagnucolava sul bordo del letto di Mario. Stringeva la mano del ragazzo, che si era fatto cosí pallido da emanare bagliori fosforescenti nella penombra.

«Fabrizio, levati e vattene di là. E anche tu, Elena» comandò l'Onorevole. «De Rosa, lei mi aiuti per favore».

Maddalena entrò in camera e aiutò sua madre ad alzarsi, la guidò fuori abbracciandole le spalle. Fabrizio uscí sul corridoio ma rimase appena dietro la soglia a origliare. Il maresciallo si chinò su Mario, lo toccò attraverso le coperte, gli appoggiò due dita sul collo. Poi sollevò lo sguardo.

«Onorevole, ma è morto...» sussurrò.

«Morto?» sibilò l'Onorevole cercando di non farsi sentire dalla moglie. «Che morto, De Rosa. Non è morto ha capito, non è morto».

«Portiamolo subito all'ospedale allora».

«E per cosa crede che l'abbia fatta venire? Svelto, mi aiuti ad alzarlo».

Ma poi fu il maresciallo da solo a sollevare Mario dal letto e a trasportarlo fino alla Fiat 130. Si stupí di sentirlo leggero come un bambino di otto anni. Lo adagiò sul sedile posteriore. Mise in moto l'auto e azionò ancora il lampeggiante. Maddalena riuscí a intrufolarsi accanto a suo fratello, gli sollevò il capo e se lo posò in grembo, sulla camicia da notte. L'auto partí a razzo verso il Policlinico.

Storto sul sedile davanti, l'Onorevole continuò ad accarezzare la fronte gelida di Mario per tutto il tragitto che, sempre secondo la leggenda, durò appena otto minuti. De Rosa spinse l'auto a velocità folle nella notte romana. Il tachimetro segnò i centoquaranta su viale Regina. Eppure, mi raccontò Maddalena qualche anno dopo, guidava con la calma di chi cerca parcheggio sul litorale di Ostia la domenica mattina.

L'Onorevole diede piú carezze a suo figlio Mario durante quel viaggio in macchina che in tutto il resto della sua vita.

Un'ora prima Fabrizio si era svegliato scontento di sé a causa di un sogno di cui non si ricordava e che però non se ne voleva andare completamente. Non era la prima volta che si svegliava cosí, con le gambe che gli tremavano. Da qualche tempo la cosa si ripeteva spesso. Per calmarsi agitò e ruotò le gambe sotto le lenzuola come se andasse in bicicletta o corresse sdraiato. Ma poi iniziò a respirare affannosamente, gli venne sete. Sicuramente c'entravano i compiti che non riusciva a finire e c'entravano le ragazze, in particolare Federica Cersosimo, che andava in giro a dire di essere la sua fidanzata. E poi c'erano gli allenamenti e le cose segrete e inconfessabili della sua vita, che aumentavano ogni giorno e che nell'oscurità immaginava scoperte dalle persone sbagliate.

Si alzò. Attraversò al buio lo stretto spazio tra i due letti e si sedette sul bordo del materasso di Mario. Adesso sentiva un fremito tra il palato e la radice del naso, una specie di istinto a mordere. Recentemente gli era capitato di svegliare suo fratello a morsi sulle braccia o anche sulla pancia. Ormai conosceva il sapore della pelle di Mario, salata come dopo un bagno di mare con un retrogusto di gas da accendino. Ma morderlo e basta non lo soddisfaceva. Preferiva sfinirlo con il solletico. A lungo. Molto a lungo. Finché Mario smetteva di dare segni di vita.

Mario stava sognando di volare o di oscillare su un tappeto. Quel sogno, che si produceva nella sua mente ogni volta che Fabrizio veniva a sedersi sul ciglio del suo letto, precedeva un altro sogno brevissimo e terrificante, quello in cui si sentiva precipitare. Quando si svegliò si accorse di rotolare verso suo fratello lungo il materasso inclinato e capí subito che cosa gli stava per succedere.

«No, ti prego, no» implorò con una voce disarticolata dal sonno. E intanto, nell'oscurità, saggiava con una mano lo spazio accanto al fianco massiccio di Fabrizio. Il suo primo istinto era sempre quello di fuggire. Di mettersi a scalciare alla cieca sperando di riuscire a smuovere il macigno del corpo di suo fratello per poi gettarsi a terra, rotolare sul pavimento, provare a raggiungere la porta. A volte vendeva cara la pelle a quel nemico grande il doppio, il triplo di lui. Ma l'unico risultato che otteneva era quello di eccitare ancora di piú Fabrizio, che poi si mostrava spietato.

Quella notte non ci fu nessuna lotta, però. Fabrizio aveva fretta, il suo bisogno di tormentarlo era urgente. Lo schiacciò contro il letto con una sola mano.

«Se urli so' cazzi tuoi» gli bisbigliò nell'orecchio. Ma Mario non avrebbe urlato mai e poi mai. Non sarebbe comunque riuscito a farsi sentire dai suoi genitori, che dormivano nell'altra ala della casa.

Fabrizio, a quattordici anni, pesava ottantasei chili. Da qualche tempo aveva iniziato a giocare a rugby al centro sportivo dell'Acqua Acetosa. A scuola i compagni gli palpavano i muscoli e Federica Cersosimo gli metteva le mani addosso sotto il maglione.

Mario a tredici anni pesava trentasette chili.

«E no, dai, no, dai, ah ah ah ah, no, ah ah ah ah ah ah ah ah ah ah ah, nooo, ah ah ah ah ah ah ah ah, ah ah ah ah ah ah ah ah ah ah...».

Mario arrivò in fondo alla risata coi polmoni vuoti e si immobilizzò. Fabrizio, che aveva cominciato a provare un po' di sollievo e già meditava di tornarsene a dormire, aspettò un po'. Quando vide che suo fratello non riprendeva fiato pensò che simulasse. Sollevò le mani dal corpo magro come faceva ogni volta giusto un attimo prima che Mario soffocasse. Un minuto di solletico, una tregua per farlo respirare, un altro minuto di solletico, un'altra piccola tregua.

Qualche volta si divertiva a dargli l'illusione di potersi salvare. Mario fuggiva dal letto, riusciva a raggiungere la porta della cameretta e ad aprirla, a proiettarsi sul corridoio. Fabrizio contava fino a tre poi si gettava all'inseguimento. Lo braccava, si tuffava nel buio, lo agguantava prima che lui riuscisse a raggiungere la porta che dava sul salone. Se Mario fosse riuscito ad aprirla anche una sola volta gli sarebbe bastato gridare e qualcuno sarebbe accorso. Fabrizio sarebbe stato smascherato. A Mario sarebbe stata assegnata una camera tutta sua. Avrebbe potuto chiudersi finalmente a chiave.

Ma non c'era mai riuscito, a raggiungere quella porta. Suo fratello lo acciuffava proprio quando stava per sfiorare la maniglia. Lo abbatteva appiattendolo sotto il peso del suo corpo come in un placcaggio di rugby. Lo tormentava col solletico, lí sul pavimento freddo, fino a stancarsi. Poi gli si addormentava addosso e Mario doveva svegliarlo scuotendolo, prendendolo a pugni. Fabrizio se ne tornava a letto grattandosi il culo. Lui rimaneva per terra.

Quando si rialzava e le orecchie smettevano di ronzargli scopriva che tutto intorno a lui era silenzioso. La notte, addormentata tra le pareti, non conservava traccia del male. Nella cameretta Fabrizio russava con un ronzio da insetto. Attraversare la casa, bussare alla porta dei suoi, era inconcepibile. Non gli avrebbero creduto. O forse sí, ma non avrebbero capito. Sua sorella Maddalena si sarebbe svegliata di malumore, sarebbe uscita dalla stanza, lo avrebbe sfottuto mortalmente. Gli avrebbe detto che puzzava. E il giorno dopo avrebbe raccontato alle sue amiche, belve sedicenni che circolavano di giorno in casa Pedrotti, che suo fratello a tredici anni se la faceva ancora addosso.

Durante le torture infatti Mario faceva la pipí e anche un po' di cacca. Mentre Fabrizio già dormiva, lui andava a farsi il bidè. Sciacquava le mutande, le asciugava col fon, le stendeva in bagno in modo da potersele rimettere la mattina dopo. Cercava un paio di mutande pulite nel comò della cameretta e si rimetteva a letto.

A colazione, il giorno dopo, avrebbe voluto raccontare tutto. Ma a dirli di giorno, con i rumori, il cane che correva in giardino, il giornale radio, l'odore del caffè, a dirli in piena luce quei tormenti sarebbero sembrati giochi da ragazzi. Non poteva certo importunare l'Onorevole o la madre con sciocchezze simili. In fondo che era successo? Avevano giocato. Mario aveva riso. Come lamentarsi del fatto che suo fratello lo aveva fatto ridere?

Quella notte però Mario non simulava. Fabrizio se ne accorse ma provò lo stesso a togliergli le mani di dosso e ad alzarsi in piedi per permettergli di fuggire. Suo fratello rimase immobile. Fabrizio tornò a sedersi sul bordo del letto e si accorse che Mario era scosso da un sussulto. Espirava leggermente, ritmicamente.

Ma da dove la tirava fuori ancora tutta quell'aria, dopo che i polmoni gli si erano svuotati? Provò di nuovo a posargli le mani sull'addome, sui fianchi. Lo stuzzicò tra le costole con la punta delle dita, lí dove di solito impazziva dimenandosi come un'anguilla. Lo sentí duro, legnoso. Il corpo di Mario si era ritirato, tutti i suoi muscoli erano contratti. Sembrava passato per le mani di quei cannibali che aveva visto alla tv, quelli che rimpicciolivano le teste dei nemici. Fabrizio si alzò in piedi.

«Va bene, basta» disse. «Dai, basta, torno a letto. Ok? Alzati. Ti do la paga delle prossime due settimane. Ok? Dai. Dai!».

Si chinò nuovamente su di lui. Mario sembrava aver riversato la materia del corpo nel suo rovescio, raggiungendo un punto di impossibile densità. Pareva una carruba secca. Fabrizio accese la luce. Quando gli occhi si furono abituati alla luce vide che la faccia di Mario aveva lo stesso colore del legno nero rossastro delle librerie in salone. Allora corse a dare l'allarme.

Il primo ad accorrere fu l'Onorevole.

«Che ostia è! Che ostia è!» sbraitò con accento trentino quando vide Mario. Fece una piroetta e la sua mano aperta centrò una guancia di Fabrizio. Ma lo schiaffo arrivò privo di forza, come uno straccio. Fabrizio si lasciò cadere a terra e rimase a lamentarsi col corpo mezzo fuori dalla porta per totalizzare punti-castigo da detrarre alla punizione vera che sarebbe arrivata dopo.

«Io non gli ho fatto niente» guaí dal pavimento. «Lo giuro, non ho fatto niente! Sono andato al bagno e quando sono tornato l'ho trovato cosí».

«Statti zitto!».

L'Onorevole si era messo a dare dei colpettini sul volto di Mario. E all'improvviso il ragazzo aveva inspirato violentemente e si era gonfiato. Sua madre si trovava in corridoio nel momento in cui c'era stato il risucchio gommoso dei suoi polmoni. Quel suono la fece urlare. Entrò scavalcando Fabrizio che ancora si contorceva per terra, si tuffò sul letto aggirando la massa del marito e abbracciò il figlio minore. Gli sollevò il busto, si mise ad accarezzargli la nuca. Adesso Mario aveva il petto gonfio d'aria e non riusciva piú a espirare. Pareva un annegato.

Provarono a schiacciargli il petto per far uscire l'aria ma Mario rimase gonfio come un canotto, bianco in viso e con quelle strane macchie intorno agli occhi pieni di orrore e vuoti di tutto.

2.

La foto è del 1980. Ci siamo io, Mario e Fabrizio sul pratone di Villa Ada. Abbiamo vent'anni. Anzi, Mario ne ha diciannove. Dietro di noi si vedono una palma storta e una recinzione piena di buchi. Il braccio sinistro di Fabrizio avvolge le spalle di Mario che guarda l'obiettivo ma si protende verso il fratello maggiore come per dargli un bacio. Sembra sospeso tra due intenzioni: slanciarsi verso di lui e tenersene alla larga. Fabrizio sorride col collo contratto come se stringesse tra i denti il guinzaglio di un cane. Fra pochi secondi la sua faccia sanguinerà e dopo non sarà mai piú la stessa.

«Eccomi» disse Mario vedendomi accanto alla fontanella.

«Ciao Mario. Tutto a posto?».

«Mm. Che facciamo. Ci muoviamo».

«No, aspettiamo ancora un po'. Sta per arrivare una persona» dissi.

Non domandò nulla. Non fare domande era il suo modo di punire il mondo in cui viveva. Le domande gli sembravano falle che imbarcavano acqua.

«Non è una ragazza» aggiunsi per tranquillizzarlo.

Si infilò le mani nelle tasche dei Levi's, scalciò la ghiaia e scrollò le spalle una sola volta. Poi notò la macchina fotografica che portavo al collo. Era una Praktica LTL2. Il suo sguardo si incuriosí appena, acquistando una vaga luminescenza giallina.

«Bella» disse. «Sovietica».

«No, tedesca dell'Est».

«Appunto».

Sulla foto io sono accucciato tra i due fratelli. Quello spazio tra loro sembra fatto apposta perché io possa infilarmici dentro. Sulla mia faccia c'è un sorriso non completamente mio. È la faccia di uno che tenta di rimediare a una malefatta.

Di quella giornata ricordo tutto. Ogni parola, ogni passo. Forse per questo la foto nelle mie mani è calda, come quel piatto di riso che attraversò i sette mari.

I due fratelli non si vedevano da mesi ed ero stato io a combinare l'incontro.

«Aoh, ma allora ci siamo proprio tutti oggi» sbraitò Fabrizio dal varco di Villa Ada battendo le mani una volta sola. Due o tre passanti si voltarono a guardarlo, un bambino in carrozzina scoppiò a piangere, le cicale smisero per un po' di smerigliare l'aria.

«Potevi dirmelo che c'era 'sto stronzo» disse Mario quando suo fratello fu abbastanza vicino da sentirlo. «Perché ti devi impicciare. Perché devo essere costretto a vederlo».

Fabrizio si mise a ridere. Provò a ridurre la distanza che lo separava da suo fratello. Mario si scansò, derapò sulla ghiaia, si barricò dietro una panchina. Fabrizio scalpitò, fintò a destra e a sinistra come per decidere da che parte inseguirlo.

«Non mi devi toccare» urlò Mario precipitato dall'apatia al panico. «Stammi lontano. Diglielo tu che non mi deve toccare!».

«Ma chi ti tocca» disse Fabrizio. «Ma che sei psicopatico, volevo solo abbracciarti».

«Stai lontano t'ho detto».

«Lo vedi? È pazzo!».

Fin dall'infanzia Mario soffre il tocco delle dita degli altri, soprattutto se le dita sono quelle del fratello. La sua è una forma grave di *gargalesi*, una malattia diagnosticata da un neurologo amico di suo padre. Nei momenti peggiori basta toccarlo su una qualsiasi parte del corpo per provocargli contrazioni di panico. Recentemente si è gettato a terra in un corridoio dell'università. Una ragazza gli aveva posato un dito sulla schiena per chiedergli da accendere. Quando gli fanno il solletico Mario ride con le braccia tese, il petto incavato, gli occhi colmi di orrore. A volte è sufficiente tendere verso di lui le mani ad artiglio per fargli quasi perdere i sensi.

«Come sta tua madre?» chiesi a Fabrizio.
«Depressa» sbraitò. «Ma piano piano si sta riprendendo».
«E tua sorella Maddalena?».
«Depressa anche lei. È andata in Colombia».
«Ah. E che c'è andata a fare?» domandai.
«Che ne so, è scomparsa senza avvisare nessuno. Non reggeva piú mia madre».
«E tu?».
«Io che» disse Fabrizio.
«Tu come stai?».
«Come sto. Togliendo che mio padre è morto, che non riusciamo a riscuotere l'eredità e che mio fratello mi parla solo per insultarmi, direi bene».
«Invece tu sei quello che sta peggio di tutti» disse Mario.
«Ma sta' zitto!».

È una foto senza relatività e Fabrizio è semplicemente gigantesco. Eppure, nonostante la differenza di massa, lui e Mario si assomigliano come non si sono assomigliati né prima né dopo. A vent'anni le loro facce sembrano quelle di uno stesso attore in due ruoli diversi. Un'unica ruga orizzontale solca la loro fronte e la divide in due cuscinetti. Ma la somiglianza è ingannevole, come il convergere dei due bracci di una x che si separano subito dopo essersi trafitti. Fra pochi istanti Mario cambierà i connotati al fratello maggiore e il giorno dopo si farà rasare a zero.

Fabrizio si era messo a rincorrere uno scoiattolo finito sul prato per sbaglio. Mario lo chiamò «coglione» da lontano, ma si era un po' raddolcito. Adesso sembrava quasi contento di rivederlo.
«Voglio vivere sugli alberi!» gridò Fabrizio.
«Nessuno te lo impedisce» disse Mario a voce alta nella luce chiara. «Fatti adottare dallo scoiattolo, dai!».

Quando arrivammo sul pratone li convinsi a farsi una foto. Posai la macchina fotografica sulla borsa di Tolfa di Fabrizio, azionai l'autoscatto e andai a piazzarmi dietro di loro. Adesso Mario aveva perso ogni timore ed era addirittura in vena di effusioni. Non si scostò quando suo fratello gli posò il braccio sulle spalle. Anzi, fece la mossa di baciarlo su una guancia.
Sentimmo il ronzio e lo scatto.
E fu una delle poche foto che si salvarono.
Perché prima che sciogliessimo la posa Fabrizio allungò la mano sinistra e strizzò il fianco di suo fratello.
Mario si divincolò con un acuto da scimmia e si sottrasse scattando in avanti.
Fabrizio gli andò dietro con le dita protese come il mostro di Frankenstein.
Mario si chinò su un lato con gli occhi svuotati per il terrore e trovò la tracolla della macchina fotografica.
Fabrizio si avvicinò ancora.
Mario fece qualche passo indietro, ruotò il braccio due volte, lasciò andare la Praktica.
Davide e Golia.
Crack.

La macchina fotografica che si spacca sulla faccia di Fabrizio.
Sangue rosso sull'erba verde.
Mario che fugge verso l'uscita di Villa Ada.
Io che accompagno Fabrizio al pronto soccorso.
Ancora io che piango in sala d'attesa coi pezzi della macchina fotografica in mano.

3.

Nel 2006 quella foto è finita per qualche settimana in una galleria d'arte del quartiere di Kreuzberg, a Berlino. Avevo letto che un certo Jaromír stava allestendo una mostra di foto scattate pochi istanti prima di una tragedia o di un evento catastrofico. La sua idea era quella di esporle senza un criterio, nell'ordine in cui le avrebbe ricevute da amici e conoscenti. Lo contattai, gli parlai per telefono della foto di Villa Ada e di quello che era successo subito dopo che era stata scattata. Jaromír mi chiese di spedirgliene una copia in formato jpeg oltre a una scheda con un riassunto della storia.

Pochi giorni dopo ricevetti una mail in cui Jaromír mi diceva che la foto era stata selezionata per la mostra. Mi chiedeva di mandargli l'originale con un testo esplicativo di novecento caratteri. Gli risposi che era impossibile reperire il negativo: il rullino non esisteva piú da decenni. Cinque minuti dopo Jaromír mi scrisse di nuovo: per «originale» intendeva la stampa, quella che si trovava nelle mie mani da un quarto di secolo.

Gliela spedii per raccomandata. Due giorni dopo trovai nella cassetta una busta contenente una copia della foto e un impegno di Jaromír a un risarcimento di 500 euro in caso di smarrimento della foto originale che gli avevo mandato.

Aspettai l'invito e poi telefonai a Mario. Qualcuno mi aveva detto che da qualche tempo abitava in un piccolo appartamento di Heidelberg e me ne aveva fornito l'indirizzo: *Unterer Fauler Pelz*, che significava piú o meno "pelliccia putrida inferiore". Non ci sentivamo da molti anni.

«Ha un nome strano, la strada di casa tua».

«È vero. Mi somiglia. *Fauler Pelz* può voler dire anche "pigro"».

«Ah, ecco».

«Ed è strano anche il posto. Pensa che poco piú avanti c'è il carcere femminile».

«E ti ci fanno entrare, ogni tanto?».

«No. Ma non puoi immaginare quanti bigliettini mi lanciano le detenute tra le sbarre. Due di loro hanno deciso di venire a stare da me, quando escono».

«Allora stai per accasarti...».

«Non c'è pericolo. Sono due ergastolane».

Andammo avanti cosí per un po'. Ma c'erano delle pause elettriche, tra di noi. Pezzi di dolore non diluito che ostruivano la linea telefonica.

Dato che ci univa il fatto di vivere in Germania, lui a Heidelberg e io a Berlino, ci ritrovammo a sparlare dei tedeschi. Ma convenimmo che era meglio stare in Germania che in Italia e iniziammo a parlar male degli italiani.

Alla fine gli dissi del progetto di Jaromír. Raccontai che avevo inviato la nostra foto. Rispose: «Bene, è tanto che non vengo a Berlino».

Quando arrivò, il vernissage era iniziato da un'ora. Probabilmente aveva voluto risparmiarsi lo strazio dei discorsi inaugurali.

Io avvistai per prima cosa la torretta dei suoi capelli rossastri avanzare verso di me tra le teste in movimento. Intravedevo ora il lembo della sua giacca, ora lo scarto di una gamba in mezzo alla folla. Indossava un abito color panna. L'ultima cosa che mi fu rivelata fu il suo viso. Ne rimasi spaventato e lui se ne accorse.

«Io invece ti trovo bene» disse tendendomi la mano prima che aprissi bocca.

«No, scusa, è che... non mi aspettavo di vederti con la barba».

Lo abbracciai per non doverlo guardare in faccia. Lui mi diede una pacca su una spalla.

«Fatti coraggio, non è niente» disse. «Il tempo passa».

Afferrò un bicchiere di *Sekt* da un vassoio. Si guardò intorno per darmi il tempo di abituarmi a lui e districarmi dalla rete di conversazioni insignificanti in cui mi ero impigliato. Si allontanò e si mise a guardare le foto della mostra.

Accanto agli originali, tutti di piccolo formato, erano esposti gli ingrandimenti. Sciatori fotografati pochi istanti prima di una slavina. Il nonno che soffia sulle candeline e sta per essere colpito da embolia. Una donna che guarda accigliata il suo cellulare perché ha appena ricevuto per errore un messaggio piccante della sua migliore amica destinato a suo marito. Sotto a ogni foto c'era il testo che riassumeva la vicenda, stampato su un supporto di plastica trasparente.

Tutte quelle storie potevano essere inventate e personalmente non me ne importava niente. L'idea della mostra aveva smesso di entusiasmarmi quasi subito. Era stato solo un buon pretesto per rivedere il mio vecchio amico.

Adesso Mario si era piazzato davanti alla foto scattata dalla mia LTL2 a Villa Ada ventisei anni prima. La osservava con le sopracciglia sollevate. I due cuscini della fronte, solcata dalla solita ruga orizzontale che negli anni pareva essersi scavata una via fino all'osso, erano ridotti a piccoli cilindri pastosi. Aspettavo una sua reazione, un gesto, un'espressione che tradisse qualche emozione. Ma a parte l'inarcarsi delle sopracciglia, sul suo volto non ci fu nulla.

Una gallerista dalla chioma color ferro mi parlava in inglese. Una sorta di memoria intermedia mi avvisò che mi stava ripetendo la stessa domanda per la terza volta. Mi scusai frettolosamente e la lasciai lí. Mentre mi allontanavo la sentii dire «Hey, hey, hey...». Mi avvicinai a Mario.

Ora riuscivo a guardarlo negli occhi neri che brillavano da due reticoli grigi. Somigliavano a gocce di petrolio riassorbite da un foglio di cartone. L'odore era il solito. Aroma di latte cagliato e armadio chiuso. Un odore che negli anni avevo imparato a riconoscere in persone come lui, prese dall'implacabile determinazione di distruggere se stessi.

«Hai letto il testo di accompagnamento?» chiesi.

«Ottimo. Lo hai scritto tu?».

«Sí».

«Vedo che ti sei ricordato di metterci la parola "gargalesi". Cosí la gente avrà imparato qualcosa, una volta uscita di qui. Posso chiederti una cosa?».

«Certo».

«Perché non mi hai chiesto il permesso, prima di far esporre la mia faccia in una mostra?».

«Non è mica la tua faccia, quella».

«Hai ragione. Andiamo a farci una birretta berlinese, dai. A Heidelberg la sera mi faccio due palle cosí».

Nel locale ci accorgemmo di essere una ventina d'anni al di sopra della media. Da alcuni tavoli arrivava una fragranza di hashish. Se ci fosse stata un'irruzione della polizia i ragazzi avrebbero potuto nascondere gli spini tra i capelli di Mario, pensai. Ma non ci sarebbe stata nessuna irruzione. Non a Berlino-Kreuzberg.

«Mi è passata, lo sai?» disse.

«Che cosa?».

«La gargalesi».

«Vuoi dire che non soffri piú il solletico? E com'è successo?».

«Non lo so. Ero andato a trovare mia sorella Maddalena a Buenos Aires, tre anni fa. A un certo punto uno dei figli mi è saltato addosso sulla poltrona e si è messo a farmi il solletico. Maddalena lo ha tirato via. Il marito Ramiro mi guardava spaventato. Avevano paura che perdessi i sensi o che smettessi di respirare, come mi succedeva anni prima. Io però niente. Mi sono alzato e non riuscivo a crederci. Mi sono rimesso seduto, ho alzato le braccia e ho chiesto al bambino di rifarmi il solletico. Lui ha guardato i genitori, poi piano piano con le dita mi ha stuzzicato qui, qui e qui... E io non ho sentito niente, solo la pressione delle dita. Allora abbiamo chiamato il figlio più grande, che ci guardava come se fossimo una banda di dementi e alla fine si è convinto pure lui. Dopo ha cominciato Maddalena. E alla fine Ramiro. Tutta la famiglia a farmi il solletico. Non puoi capire che festa. Mia sorella si è messa a piangere, sai».

«Quindi stai meglio...».

«No. Ho capito che il solletico mi proteggeva dagli altri».

Alcuni tra i ragazzi del locale lo guardavano incuriositi. Non molti, forse due o tre, da tavoli diversi. Bevevano, davano un tiro e si voltavano verso di noi. Fingevano di leggere qualcosa sulle locandine appese sopra alle nostre teste e intanto sbirciavano Mario. Con quella barba rossa e grigia e le occhiaie simili a chiazze di nafta sembrava un filosofo alla moda o anche un mistico russo.

Accompagnava le parole con gesti inattesi, come se le stanasse da chissà dove a mani nude. Dentro di lui c'era qualcosa che si macerava con una specie di gorgoglio sommesso. Se fosse salito su un tavolo e si fosse messo a parlare di rivoluzione, pensai, qualcuno dei ragazzi lo avrebbe ascoltato. Almeno finché durava l'effetto dell'hashish.

Tornando a casa attraversammo a piedi il parco di Friedrichshain. Arrivammo a Prenzlauer Berg e ci facemmo un whisky nel salotto di casa mia prima di andare a dormire. Gli domandai come passasse il tempo a Heidelberg. Rispose che continuava a studiare il tedesco in attesa che finissero i soldi dell'eredità di suo padre. Si attribuiva tre o quattro anni di sopravvivenza, non di piú. Dopodiché sarebbe stato povero in canna. Ma a quel punto, disse, avrebbe potuto mettersi a fare l'interprete, il traduttore.

«Ci parli con tuo fratello Fabrizio, ogni tanto?» domandai.

«Non lo sento mai. Ogni tentativo di avvicinamento si conclude con un "mai piú" reciproco. Poi passa qualche anno e ci riproviamo. L'ultima volta l'ho visto tre anni fa, dopo essere tornato dall'Argentina».

«E com'è andata?».

«È stato un disastro».

«Senti, che ne dici se gli propongo di venire un fine settimana a Berlino? Non lo vedo da quasi vent'anni. Potremmo passare qualche giornata insieme...».

«No. Lascia perdere. Decidiamo noi se e quando vederci. Non è compito tuo».

«Ma...».

«Non immischiarti».

Mario quella notte dormí con la luce accesa. La lama di luce che filtrava di sotto la porta della mia camera non mi fece dormire. Anzi no, non fu la luce ma quel grumo extratemporale che dormiva in salotto, a togliermi il sonno. Nella mia veglia scontenta immaginai Mario insieme a suo fratello Fabrizio una mattina qualsiasi, piú di quarant'anni prima.

4.

Mario ha un anno e mezzo, Fabrizio uno di piú. Col suo nuovo passo, che è già quello di un piccolo gigante alla conquista del pianeta, si avvicina al fratellino sul tappeto.

Ieri ha provato ad abbracciarlo e a baciarlo sulle guance con grandi schiocchi, imitando ciò che aveva visto fare agli adulti. La mamma è entrata, li ha visti e non ha detto niente. Poco dopo è entrata di nuovo insieme alla zia. Fabrizio è rimasto fermo seduto sul tappeto con le gambe avvolte intorno ai fianchi del fratellino che se ne stava assorto a fissare il vuoto. Quando ha visto che sua madre gli sorrideva si è rimesso a baciare e abbracciare Mario. Le due donne hanno bisbigliato poi hanno riso. Lui ha continuato a baciare Mario perché ha capito che stava facendo una cosa buona anche se era un po' sorpreso.

Oggi tenta un nuovo esperimento. Sdraia il fratellino sul tappeto e prova a piegargli le gambette fino a far entrare tutti e due gli alluci nella bocca. Mario si mette a piangere. La mamma arriva e gli dà degli schiaffi sulle mani. Far piangere Mario non è una cosa buona.

Qualche tempo dopo si avvicina ancora a suo fratello. Lo adagia sulla schiena, gli sfiora la pancia con le dita. Fabrizio conosce il solletico. Mario invece no. Il piccolo fa una faccia sorpresa. Fabrizio smette di toccarlo poi ricomincia. Il fratellino si agita solo un pochino. Con gli occhi neri spalancati guarda il fratello grande che lo tocca e ride. Ride anche Fabrizio. Crede che sia un gioco. E lo è, almeno per ora.

Entra la mamma. Guarda i due bambini per un lungo momento. Fabrizio stacca le mani dalla pancia di Mario, aspetta il responso di sua madre. La mamma continua a guardare lui e la pancia del piccolo. Col mento invita Fabrizio a continuare, per decidere se quella che sta facendo è una cosa buona oppure no. Fabrizio muove con cautela le dita sulla pancia del fratellino. Mario ha mantenuto una strana attenzione. Quando sente le dita di suo fratello sulla pancia ricomincia a ridere. Fabrizio si ferma, guarda la mamma, lei gli sorride e inclina la testa su una spalla. Può proseguire.

Mario ride forte, fa un gridolino. Anche la mamma ride tutta contenta, si avvicina, prende in braccio il piccolo. Lo solleva all'altezza del viso e lo sbaciucchia. Guarda Fabrizio che è rimasto sul tappeto e si inchina a baciare anche lui. Poi gli adagia Mario vicino. Adesso gli fa il solletico anche lei, con mani esperte. Mario ride, si strizza tutto nella ciccia, agita le mani e inizia a sentirsi a disagio. Non gli piace già piú, il solletico. Fabrizio guarda il movimento delle mani della mamma e impara.

Poi la mamma se ne va. Li lascia soli.

Maddalena

1.

A quindici anni Fabrizio divideva l'umanità in due e il mondo gli si srotolava ai piedi come un tappeto. A scuola era attorniato da una folla di cortigiani che gli ribollivano intorno come le carpe che avevo visto l'anno prima nei canali di Versailles, quando uno dei turisti aveva tirato della mollica di pane nell'acqua. Sempre che fossero carpe, come mi aveva detto mio padre.

Fabrizio sapeva sempre dove e come procurarsi il fumo senza rischi. I piú scafati lo mettevano al corrente di ogni malefatta compiuta da altri o anche solo possibile. Conosceva i prezzi di radio e fanali di macchina rubati. Era un leader e aveva un fisico prodigioso. Le ragazze gli si aggrappavano addosso per sentirgli i muscoli e gli chiedevano di sollevarle e di lanciarle in aria.

Ma per me non era stato difficile diventare suo amico. Era stato lui un giorno ad avvicinarmisi in un corridoio del liceo. Mi aveva posato un braccio su una spalla sotto gli occhi dei suoi fedeli increduli e aveva iniziato a parlarmi come se fossimo amici da sempre.

«Oh, tu che fai tanto il solitario» disse. «Chi è il tuo cantante preferito?».

«Dylan» risposi senza esitare. Qualcuno intorno a noi rise. Fabrizio no.

«Ce l'hai *Planet Waves*?».

«Certo».

«E *Blood on the Tracks*?».

«Come no».

«Davvero? Guarda che da *Dischi per tutti* a viale XXI Aprile è arrivato solo due giorni fa. Pensaci bene».

«T'ho detto che ce l'ho».

Indietreggiò di un passo e mi guardò intensamente. Mi mise una mano in testa e sentii che se avesse voluto avrebbe potuto svitarmela dal collo. Intorno a noi si fece il silenzio. Quel giorno del 1975 notai per la prima volta la piega profonda che gli divideva la fronte in due e che a quei tempi era perfettamente orizzontale. C'era una ragazza carina di un'altra sezione che mi guardava con interesse.

«Oggi tu vieni a casa mia e porti i dischi di Dylan» ordinò Fabrizio. «Capito?».

«Ok» risposi senza sorridere. Non ero per niente emozionato. Un piccolo alveare d'occhi mi fissava in silenzio. Mi sentivo come l'estate prima a Torvajanica, quando mi ero immerso con la maschera ed ero finito in mezzo a un banco di pesci.

Quel pomeriggio arrivai a casa di Fabrizio coi due dischi sotto al braccio. Lui mi presentò a sua madre che mi disse: «Piacere. Però studiate e non state a perder tempo. Mi raccomando a te, Alfredo».

Mi guardai intorno domandandomi chi fosse Alfredo. Quando capii che ero io mi voltai di nuovo verso la Pedrotti e le dissi che mi chiamavo Giovanni. Ma la signora ormai era sparita. Vidi che Fabrizio si era messo a ridere.

«Non farci caso» disse. «Non ci piglia coi nomi. Adesso ti chiamerà Alfredo per sempre».

Quel giorno Fabrizio mi assegnò il soprannome che mi avrebbe accompagnato per tutti gli anni a venire. Avevamo appena ascoltato il lato B di *Blood on the Tracks*, quando disse:

«Alfredo... Hitchcock! Rimettilo, dai».

«Hitchcock?».

«Hitchcock, sí».

Nei giorni seguenti tutti a scuola iniziarono a chiamarmi cosí. E qualche tempo dopo, a una festa, iniziai a presentarmi io stesso come Hitchcock.

Mi guardavo nello specchio del bagno e ripetevo: «*Io sono Hitchcock*!».

Quell'investitura, quella nuova identità che Fabrizio era capace di regalarti era uno dei segreti della sua grandezza. E adesso odiavo mio padre se provava a chiamarmi Giovanni.

Non che mio padre lo avesse mai usato molto, quel nome. Preferiva fischiare da una stanza all'altra, strillare «ehi» oppure «senti», anche quando mia madre era ancora viva. Mi chiamava Giovanni solo se non c'era alternativa. O quando era di umore nero. Oppure se doveva rivolgersi a me davanti agli estranei.

Con gli anni mi ero convinto che quel nome, Giovanni, lo avesse scelto solo mia madre. Ma lei era morta cinque anni prima, e da quando io e mio padre eravamo soli non c'era piú nessuno che facesse squillare il mio nome tra le stanze della casa, attraverso le porte e le pareti.

Ma allora perché mio padre si era messo in testa di cominciare a chiamarmi Giovanni proprio adesso che Fabrizio mi aveva regalato quel nuovo nome?

In poco tempo diventai compagno di banco di Fabrizio e venni a sapere che era conosciuto anche al di fuori del nostro liceo. All'uscita di scuola c'erano ragazzi piú grandi di noi che venivano a parlare con lui o a guardarlo dalle selle dei motorini.

Lo ammiravo, mi sembrava che i suoi pori trasudassero grandezza e che però avesse bisogno di un testimone, di qualcuno che gli dicesse che stava vivendo per davvero. Per questo aveva scelto me. Ero il suo complice, il suo scudiero, la sua realtà.

Giravamo in vespa e andavamo a parlare con ragazzi quasi adulti seduti su muretti in quartieri lontani. Venivo invitato a un sacco di feste purché ci

andassi con Fabrizio. Bevevo e fumavo gratis e c'era tanta gente che voleva parlarmi perché ero suo amico.
 Iniziai ad andare alle sue partite di rugby. Mi tenevo oltre la recinzione. E una domenica pomeriggio, dall'altra parte del campo dell'Acqua Acetosa, notai sua sorella Maddalena in fondo alla gradinata, aggrappata alla rete.

Ci avevo messo poco ad abituarmi al tè di casa Pedrotti e al fumo di Fabrizio, che ogni volta mi faceva vacillare un po' verso destra dopo il primo tiro come se una piccola bolla d'aria mi si gonfiasse in testa.
 Gli altri personaggi che circolavano a casa sua non mi riguardavano. Il fratello minore Mario, in particolare, era solo un fantasma in pantofole che rasentava i muri aprendo e chiudendo in silenzio le porte.
 Ma da quando avevo notato Maddalena sul bordo del campo da rugby le cose erano cambiate. Forse era stato il fatto di vederla per la prima volta fuori dalla distanza ridotta della cucina in cui entrava nascosta dai capelli. Il fatto di accorgermi che l'aria sembrava restringersi intorno a lei come per effetto di una lente di ingrandimento. Oppure il fatto di sentire la sua voce squillare nell'aria perché le sue grida arrivassero a Fabrizio, che continuava a saltare e a cadere nel fango come un vitello mitologico.
 Quella ragazza quasi adulta, coi ricci del colore di certe alghe scure viste sott'acqua l'estate prima a Torvajanica e i nei simili a insetti golosi, adesso mi riguardava. E a casa Pedrotti non ci andavo piú solo per Fabrizio.

Nelle settimane seguenti mi sforzai di non pensare a lei. Ma un giorno mi fermai fino a tardi per finire di copiare una versione di latino dopo un pomeriggio passato a sballarmi insieme a Fabrizio. Vidi che erano quasi le otto. Per tornare a casa avrei dovuto prendere il 391 sulla Salaria. Calcolavo che sarei arrivato a casa alle nove, troppo tardi per la cena.

Era l'epoca in cui avrei barattato un minuto in piú insieme al mio amico Fabrizio per un'intera notte all'addiaccio. L'epoca in cui avevo iniziato a disprezzare quel poveraccio di mio padre. L'epoca in cui, se mi avessero offerto di trasferirmi a casa Pedrotti, avrei accettato senza esitare.

Stavo tornando da uno dei quattro bagni della casa e mi dirigevo verso la cameretta di Fabrizio domandandomi se in mia assenza avesse rollato un'altra canna. Giurai a me stesso che avrei rifiutato. Ero già abbastanza sballato e non volevo sbagliare strada mentre tornavo a casa, ritrovandomi un'altra volta in mezzo alla baraccopoli dietro via dei Prati Fiscali.

Era buio, in corridoio. Mettevo un piede dietro l'altro e tenevo un dito sulle labbra come un ubriaco, per la paura di mettermi a parlare da solo. Vidi che una delle porte era accostata. Feci una risata mentre l'altro me stesso mi zittiva e sospinsi la porta con una mano. Sulla lana del mio maglione, all'altezza della spalla destra, era comparso uno spicchio di luce gialla. La sfiorai rapito con la punta delle dita scambiandola per polvere d'oro.

Poi guardai dentro alla stanza e attraverso lo spiraglio vidi un uomo quasi vecchio. Era in mutande e aveva le gambe magre e bianche coi peli che si interrompevano a metà coscia. Capii che era l'Onorevole. Il parlamentare. Il leggendario padre di Fabrizio che ancora non avevo mai visto.

Si stava sfilando la cravatta con un gesto curioso, passandosi una mano intorno al collo e oscillando le gambette in una specie di parodia del twist. La trippa glabra e molle gli spioveva sul davanti coprendo la stoffa degli slip. Si stava spogliando, un'operazione che sembrava molto complicata e che gli richiedeva grandi sforzi. Scoppiai di nuovo a ridere.

Mi stavo sbellicando in silenzio quando qualcosa nel buio del corridoio mi sfiorò una spalla. Mi voltai di scatto ma non vidi nessuno. Feci un giro completo su me stesso. Anzi un giro e mezzo, dato che alla fine mi ritrovai di spalle alla porta.

Mi sentii afferrare una mano. Due dita che non erano mie mi si posarono sulle labbra perché me ne stessi zitto. Un ciuffo di capelli morbidi e pesanti come foglie mi sferzò una guancia. La mano mi trascinò con forza attraverso il corridoio. Davanti a me c'era un bipede piccolo e compatto che mi faceva strada. Ricordo che per paura di inciampare mi ero messo a saltellare. Non vedevo nulla, solo quell'ombra profumata.

Una porta laterale si aprí e la mano mi trascinò dentro una stanza ancora piú buia. La sagoma accorciò le distanze. Due braccia, che però sembravano quattro, mi ghermirono. Un corpo flessibile come una giovane pianta mi si strinse addosso. I ricci di Maddalena mi attraversarono la faccia. Fui io a cercarle la bocca con le dita e le labbra, però. Gliela sfiorai e subito mi tirai indietro per paura che si accorgesse di quanto ero fatto.

Maddalena mi attirò e mi afferrò la nuca. La sua lingua aderí verticalmente alla mia, coprendone la superficie come quando da bambini ci si misura i palmi delle mani. Provai a muoverla ricordandomi vagamente di certi racconti fatti a scuola ma non ci riuscii. Potevo solo tenerla immobile in quell'assurda posizione. La sorella di Fabrizio mi stava assaggiando, pensai.

Poi sentii le sue braccia che scendevano, le mani che mi scorrevano lungo la schiena e mi afferravano le tasche dei jeans. Maddalena mi rivoltò e mi spinse fuori dalla sua stanza.

Passarono tre giorni, forse quattro. Non ero nemmeno piú sicuro che fosse successo veramente. Una sera uscii da casa Pedrotti diretto alla fermata dell'autobus. Pioveva e cosí mi misi a corricchiare.

All'incrocio con via Salaria vidi Maddalena che mi aspettava sotto la pioggia. Fumava e teneva un ombrello aperto. Mi si avvicinò e mi infilò la sigaretta in bocca. Senza parlare mi prese per mano e sotto la pioggia mi guidò lungo la siepe che delimitava il residence fin quasi all'argine del fiume. Insieme bucammo la siepe, salimmo sul tetto del garage, scavalcammo la recinzione e slittando sull'erba bagnata attraversammo il prato finché ci trovammo davanti alla porta finestra della sua camera.

Maddalena non accese la luce. Sistemò alcuni cuscini sul letto a ridosso della parete e rimase in piedi nel buio. Piegò un ginocchio e poi l'altro verso il petto. Si era tolta le mutandine sotto la gonna. Si adagiò sul letto tirandomi le braccia. I miei occhi si stavano abituando all'oscurità quando improvvisamente mi ritrovai in un buio stretto, coi capelli di Maddalena in bocca. Mi accorsi di essere sopra di lei. Adesso il movimento delle mie anche era ingovernabile, confuso nella contraddizione spastica di voler indietreggiare e avanzare al tempo stesso.

Lei mi strinse e mi disse qualcosa in un orecchio. Non capii ma mi immobilizzai. Lasciai che mi rivoltasse sulla schiena. Si mise ad armeggiare con i miei pantaloni. Ricordo che mi ero coperto la faccia con le mani. Capii che si stava accovacciando sopra di me al buio. Ma non sentivo il suo peso. Se sbirciavo tra le dita intravedevo la sua sagoma. Sembrava remare sopra di me, come se io fossi una barca su uno stagno.

Infine qualcosa dentro di me si mosse e una voce mi disse che non era vero, che non stava accadendo. Mi tolsi le mani dalla faccia, feci per allungarle verso

Maddalena ma sentii una scossa, come selvaggina che ricominci ad agitarsi all'improvviso dentro al sacco di un cacciatore. Quando le mie mani arrivarono a posarsi sulle sue ginocchia era tutto finito.

Passò del tempo e Maddalena si mise a sussurrarmi in un orecchio.
«Ogni volta che appenderò qualcosa alla maniglia della porta della mia camera, tu lo prenderai» disse. «Alle sei e mezzo farai il giro che ti ho mostrato oggi e me lo riporterai. Rifarai esattamente il percorso che abbiamo fatto insieme. Su quel lato non ti possono vedere».
Stavo già imparando a non mettere in discussione nulla di quello che Maddalena diceva o faceva. Lei era una donna, io ero un ragazzino. E poi era la sorella di Fabrizio. Una Pedrotti.
E nei cinque anni che seguirono non mancai a nessuno dei suoi appuntamenti.

2.

Per tutto il quinto ginnasio continuai a frequentare casa Pedrotti. Ci andavo due volte alla settimana, quando Fabrizio non giocava a rugby. Qualche volta ci vedevamo anche la domenica per ascoltare la voce di Roberto Bortoluzzi in *Tutto il calcio minuto per minuto*.

Mi ero specializzato a escogitare pretesti che mi consentissero di andare in corridoio, fino alla camera di Maddalena. Prendevo gli oggetti appesi alla maniglia, quando c'erano, e me li mettevo in tasca. Alle sei e mezzo mi presentavo da lei passando per il giardino.

Maddalena e Fabrizio diventarono per me una famiglia in cui io ero Hitchcock, soltanto Hitchcock. Una famiglia in cui era lecito avere dei segreti. In cui l'affetto non era simile a una moneta. In cui non c'erano madri morte e padri ferrovieri. E cosí passò piú di un anno.

Le cose cambiarono quando mi bocciarono, nel 1976. Il giorno in cui lo dissi a Maddalena avevo quindici anni (ne avrei compiuti sedici a ottobre) e lei ne aveva diciotto fatti a febbraio.

«Sei uno stronzo. Vattene» disse.

Avrei voluto dirle tante cose. Ad esempio che da piú di un anno la mia vita non era piú mia. Che di notte non dormivo pensando alle cose che avrei fatto con lei. Che le canne che fumavo con suo fratello mi intontivano. Che forse mi avevano bocciato anche per quello.

Ma feci appena in tempo a prendere fiato che lei ripeté: «Vattene!».

Quell'estate, al mare di Torvajanica, mi scoprii meno disperato di quanto credevo. Mio padre passava il tempo a fare la spesa al mercato del pesce e a cucinare, io leggevo fumetti e pomiciavo con una ragazza di tredici anni e mezzo ogni sera prima di cena. Le foto di mia madre erano sparse per tutta la casa proprio come nell'appartamento di Roma. Ce n'era una in cucina, in una cornicetta di legno. Io e mio padre mangiavamo sotto il suo sguardo. Mia madre pareva chiusa dentro a un recinto. Per tutta quell'estate lui continuò a chiamarmi Giovanni e la cosa non mi diede troppo fastidio.

Fabrizio non mi telefonò nemmeno una volta, e neanche Maddalena.

A settembre, quando Fabrizio mi vide nel cortile della scuola e mi salutò chiamandomi Hitchcock, quel nome non mi riempí d'orgoglio e anzi non mi sembrò neppure mio.

Una sera però Maddalena mi telefonò a casa. Parlò tutto d'un fiato e mi ordinò di farmi mettere in classe con Mario, l'altro suo fratello, quello con cui non avevo scambiato piú di dieci parole in due anni. Riattaccò senza darmi il tempo di rispondere. Andai in bagno a vomitare e poi in camera mia a piangere. Quella sera chiesi a mio padre di telefonare a scuola per farmi cambiare sezione.

«Sei sicuro, Giovanni?» chiese.

«Non chiamarmi cosí» risposi.

Lui il giorno dopo chiamò. E a metà ottobre ricominciai a frequentare casa Pedrotti, stavolta come compagno di classe di Mario.

Mario sembrava esibire la somiglianza tra il suo viso e quello di suo fratello apposta per fornirne al mondo la versione antitetica. Aveva costruito la sua personalità nei pochi spazi lasciati liberi dal fratello maggiore. Lí dove c'era Fabrizio, nel rumore, in mezzo alla gente, nella risata, lui semplicemente non poteva stare. Era inespressivo, distaccato, non cercava l'approvazione degli altri. Non aveva bisogno di nessuno e tanto meno di me. Fui io a insistere per andare a studiare da lui. E un giorno mi presentai a casa Pedrotti dopo che lui a scuola non aveva detto né sí e né no.

Quel pomeriggio la signora Pedrotti sparí subito dopo aver aperto la porta e io mi trovai da solo nell'atrio odoroso di legno. Attraversai la casa e trovai quasi a tentoni la camera di Mario. Entrai senza bussare. Mi sedetti, aprii i suoi quaderni e mi misi a copiare i compiti. Lui non mi rivolse la parola. Dopo mezz'ora ero già in camera di Fabrizio a fumare e ad ascoltare musica insieme ai suoi nuovi amici rugbysti e a un paio di compagni di classe dell'anno prima.

Rivedendomi in cucina, Maddalena nascose gli occhi dietro alle ciglia e piegò la testa facendo in modo che i ricci le ricadessero sulla faccia. Mi sembrava che i nei del suo viso emanassero un ronzio di api e si preparassero a spiccare il volo per avvolgermi. Prese una banana e se ne andò ciabattando, senza dire una parola.

Un'ora dopo, quando mi avventurai nella penombra del corridoio fino alla porta della sua camera, la buccia della banana spenzolava dalla maniglia. La presi, la baciai (non credo di aver mai piú baciato una buccia di banana, in seguito) e me la misi in tasca.

Nel primo periodo Maddalena mi tenne un po' alla larga. Credo che ce l'avesse con me perché facendomi bocciare avevo rischiato di non poterla piú vedere. Avevo contravvenuto ai suoi ordini. Anche quando mi riceveva, evitava di parlarmi. Proprio come suo fratello Mario. Si sdraiava, sembrava una sacerdotessa muta. Lasciava che la scalassi e mi sfiancassi su di lei. Si addormentava, si risvegliava di soprassalto e mi sospingeva fuori dalla porta finestra.

Aveva iniziato a frequentare un ragazzo di vent'anni, Giorgio, che faceva l'università e arrivava di pomeriggio su una Renault 4 sfasciata. Giorgio parlava lento e con voce dormiente, aveva un modo aristocratico di ruotare l'indice, le sue mani per lo piú spenzolavano come fette di mortadella fuori dalle maniche. I rugbysti lo avevano ribattezzato «il Principino». Fabrizio un giorno mi disse che si bucava. A volte, quando lo lasciavamo solo vicino a una finestra, si incantava a guardare gli uccelletti tra i rami degli alberi e le sue gambe si piegavano e si raddrizzavano a scatti come se volesse mettersi seduto ma poi si ricordasse che dietro di lui non c'era la sedia.

Nei due mesi in cui fu fidanzata con Giorgio, Maddalena mi permise di andare da lei solo due o tre volte e in corridoio il metallo nudo della maniglia sembrava urlare nel buio.

Cominciai a portare a Mario qualche caccola di fumo trafugata dalla camera di suo fratello e iniziai a fumare anche con lui. Passavo da una stanza all'altra e la mia occupazione principale, nell'attesa sempre incerta di andare da Maddalena, era farmi le canne.

Quando sballava seriamente, Mario scoppiava a ridere e iniziava a masticarsi la lingua. Faceva battute folli e piene di allusioni che non capivo. Poi si interrompeva di botto. Fu in quelle occasioni che iniziai a notare il suo odore caratteristico di latte cagliato e armadio chiuso, che rimase poi per me il suo segno di riconoscimento. Era un odore amaro, deprimente. Qualcosa che faceva venir voglia di scappare.

In quello stato Mario raccontava le invasioni del pianeta Terra.

C'era l'Invasione dei Vermi che si stavano preparando a prendere il potere sul pianeta come dimostrava il predominio delle forme tubolari nel nostro mondo: cavi, tubature, pilastri, sigarette, le nostre stesse canne. C'era l'Invasione delle Scimmie e la prova lampante ero io. C'era l'Invasione delle Tinche. E anche l'Invasione degli Aspiranti Taxisti. Leggeva troppa fantascienza.

Tra noi però qualcosa si andava facendo. A volte lasciava che il mio sguardo catturasse per brevi attimi il suo e subito tornava a rifugiarsi tra gli scogli del viso. Lo cercavo ancora per un po', quello sguardo, che però non si lasciava piú sorprendere. Allora mi rassegnavo finché, qualche pomeriggio dopo, ricompariva fulmineo, si fermava dentro al mio e subito tornava a eclissarsi. In quel suo modo di nascondere la faccia dentro la faccia riconoscevo il tratto comune tra lui e Maddalena.

Un giorno che stavo copiando i suoi compiti di greco, una cadenza di passi pesanti provenienti dal corridoio si intrecciò al punk rock che io e Mario stavamo ascoltando. Capii che si trattava di Fabrizio e dei suoi nuovi amici giocatori di rugby e che ormai era troppo tardi per mettersi in salvo, a meno di non saltare dalla finestra. Uno di loro indossava un paio di stivali camperos. Pareva la Gestapo dei film di guerra.

Qual è il contrario di «sbattere la porta»? Ecco, cosí si aprí la porta della cameretta di Mario. E io, dietro a una cortina di fumo azzurrino, vidi la ruga orizzontale della fronte di Fabrizio, lo sguardo ridente che dissimulava l'urgenza di provocare sofferenza a suo fratello. L'occhiata che mi scoccò voleva essere rassicurante. Io invece mi spaventai.

Mario era seduto alla scrivania a copiare con i pennarelli su un foglio la copertina di *Never Mind the Bollocks, Here's the Sex Pistols*. Si voltò di profilo, gli occhi e le labbra socchiusi come quelli di un vitellino. Fabrizio gli si avventò contro, lo cinse con le braccia forzute, lo sollevò dalla sedia e lo sbatté sul letto. Mario rimbalzò sul materasso. Teneva i pugni sul naso e i gomiti uniti sopra al plesso solare. Poteva sembrare un pugile pietrificato nella guardia o un feto in bottiglia. I due amici di Fabrizio sulla soglia della porta ridevano sfiatandosi, piegati in due. Erano strafatti e cattivi.

Fabrizio aveva fatto scomparire il corpo di suo fratello sotto di sé. Agitava le braccia e urlava: «Non ti faccio il solletico. Lo vedi? Mica ti sto facendo il solletico».

Poi non so che cosa mi accadde. Ricordo che in quel momento mi alzai dalla sedia, mi avvicinai al letto e fu come se guardassi me stesso camminare. Il naso mi prudeva e la mia faccia stava diventando insensibile perché il coraggio e la paura dovevano aver immesso nel mio corpo qualche anestetico potente.

(Ma c'è anche da dire che in quella stanza eravamo tutti parecchio sballati, come usava nel 1977.)

«Smettila» farfugliai scuotendo una spalla di Fabrizio. La mia testa era leggera. Mi sembrava che un palloncino avesse preso il posto del mio cranio. Davvero stavo facendo quella cosa? Davvero mi stavo ribellando a Fabrizio? I due grossi idioti sulla soglia non ridevano piú. Fabrizio aveva smesso di agitarsi e si era sollevato su un fianco.

«Che hai detto, Hitchcock?».

«Ti ho detto di smetterla» risposi. Uno dei due rugbysti spense lo stereo. «Cosí lo soffochi» dissi.

Credo che in quel momento Fabrizio si ricordò di quella volta che Mario stava per morire e avevano dovuto portarlo in ospedale con la macchina dell'autista di suo padre. Si tirò su dal letto e mi si piazzò davanti. Dentro alla piega della sua fronte c'era una guazza di sudore. Vidi il suo sguardo che pian piano si riumanizzava. Uno dei rugbysti toccò l'altro su una spalla per avvertirlo di tenersi pronto al massacro. Con la coda dell'occhio vidi che si fregavano le mani.

Mario respirava sul letto e aveva riaperto gli occhi. Mi guardava e mi sembrò che sorridesse, ma è difficile dire che espressione abbia un viso visto al contrario. Fabrizio mi posò una mano sulla spalla. Il peso del suo braccione mi piegò di lato.

«Da te lo accetto, Hitchcock» disse. «Da te accetto qualsiasi cosa, lo sai».

I rugbysti si separarono per farlo passare, poi lo seguirono in corridoio. Uno dei due si voltò ancora a guardarmi come se non avesse capito il film.

3.

Per cinque anni la mia vita ruotò intorno al momento in cui sarei uscito da casa Pedrotti e avrei fatto finta di tornarmene a casa. Alle sei e mezzo mi avviavo a piedi lungo il viale del residence. Prima di arrivare sulla Salaria tagliavo per il prato lungo la siepe che delimitava i giardini, percorrevo il tratturo sull'argine dell'Aniene, foravo col corpo la siepe lacerando i vestiti, scalavo la tettoia del garage e il recinto del giardino dei Pedrotti. Mi gettavo sul prato in una corsa tutta storta come un soldato in un film di guerra. Mi introducevo nella casa da cui ero uscito otto minuti prima, scivolavo come un caimano nella camera di Maddalena sotto alla serranda appena sollevata.

Nel buio parlavamo poco. E poi forse non erano nemmeno parole, quei fruscii delle nostre lingue articolati al confine del sonno. Quella storia apparteneva a una terza regione che a un certo punto si incuneò tra la realtà e l'immaginazione e le sostituí entrambe. E adesso, mentre provo a descriverla, ricordare e inventare sono un po' la stessa cosa.

Maddalena si addormentava dopo aver fatto l'amore con me. Mi incassava i fianchi nelle ossa del bacino e prendeva sonno stringendomi forte un pollice. I suoi ricci mi invadevano la faccia e nel buio credevo di essere un esploratore della giungla.

Poi si risvegliava. «Vai e taci» diceva prima di spingermi fuori dalla camera e di consegnarmi all'erba del giardino, alla pioggia, al vento, al sole o ai grilli. E fuori c'era Brina, la cagnona maremmana abituata al mio odore che mi annusava tra le gambe senza abbaiare e copriva la mia ritirata verso l'argine del fiume con un'occhiata di tristezza stordita.

«Ti vergogni di me?» le dissi un giorno.
«Eh?».
«Dillo che ti vergogni...» sussurrai.
«Ma no. Non fare cosí. È solo che hai tre anni meno di me».
«Due».
«...due anni e otto mesi. E poi sei il miglior amico di mio fratello. Anzi, di tutti e due i miei fratelli».
«Davvero?».
«Davvero. Loro hanno solo te».
«E come fai a saperlo?».
«Sono la sorella. O te ne sei scordato?».

Mi zittii, tutto contento di essere cosí importante. Lei si riaddormentò per due minuti, poi si svegliò di soprassalto e mi buttò fuori. E io sul prato già pensavo a quando sarei tornato in quella casa, a bivaccare, a vagare dalla camera di Mario a quella di Fabrizio per poi andare in cucina, in salone, in giardino tra sigarette divani canne di libanese darjeeling latte e menta birra Ceres. Alle sei avrei trovato una scusa per avventurarmi nel corridoio sperando che sulla maniglia della porta di Maddalena ci fosse qualcosa, un reggiseno una collanina un foglio di carta un coniglio di pezza impiccato. E se la maniglia era spoglia come un ramo d'inverno andavo a farmi una pippa in uno dei quattro bagni di casa Pedrotti prima di tornarmene a casa.

«Lo so cosa vai a fare nel cesso quando non ti faccio venire in camera mia» mi disse una volta. «Sei veloce, te la sbrighi in fretta».
«Come hai fatto a capirlo?».
«Dai rumori».
«Ma io non faccio rumore».
«Appunto: dai rumori che *non* fai».

La sera a casa mia non mangiavo, non parlavo e andavo a chiudermi in camera. Se mio padre entrava lo trattavo esattamente come Mario trattava tutto il mondo. Lui si sedeva su una sedia. Fumava, mi guardava fumare. Diceva: «Ti va di parlare?». Io andavo ad alzare il volume dello stereo. Mio padre finiva la sigaretta, la schiacciava nel portacenere, usciva.

«Che devo fare con te?» domandava voltandosi un'ultima volta. «Che le dico stasera a tua madre?».

«Mamma è morta».

«Sí. Ma tu lo sai che io ci parlo tutte le sere. Che devo dirle, Giovanni?».

«Non chiamarmi cosí».

«E come devo chiamarti?».

«Va' a guidare la locomotiva, va'».

Ascoltavo dischi punk e leggevo romanzi *Urania*. La mia passione per la fantascienza era iniziata con i sette numeri di *Scienza fantastica* del 1952-53, che avevo scovato in camera di Mario.

A scuola trascorrevo le ricreazioni accanto a lui, fumando MS con le spalle appoggiate alla rete del campo di calcio, lo sguardo perso in quell'immenso nulla di cui non potevo piú fare a meno.

Certo, io e Mario potevamo permetterci di essere cosí strani. Il nostro legame con Fabrizio ci metteva al riparo dalle bassezze che i compagni di liceo riservavano agli asociali come noi. Ogni due o tre giorni il maggiore dei Pedrotti mi prendeva da parte nei corridoi, sotto gli occhi di tutti, solo per dirmi cose incomprensibili come «allora ci dobbiamo dare una mossa, poi te ne parlo» oppure «avevi ragione, me l'ha detto quello».

Immagino che lo facesse solo per proteggermi. Mi voleva bene.

Fabrizio stava cambiando. Negli ultimi tempi lo aveva preso una voglia divorante di ragazze e aveva iniziato a collezionare avventure con le amiche di Maddalena, che ormai erano tutte maggiorenni. Aveva addosso quell'ansia di creare con loro un macchinario ritmico a due corpi che obbligava la testa, la schiena, la pancia a riassestare continuamente l'allineamento. Io disapprovavo in silenzio, non riuscivo a immedesimarmi in quell'attrazione abbagliante e promiscua verso il corpo delle ragazze, cosí lontana da quello che provavo per Maddalena, dalla deprimente anticamera a cui mi obbligava, dall'umiliazione che precedeva la nostra speleologia sessuale.

Verso la fine del '77 all'interno dell'avambraccio sinistro di Fabrizio comparve un tatuaggio piuttosto rozzo. Raffigurava un ratto con le zampette anteriori appaiate e il deretano grasso e sproporzionato. Era uno sgorbio senza grazia, di un azzurrino sbiadito che però si dimostrò molto resistente al passare del tempo. Lui raccontava di esserselo fatto da solo. Era una balla, ovviamente. Ma quel tatuaggio aveva la proprietà di affascinare e attrarre le amiche di Maddalena nel momento stesso in cui le faceva inorridire. Il ratto era diventato il suo amuleto, il suo lasciapassare.

Quasi ogni pomeriggio si piazzava in mutande davanti al grande specchio accanto all'ingresso e si metteva in posa aspettando l'arrivo delle ragazze, evidenziando il tatuaggio. Aveva un fisico prodigiosamente atletico. Il suo petto e il suo addome somigliavano alla corazza anatomica di un centurione.

Federica Cersosimo, la sua ragazza ufficiale, esercitava una blanda vigilanza. Si presentava di pomeriggio a casa Pedrotti senza annunciarsi per sorprenderlo con quelle ragazze, ma poi per educazione si fermava a chiacchierare con la signora.

«Francesca» diceva la Pedrotti. «Come stai? Vieni che sto per fare un tè».

«Mi chiamo Federica...».

«Ah, certo, che stupida. Certo che ti chiami Francesca».

E cosí le amiche di Maddalena avevano il tempo di dileguarsi dalla camera di Fabrizio, che poi ciabattava per la casa e andava a sbaciucchiare Federica in cucina.

Un pomeriggio arrivai a casa Pedrotti e trovai i rugbysti che bevevano birra in giardino. «Nun s'aregge» disse uno. «Sono due ore che ascolta *Stairway to Heaven* e prova a suonarci sopra. Ha scavato il disco. Ma poi con quei ditoni, come se fa?».

Fabrizio in quei giorni si era procurato una chitarra e aveva iniziato a suonarla. Nonostante lo scetticismo dei rugbysti, l'arpeggio di *Stairway to Heaven* tre giorni dopo gli veniva abbastanza fluido. Cominciò a cercarsi gli accordi di *No Woman No Cry*. Bello sforzo, potrebbe dire qualcuno oggi. Eppure erano altri tempi, in giro non c'era tanta gente che suonava. Dopo due o tre giorni sembrava che il reggae ce l'avesse nel sangue, e il ritmo era tale e quale a quello del disco di Bob Marley.

Poi passò tre giorni a studiare gli accordi delle canzoni di De André e dopo ci fu la fase di Crosby, Stills, Nash and Young. In capo a una settimana Fabrizio sapeva rifare tutte le parti di tutte e quattro le chitarre di *Four Way Street*, che era pur sempre un LP doppio. I rugbysti ripresero a soggiornare in giardino e a sfotterlo.

Studiò alcuni pezzi di ragtime di Stefan Grossman. La chitarra acustica però non lo soddisfaceva piú e cosí si procurò una Fender Telecaster elettrica e un amplificatore. Presto mi fece sentire un assolo che si era appena tirato giú da un LP degli Steely Dan. Si appassionò a Jimi Hendrix e infine alla musica di un chitarrista gitano degli anni Trenta che aveva due dita paralizzate, Django Reinhardt. Si procurò diversi suoi dischi, tutti fruscianti allo stesso modo, come se lo swing nascesse proprio in fondo a quel fruscio.

Un giorno arrivai a casa sua e vidi che le chitarre erano sparite. Fabrizio disse che si era stufato e non lo vidi piú suonare.

4.

Da settimane la maniglia della porta di Maddalena risplendeva nuda nel corridoio. Era la prima volta che concedeva l'esclusiva a uno dei suoi fidanzati. Il ragazzo si chiamava Alberto. Io andavo avanti a seghe silenziose nel bagno vicino alla sua cameretta. Qui trovavo spazzole coi suoi capelli, assorbenti, a volte un reggiseno lasciato lí forse apposta per me.

Un pomeriggio d'estate io e Mario eravamo in cucina che ci facevamo un toast, stonati come due capre per una canna storta e larga come una pannocchia che lui aveva confezionato dopo aver sbriciolato nel tabacco una caccolona di afgano che Fabrizio mi aveva regalato la sera prima. Le sue occhiaie torbacee dilagavano fino alle orecchie. Sulla testa i capelli nidificavano miracolosamente in verticale e sembravano fluttuare sospesi al di sopra del cranio.

Le cicale del giardino ce la mettevano tutta a ipnotizzare l'afa e io stavo provando a tagliare il prosciutto cotto con un coltello che continuava a sbattere sul tagliere proprio dove il prosciutto non c'era. In quel momento Maddalena entrò in cucina con due delle sue amiche piú stronze. Una si chiamava Giuliana, l'altra Patrizia.

«Oh guarda, c'è il Panda» disse Giuliana.

«E pure il Panda due» disse Patrizia.

Il Panda era Mario. Lo chiamavano cosí per via delle occhiaie. Io, che facevo di tutto per non farmi notare e avevo imparato a camminare rasentando i muri, ero diventato il Panda due.

«Non si chiama Panda» dissi con il coltello alzato, dalla cui punta spenzolava un pezzetto di prosciutto cotto che finalmente ero riuscito e infilzare. «E nemmeno io. I panda mangiano foglie di eucalipto e noi invece ci stiamo facendo un toast».

«Oh, ma allora il Panda due parla» disse Giuliana. «Maddalena ci aveva detto che eri muto».

Erano maggiorenni ma avevano deciso di rimanere per sempre nella bolla dei tredici anni, pensai con quel poco di sensatezza che mi rimaneva.

«Parlare con voi è inutile» osservai, e mi sembrò di aver detto una cosa piuttosto intelligente e conclusiva. Gli occhi di Mario si erano ravvivati dentro a quelle pozze di nafta. Anche Maddalena mi guardava in un certo modo nuovo, con lo sguardo luccicante dietro ai capelli che le ricadevano sulla faccia. Intanto le amiche erano passate agli insulti.

«Oh, ma che pezzo di merda».

«Proprio un pezzente, guarda. Tiragli una monetina, dai».

Maddalena prese dei budini dal frigo, li mise in mano alle amiche e tirò fuori dei cucchiaini dal cassetto. Poi uscí dalla cucina preceduta dalle due deficienti. Il suo sguardo rimase preso nel mio fino a quando scomparve oltre lo stipite della porta. Una parte di me era scivolata in basso. Mi sentivo tarchiato, ingrossato alla base come una candela accesa che si consuma troppo rapidamente.

«Devo andare in bagno» dissi a Mario. «'Sto fumo era proprio potente».

Uscii dalla cucina e mi avventurai in corridoio per vedere se lo sguardo di Maddalena significasse proprio quello che speravo. La porta della sua camera era chiusa. Da dentro filtravano le risate delle ragazze. Una delle due amiche stava dicendo: «Ma che testa di cazzo...». Il corridoio era piú buio del solito per il passaggio dei miei occhi dalla luce della cucina alla penombra del corridoio. Non riuscivo a vedere la maniglia. La intuivo, però. Ne scorsi il luccichio. Era vuota? Forse la sagoma era diversa dal solito, però. Feci luce con l'accendino. Se mi avessero scoperto avrebbero pensato che volessi dare fuoco alla casa. E in fondo non avrebbero avuto torto, era proprio quello che avevo voglia di fare.

Appeso alla porta c'era uno di quei cartellini degli alberghi, *Please Clean Room Now*. Lo presi e me lo misi in tasca.

Alle sei e mezzo arrivai al tratturo che costeggiava l'argine dell'Aniene. Il sole era ancora alto, la temperatura piú o meno la stessa di tre ore prima. Mi ero ingozzato di toast al prosciutto e sudavo come un caciocavallo al sole. Prima di allora non mi ero mai presentato a Maddalena in quelle condizioni. Mi domandavo se mi avrebbe sbattuto fuori, accorgendosi di quanto puzzavo.

Mentre camminavo sentii dietro di me un rumore di ruote d'auto che schiacciavano sassi e sterpi sulla terra battuta. Mi voltai e vidi una macchina della polizia municipale. Era una 127. L'auto mi raggiunse e mi oltrepassò lasciandomi dentro a una nube di polvere. Mi sembrava di essere in un western. Dato che nello sballo mi parevano normali cose che non lo erano, feci la mossa di estrarre due pistole dal cinturone e di sparare verso la 127. La macchina frenò davanti a me slittando sulla polvere. Mi fermai. Era un duello in piena regola, allora! Vidi la testa del guidatore, immobile, che mi studiava dentro al retrovisore. Sentii l'aria stringersi intorno a me e mi sembrò di rimpicciolirmi, come se il vigile fosse veramente riuscito a ficcarmi dentro allo specchietto.

Passò qualche tempo. Io non abbassai le mie rivoltelle immaginarie e la macchina ripartí. Quando fu lontana mi introdussi dentro alla siepe nel punto che conoscevo, dove i rami laceravano di meno i vestiti e la pelle. Oltrepassata la siepe feci qualche passo, mi arrampicai sulla tettoia del garage e di lí raggiunsi con un balzo la recinzione. La scavalcai, ruzzolai a terra, mi rialzai e corsi lungo la staccionata che separava il prato dal giardino accanto. Brina mi saltò incontro ansando. Le accarezzai la testa senza smettere di correre ma lei mi spinse la testa addosso per annusarmi il cavallo dei pantaloni. La lasciai fare e arrivai trottando alla porta finestra di Maddalena.

Nel frattempo il giardino si era messo a girarmi intorno come un disco verde e il cielo era diventato nero. Stava per venire giú il temporale del secolo. Mi gettai a terra e mi introdussi nello spiraglio che Maddalena aveva lasciato aperto. Le piaceva vedermi arrivare strisciando come un serpente. Ma stavolta invece di strisciare rotolai sul terreno perché ero veramente molto fatto e mi sembrava di essere in un film dei marines. Rimasi incastrato tra la serranda e il gradino.

Maddalena sollevò un poco la serranda e mi aiutò a entrare. Faceva caldo, lei non aveva niente addosso e cosí non ci misi piú di dieci secondi a entrarle dentro. Meno di un minuto dopo la sua pancia era coperta di una sostanza vischiosa, io la prendevo per la seconda volta e mi sentivo slittare su di lei mentre i nostri fianchi sbatacchiavano.

Fuori aveva iniziato a piovere. Le gocce picchiavano sulla serranda di legno come calabroni sbronzi. I bagliori dei lampi erano talmente forti da illuminare la stanza attraverso le fessure. La nostra pelle brillava azzurrina. Una goccia di sudore oleoso grande come un lumacone mi scorreva in mezzo alla schiena. E Maddalena saliva, saliva silenziosamente sotto di me come su un cuscino d'aria finché mi sembrò di sentire il soffitto sfiorarmi le spalle.

In quel momento bussarono alla porta.

«Maddalena?» disse la voce di sua madre, e io venni due volte, sulla prima e sull'ultima sillaba del suo nome. «Maddalena, apri».

Palpitai fuori di lei ancora varie volte, il fluido odoroso di candeggina si sparse chissà dove, pensai che ce lo saremmo ritrovato piú tardi freddo sulla pelle, a tradimento, contro una coscia o su un fianco. Lei iniziò a ridermi nell'orecchio. Io sudavo in tutto il corpo.

«Che c'è» disse Maddalena a voce alta, senza smettere di ridere. Capii che stava per fare qualcosa di insensato. Per questo mi staccai da lei e nel buio iniziai a raccattare i miei vestiti.

«Un poliziotto ha visto qualcuno che entrava nel nostro giardino» disse la madre. Maddalena continuava a ridere. Si mise una vestaglia addosso e andò ad aprire la porta. Fuori il temporale impazzava come un concerto punk. La sagoma della madre comparve oltre la soglia nel momento stesso in cui io infilavo una gamba nei miei jeans puzzolenti.

Riuscii a intrufolarmi nello spazio stretto tra l'armadio e la parete, riempiendo lo spazio che si apriva tra un grosso attaccapanni pieno di vestiti e l'armadio. La luce si accese, la Pedrotti entrò nella stanza. Io mi feci schermo con la maglietta. Mi sentivo soffocare.

«Hai sentito qualcosa di strano?» disse la madre. «Ma perché non alzi quella serranda? Il dottore ha detto che se ti viene sonno a quest'ora non devi dormire, se no l'insonnia non ti passa. E lo sai che la carenza di sonno porta alla stitichezza e a tutti gli altri problemi. Devi disciplinarti. C'è un odore strano qui dentro. Non avrai mica fatto entrare Brina?».

Maddalena continuava a ridere come se stesse guardando un film comico.

«E anche 'sto fatto di ridere senza senso, Madda. Perché devi farmi preoccupare? Smettila, su!».

Dal giardino il poliziotto si schiarí la voce, bussò

alla serranda e la Pedrotti finalmente si ricordò di lui. Attraverso i vestiti appesi all'attaccapanni intravidi la figura della madre afferrare decisamente la cinghia. Due, tre strattoni e la serranda si sollevò con incredibile fracasso. Dal giardino il vigile urbano fradicio di pioggia varcò la soglia della porta finestra.

«Mio Dio, ma cosí bagna tutto il pavimento» disse la Pedrotti respingendolo fuori. «Allora?».

«L'ho visto entrare piú o meno da lí, signora. Di sicuro un drogato. È passato dalla siepe e ha scavalcato il recinto. Poi l'ho perso di vista ma sono sicuro che è entrato in giardino».

Il temporale era arrivato alla sua intensità massima. Joe Strummer, pensai, avrebbe gioito. Ci furono un lampo e un tuono legnoso: sull'Aniene il tronco di qualche albero doveva essersi diviso in due. Dal mio nascondiglio sentii i passi bagnati del vigile che si allontanavano sull'erba. Brina gli abbaiò contro, si mise a ringhiare.

La voce dell'uomo: «Buona, buonaaa...».

Maddalena da dentro la stanza: «Brina, vieni qui!».

La madre: «Per carità, mica vorrai farla entrare...».

5.

Col passare degli anni mi sono convinto che quel giorno avrei dovuto rimanere fermo e nudo davanti a sua madre, prendere a pugni il vigile urbano, farmi arrestare, urlare a tutti che l'amavo. Perché questo era ciò che Maddalena si aspettava da me. Invece mi ero preoccupato solo di nascondermi come un evaso.

Nei mesi successivi io e Maddalena continuammo a vederci regolarmente. Alberto sparí dalla sua vita e ci furono altri fidanzati. Da come mi salutavano, da come mi ignoravano, capivo però che nessuno di loro mi considerava un avversario. Io li osservavo, me li studiavo, non mi sentivo migliore né peggiore di loro.

Non chiesi mai conto a Maddalena degli altri maschi: quelli in giacca di velluto e foulard, quelli in salopette e maglione peruviano coi capelli lunghi e le collanine, quelli con le camicie a righe e le orrende cravatte, i suoi coetanei, i trentenni.

Uno di loro, Giangiacomo, aveva trentadue anni all'epoca in cui Maddalena ne aveva ventuno. Di lui sapevo che faceva l'assistente alla facoltà di giurisprudenza e che aveva una Renault 5 nera. Quello che non sapevo era che aveva preso informazioni su di me.

Una sera si presentò a casa mia. Suonò e mi disse di scendere perché doveva parlarmi. Io rimasi per un po' attaccato al citofono. Aspettai che lo spavento mi alterasse il battito cardiaco. Invece rimasi stranamente calmo. Mentre scendevo le scale mi sentivo una gran flemma addosso. Eravamo stati scoperti, io e Maddalena. E allora? Che poteva succedermi?

Quando uscii dal portone, Giangiacomo fece lampeggiare i fari. Salii sulla sua Renault 5 senza salutarlo. Se voleva spaccarmi la faccia, magari col cric, poteva farlo anche subito. Io di certo non mi sarei difeso.

Invece mise in moto la macchina e si diresse al centro. Parcheggiò davanti al *Fiddler's Elbow*, un pub irlandese vicino a Santa Maria Maggiore che aveva aperto da poco. Entrammo e ordinammo due Guinness.

Dopo la prima mezza birra la lingua gli si sciolse. Scoprii che era un tipo abbastanza allegro con un sacco di teorie sulle Brigate Rosse e sull'uccisione di Aldo Moro. Disse che il codice penale in fondo non era nemmeno applicabile a casi del genere. Non lo capivo bene, da quanto parlava in fretta. E poi le cose che diceva non mi interessavano.

Piú tardi si mise a farmi delle domande sui fratelli di Maddalena. Io davo risposte generiche, proprio come avrei fatto con chiunque. All'epoca non avevo opinioni quasi su nulla. Giangiacomo mi parlava e io bevevo, fumavo, mi guardavo intorno buttando lí ogni tanto delle mezze frasi che rotolavano sul tavolo come dadi e si fermavano dove volevano.

Alla fine lui pagò il conto e mi riaccompagnò a casa. In macchina capii che era scontento di me. Guidava sbuffando. Mentre scendevo dall'auto mi fece giurare che non avrei raccontato a Maddalena né a nessun altro che ci eravamo visti.

Quella notte dormii tranquillo e nei giorni successivi non pensai piú a lui. Quando rividi Maddalena nella sua camera e ci sbattemmo uno contro l'altra, Giangiacomo non mi venne neanche in mente.

Una settimana dopo lui si ripresentò a casa mia e tornammo al *Fiddler's Elbow*. Ormai avevo capito che mi stava usando per ottenere informazioni sul conto di Maddalena e della sua «strana famiglia», come lui chiamava i Pedrotti.

Se mi avesse chiesto in che rapporti ero con la sua ragazza credo che gli avrei confessato tutto. Ma evidentemente non mi considerava un concorrente. Proprio come gli altri prima di lui. Cosí continuai a scopare con Maddalena senza rimorsi. Mi dicevo che Giangiacomo sarebbe sparito presto, come era successo a tutti gli altri fidanzati. Era solo questione di tempo.

Eppure a volte mi prendeva un tremito incontrollabile e allora dovevo massaggiarmi gli occhi ruotandoli contro le palpebre chiuse per impedirmi di tirargli il bicchiere in faccia o di conficcargli una forchetta nell'avambraccio. In quei momenti Giangiacomo credeva probabilmente che fossi un ragazzo apatico, che stessi per addormentarmi. Invece ero sul punto di ucciderlo.

Una sera mi disse quello che gli bruciava. Quel poveraccio sospettava nientemeno che una relazione incestuosa tra Maddalena e Fabrizio. Ci arrivò pian piano, eccitandosi sempre piú nel discorso. Mi fece pena. Alla fine era talmente agitato che non riusciva nemmeno a concludere le frasi.

«Io non voglio dire... però ci sono cose... certe volte lui si mette in piedi davanti allo specchio... mi guarda e si smúcina il pacco... l'occhio torbido... ora non è detto ma... certe volte penso che voglia fare a botte... lei l'altra sera è uscita dalla stanza... guardava me e lui... lui continuava a toccarsi il pacco... la guardava... lei ha sorriso...».

Andò avanti a farneticare per non so quanto tempo. Io avevo smesso di ascoltarlo, distratto dal frastuono infernale che mi risuonava in testa. Giocherellavo con la forchetta, indeciso se infilargliela in un occhio. Chissà come ci sarebbe rimasto.

Ci misi un po' a notare che aveva smesso di parlare. Da come fissava il bicchiere sembrava pentito di essersi sfogato con me in quel modo. Pagò il conto e si alzò senza piú guardarmi. Quando uscii dal pub era già in macchina. Ripartí facendo sgommare la Renault 5. Io tornai a casa a piedi, una passeggiata di otto chilometri, che feci volentieri perché ero certo che non avrei mai piú rivisto Giangiacomo.

Qualche giorno dopo seppi che a casa Pedrotti c'era stata una rissa e che Fabrizio aveva trascinato Giangiacomo in giardino. Mario non volle dirmi di piú. Ascoltammo i Clash per tre ore. Alla fine del pomeriggio feci la stessa gimcana di sempre e andai in camera di Maddalena per restituirle un orologio da polso col vetrino rotto che lei aveva appeso alla maniglia della sua porta. Lo riconobbi. Era l'orologio di Giangiacomo.

«Oggi devi farmi un po' male» sussurrò lei.

Le scivolai dentro e cominciai a picchiarla.

Disse: «No, non con la mano aperta, fai troppo rumore. Prendimi a pugni».

Le sue cosce assorbivano i colpi in silenzio. Ma la schiena risuonava come una cassa armonica, tanto che dovetti metterle addosso una coperta per attutire il rimbombo.

Alla fine mi accorsi che il suo viso era bagnato di lacrime. Eppure mentre la picchiavo non aveva emesso un lamento, un sospiro, niente. Non mi faceva pena, però. Anche dopo averla picchiata continuavo a provare quella rabbia contro di lei. Maddalena! Maledetta!

«Stavi pensando a Fabrizio?» dissi.

Ero ancora io o era Giangiacomo che mi prestava la voce? Il mio sussurro era diverso dal solito, cosí diverso da spaventarmi dopo aver rimbalzato sui muri. Era la voce del diavolo. Lei non capí o finse di non capire.

«Veramente pensavo piú a Mario che a Fabrizio» rispose.

Le fui grato per quella risposta che non mi inchiodava al sentimento piú meschino, quello della gelosia per suo fratello Fabrizio. Ma la rabbia non mi passò.

«Mario? Di Mario non te ne frega un cazzo!».

«Ma che dici, Hitchcock!».

«Ve ne fottete di lui. Siete capaci solo di tormentarlo».

Ero contento ora che potevo scaricare il mio risentimento sulle ingiustizie subite da Mario. Questa deviazione da un oggetto ignobile a uno apparentemente nobile mi sembrava del tutto naturale, legittima.

«Tu non capisci» sussurrò Maddalena. «Mario è l'unico a vedere quello che abbiamo dentro. A volte è cosí violento che... bisogna difendersi da lui».

Mi staccai da lei, mi puntellai col gomito sulla superficie ondeggiante del materasso.

«Violento? Lui? Ma perché vi piace tanto giocare con la verità, in questa casa? Mario è la persona meno violenta che ci sia!».

«Tu non sei di famiglia, non puoi capire...». Si interruppe come se si fosse pentita di quello che aveva detto. E in effetti c'ero rimasto male. Perché io mi sentivo, *volevo sentirmi* di famiglia. Proseguí: «Guarda Fabrizio, com'è diventato. Come lo hanno... come lo abbiamo fatto diventare...».

«Fabrizio è quello che sta meglio di tutti» dissi.

«Ssshh, cosí ti sentono».

«È quello che sta meglio di tutti» ripetei a voce piú bassa. «Ha quello che vuole. Va bene a scuola, è ricco, ha una sorella che gli dà in pasto le sue amiche...».

«Sí. Nella gabbia, però. Ma non ti accorgi che si sta seppellendo nella sua stessa carne? È uno schiavo. Schiavo di noi tutti. Mario invece... è libero. E quando mi guarda mi scopro brutta, cattiva».

«Lo torturate perché è migliore di voi? Io non mi sento per niente brutto e cattivo, quando sono con lui!».

Smise di rispondermi. I suoi occhi si erano distesi sotto di me neri e splendenti, come gocce di buio fresco. Un liquido caldo ne sgocciolò fuori e scivolò nella piega del mio braccio.

6.

In quei cinque anni strisciai per 413 volte nella fessura tra la serranda e la soglia di marmo della camera di Maddalena. Facemmo l'amore 1183 volte e ancora oggi può capitarmi di scrivere distrattamente questo numero su un foglio di carta durante una riunione di lavoro o parlando al telefono con un cliente. Il 1183 mi sembra una rappresentazione geroglifica del passato: i due 1 sono Mario e Fabrizio che ci voltano le spalle. Maddalena è quell'8 indifferente e arrotolato su se stesso. E io sono il 3, rapace e proteso a scardinarla, ma anche implorante.

«Sono incinta, Giovanni. Ed è tuo» furono le uniche parole che mi disse la quattrocentotredicesima volta che la vidi. Aveva appena compiuto ventidue anni e prima di allora non mi aveva mai chiamato col mio vero nome. Non dissi nulla. Passammo il tempo ad ascoltarci respirare e ci sfiorammo appena.

Coma

1.

Da quando era incinta, Maddalena non mi faceva piú andare in camera sua. «Dobbiamo vederci fuori» diceva. «Qui soffoco».

E adesso camminavamo per i viali di Villa Ada, di Villa Borghese, di Villa Pamphili. Lei mi parlava di sé, dell'università, dei suoi fratelli. Della gravidanza invece non parlava mai. Solo ogni tanto si accarezzava la pancia e mi guardava con le labbra e gli occhi stretti.

Mentre l'ascoltavo, cercavo di capire che cosa significasse quel fatto che lei adesso aspettava un figlio da me. Maddalena dunque era l'involucro di qualcun altro? E io che cos'ero?

Proprio in quel periodo entrò a far parte del collettivo della sua facoltà e iniziò a vestirsi come le zingare bellissime che vedevo da bambino alla fiera di Santa Anatolia.

Una di quelle zingare aveva letto la mano a mio padre poche settimane dopo la morte di mia madre. Lo aveva guardato in faccia e gli aveva detto: «Rimarrai solo». Poi la zingara aveva guardato me: «E anche tu, povero bambino».

Un giorno Maddalena mi telefonò per dirmi che doveva vedersi con certi compagni dell'Archimede. Gente che andava a scuola con Valerio, il ragazzo che due mesi prima era stato ammazzato dai fascisti.

Ce l'accompagnai in vespa. Entrai con lei in un locale con la saracinesca mezza abbassata e per un'ora ascoltai un misto di teorie incomprensibili e giuramenti di morte rivolti a un sacco di gente. C'erano persone della mia età ma anche ragazzi e ragazze piú giovani. E in mezzo a loro Maddalena, che appariva fin troppo adulta. Dicevano cose violente sulle quali sentivo di poter essere d'accordo, se solo fossi riuscito a capirli.

Mi incuriosivano due di loro, che avevano l'aria di essere amici per la pelle. Uno dei due dimostrava quattordici anni. L'altro aveva la barba rossa e indossava una tuta da meccanico blu stirata. Un paio di scarpe rosse spuntavano oltre l'orlo dei pantaloni. Tirò fuori da una tasca un cacciavite di trenta centimetri e disse qualcosa come «io ragiono solo con questo» sbattendo l'arnese sul tavolo. Diverse voci si sovrapposero e il tipo con la tuta da meccanico brandí in aria il cacciavite.

«Sí, con questo! Lo sai quanto fa male se te lo pianto qui?» disse simulando un colpo alla pancia di quello con la faccia da ragazzino.

Maddalena aveva un'aria concentrata. Ascoltava o almeno ci provava. Ci teneva a mostrare che capiva e che avevano tutti ragione. La sentii pronunciare molte volte le parole «va bene, riferirò». Ma a chi doveva riferire e che cosa?

Quando parlavano del ragazzo ucciso dai fascisti due mesi prima, tutti dicevano «Valerio» smettendo per un attimo di guardare Maddalena e fissando un punto sul pavimento come se proprio lí, in quel momento, Valerio si stesse dissanguando. Maddalena annuiva col mento e prendeva i loro volti tra le mani. Dio, com'era cambiata! Ma che ne sapevo io di lei, se non quello che avevo appreso esplorandola nel buio in una realtà labile e prossima a disfarsi? Che ne sapevo di lei, se non che fra qualche mese avrebbe avuto un figlio da me?

A un certo punto guardai l'orologio e quello con la barba rossa dall'altra parte del tavolo mi fulminò.

Disse: «Che c'hai fretta, secco?».

Mi girai dall'altra parte ignorandolo ma lui si alzò

dalla sedia e mi si parò davanti nella sua tuta blu stirata. Vidi che la punta del cacciavite sbucava da una tasca laterale dei pantaloni.

«Oh, ma chi è questo?» disse a voce alta dopo avermi posato una mano su una spalla. Intorno a lui il vocio si spense. «Qualcuno lo conosce?».

«È un compagno, sta con me» disse Maddalena. Accennò appena ad accarezzarsi la pancia e mi sembrò che quel gesto fosse per me. Le sorrisi, mi tornò in mente che nel giro di qualche mese sarei diventato padre, pensai all'Onorevole che mi avrebbe aiutato a provvedere alla sua discendenza. Davanti a me c'era una bella vita, pensavo. Non ero sicuro che Maddalena volesse passarla con me, ma il modo in cui si era sfiorata la pancia mi dava un po' di speranza.

«Perché non parli?» disse il tipo con la tuta da meccanico senza rimettersi seduto. «Ah, ho capito...».

Qualcuno ridacchiò. Mi alzai, sfiorai una guancia di Maddalena con le labbra e mi avviai verso l'uscita. Mentre me ne andavo sentii una voce dietro di me che diceva:

«Ma che, è 'n tossico? Poraccio!».

Presi la vespa per andare da Max, uno della mia classe, ripetente come me. Avevamo appuntamento da Fabrizio Pedrotti per la semifinale di Coppa dei Campioni. Il Nottingham Forest, quella sera, si giocava la qualificazione per la finale contro l'Ajax. Era già buio ma non accesi il faro. Mi piaceva viaggiare a luci spente soprattutto se le strade erano quasi vuote come quella sera. Scommettevo su me stesso. Chiudevo gli occhi e mi mettevo a contare. Uno, due, tre... Su via dei Prati Fiscali arrivai a contare fino a quattro e quando riaprii gli occhi mi trovai quasi addosso a un camioncino fermo. Lo schivai e fui schivato da un motorino che fu schivato a sua volta da una macchina, la quale salí con una ruota sull'aiuola di mezzeria e suonò il clacson. Mi piacevano quei momenti: colpi di falce che sibilavano sopra la mia testa.

Arrivai sotto casa di Max, a via Conca d'Oro, e aspettai che scendesse. Dopo qualche minuto però mi accorsi che avevo dimenticato di suonare il citofono. Eppure non ero sconvolto. Quel giorno non mi ero fatto nemmeno una canna. Solo che continuava a tornarmi in mente Maddalena, la sua pancia dentro la quale c'era... non sapevo cosa... e mi pentivo di non aver visto abbastanza documentari in tv per poter immaginare adesso in che posizione fosse LUI o LEI, se stretto (o stretta) tra la carne degli organi, appiccicato o saldato (saldata) a una mucosa, sorretto (sorretta) da filamenti e oscillante in un liquido primordiale. Avevo in mente qualcosa di simile a un cavalluccio marino addormentato.

Misi la vespa sul cavalletto, andai a suonare il citofono e Max scese dopo meno di un minuto. Percepii da lontano la sua eccitazione primaverile come una ventata sul viso e quando lui salí sulla vespa col solito colpo di reni sentii distintamente l'impatto dei suoi genitali contro le mie natiche. Accesi il faro e tirai la prima verso il semaforo di largo Valtournanche fino a far andare fuori giri il motore. Dalla gola di Max si sprigionò un grido. Era felice di venire con me a guardare la partita da Fabrizio Pedrotti e di non dover passare la serata a casa col padre ubriaco.

Frenai al semaforo e sentii una botta alla nuca.

«Levati quel casco del cazzo» gli dissi voltandomi di lato. A Roma il casco non si usava. Impediva la visuale, si diceva. Ammazzava piú gente di quanta ne salvava. In piú, se portavi il casco nel 1980 la polizia ti fermava nove volte su dieci. Ed essere fermati a Roma voleva dire perdere almeno un'ora, fare un teatrino servile e disgustoso per quei ragazzi della nostra età mediamente fatti proprio come noi, ma diversi da noi per il fatto di tenere una pistola carica nella fondina.

In piú, quando si viaggiava in due e solo quello di dietro portava il casco, la testata sulla nuca era matematica.

«Vai, Hitchcock, vai!» gridò Max battendomi una mano sulla schiena. Ripartii e a ogni incrocio badavo ad abbassare la testa.

Per arrivare al Residence Salario si doveva percorrere un complicato garbuglio di corsie strette e contraddittorie delimitate da transenne e fogli di latta ondulata. Sulla strada ristagnava una perenne fanghiglia resa insidiosa da invisibili buche e crepe da terremoto centroamericano aperte nel poco asfalto residuo. I lavori per la costruzione di non so che svincolo o raddoppiamento tra la Salaria e l'Olimpica andavano avanti da due anni e non se ne vedeva la fine. Io percorrevo quel tratto con fatalismo, scegliendo la traiettoria piú breve senza neanche provare a schivare le buche. Anche quella sera mi limitai a seguire ipnoticamente i puntini rossi dei fanali di un'auto che ci precedeva tra gli sbalzi della vespa e le urla di Max.

Quando arrivammo al cancello del residence frenai perché davanti a noi c'era un'auto blu ferma in mezzo al varco spalancato. La visiera del casco di Max mi centrò ancora una volta alla nuca. Lo colpii con un pugno su una coscia vicino al ginocchio, molto forte. Volevo fargli male e credo che ci riuscii. Max guaí come un cagnolino e si piegò su un lato massaggiandosi la gamba e insultandomi tra le risate. Era un ragazzo piuttosto masochista.

L'attività della mia mente era rallentata dalla presenza del cavalluccio marino addormentato. Ero convinto di covarlo nella mia scatola cranica proprio come Maddalena lo cullava nella sua pancia. Un pensiero troppo rapido o un'idea improvvisa potevano spaventarlo o ferirlo. Per questo esitavo quando dovevo ripartire ai semafori e non avanzavo verso gli sportelli degli uffici pubblici quando era il mio turno. In quei giorni venivo sospinto attraverso il mondo dai colpi di clacson, dai richiami, dal mio cognome pronunciato troppe volte a scuola.

E cosí non capii subito che l'auto blu ferma davanti a noi trasportava l'Onorevole ed era guidata dall'autista De Rosa. Il faro della vespa illuminava una parte del cofano e la targa. Oltre il lunotto posteriore intravedevo una sagoma che si agitava sul sedile. L'Onorevole stava parlando all'autotelefono.

L'auto ripartí. L'autista De Rosa non doveva essersi accorto di noi. Si avviò lungo lo stretto viale del residence e percorse metà di una rotonda per poi procedere in linea retta. Io attesi fermo sul varco aperto. Spensi il faro, ripartii e seguii l'auto tenendomi a una cinquantina di metri di distanza col motore in terza che perdeva colpi.

Mentre guidavo nel buio sotto gli alberi del residence, respirando l'aria fresca e quella lieve fragranza putrida del fiume, avevo già dimenticato tutto: l'auto, l'Onorevole, la partita tra Nottingham e Ajax che avremmo visto da Fabrizio. Badavo solo a respirare il doppio, dando fondo ai polmoni per tenere in fresco il cavalluccio marino che oscillava all'interno della mia testa oltre che nella pancia di Maddalena.

Contai fino a tre nel buio a occhi chiusi. Quando li riaprii mi trovai quasi addosso a una macchina parcheggiata che mi sembrò bianchissima da quanto era vicina. La schivai mentre Max mi urlava «ooooh!» e il suo casco mi batteva su una spalla. Accostai e frenai, gli sferrai un altro cazzotto sulla coscia.

«Ma che, parcheggiamo qui?» disse senza sfilarsi il casco. «Casa di Fabrizio è cento metri piú avanti».

Non gli risposi nemmeno e mi avviai sul praticello verso il portone dei Pedrotti. Avevo voglia di togliermi le scarpe, di camminare scalzo. Se non lo feci fu perché quel poco di buon senso che mi restava mi avvertí che tra i fili d'erba potevano esserci delle siringhe.

L'anno prima, dopo il concerto di Patti Smith allo stadio comunale di Firenze, Fabrizio si era rotolato sul prato e se ne era ritrovata una infilata in una coscia. In cinque lo avevamo accompagnato al pronto soccorso, dove lo avevano vaccinato contro l'epatite dicendoci che quella notte ne era arrivata una decina di persone che si erano bucate con le siringhe abbandonate allo stadio.

In sala d'attesa ridevamo senza interruzione solo perché uno di noi continuava a ripetere «guga». Il poliziotto di piantone si era affacciato e aveva minacciato di mandarci all'esame tossicologico. Fabrizio era uscito dall'ambulatorio, aveva rollato uno spino, lo aveva passato al poliziotto e gli aveva detto di essere figlio di un parlamentare. Quello aveva fatto un tiro esperto e ci aveva guardati corrugando la fronte dietro una nuvola di fumo azzurro. Poi era diventato intensamente triste.

«Adesso andatevene» aveva detto.

L'auto blu si fermò davanti al portone. Scese De Rosa con la sua divisa da carabiniere. Continuava a indossarla abusivamente anche anni dopo essersi dimesso dall'Arma. Si mise il berretto mentre faceva il giro della macchina. Aprí una portiera per consentire all'Onorevole di scendere. Le strisce rosse dei pantaloni e il fagottone ansimante partorito dal metallo dell'auto trasferirono la scena in un'atmosfera mitica.

Assistemmo imbambolati alla comparsa di quell'essere leggendario, una specie di babbo natale primaverile che scendeva tra noi umani da un'astronave nera. L'essere mitologico scoreggiò nel buio. Poi scoreggiò ancora. Sentii che Max mi si accasciava addosso e perdeva quasi i sensi per le risate che gli rimbombavano nel casco. L'autista, chino nella cura dell'Onorevole cui stava spolverando le spalline dell'impermeabile, drizzò il capo nella luce dei lampioncini e in quello stesso istante Max mi trascinò dietro a un albero. Restammo nascosti ad aspettare che gli sportelli della macchina si richiudessero col suono definitivo che hanno gli sportelli di notte. L'auto ripartí.

L'Onorevole rimase fermo in piedi al centro del viale. Sembrava un uovo colossale appena deposto. L'auto ci passò vicinissima sul controviale e si avviò verso l'uscita del residence. De Rosa non ci vide.

L'Onorevole aveva posato a terra una borsa di pelle che gli si era afflosciata contro la caviglia. Non sembrava intenzionato a rincasare. Nella mia mente passò fulminea l'immagine di sua moglie che lo avrebbe aiutato a sfilarsi l'impermeabile per poi tornare di corsa alle sue faccende. E quella dei suoi figli, tutti e tre, che non sarebbero nemmeno usciti dalle loro stanze per salutarlo. L'Onorevole sarebbe andato da solo in camera da letto a spogliarsi, a far tremare le gambette glabre sotto il peso dell'immensa trippa.

Alzò le braccia facendo risalire il soprabito lungo i fianchi. Si accese una sigaretta e il suo corpo rilasciò un crepitio che risuonò vicinissimo. Max si rivoltò e schiacciò la schiena sul tronco ridendo sommessamente. Se in quel momento lo avessi preso a pugni mi avrebbe ringraziato. Mi misi seduto sul prato fregandomene delle siringhe, protetto dall'ombra notturna dell'albero, invisibile all'Onorevole che fumava e scoreggiava dentro alla cupola di luce giallina di un lampioncino. Quell'uomo era il padre di Maddalena. Era il nonno del cavalluccio marino. Adesso provavo per lui una gran tenerezza.

Non so per quale motivo io e Max ci fossimo nascosti. Immagino che a quasi vent'anni fossimo ancora bambini, che le canne rallentassero il nostro processo di crescita, che la generazione precedente ci avesse fatto capire che non c'era fretta. E comunque non c'era nulla che ci facesse ridere come le scoregge, di cui non a caso erano pieni i film e i programmi televisivi.

Adesso però iniziavo a stufarmi. Guardai l'orologio e vidi che mancavano cinque minuti all'inizio della partita.

«Andiamo» bisbigliai e mi avviai sul prato. Davanti a me l'Onorevole Pedrotti gettò la sigaretta e la schiacciò facendo schioccare sull'asfalto la suola di una scarpetta nera. Il mozzicone però era caduto un po' troppo in là. Quello che cominciavo a considerare mio suocero rischiò di perdere l'equilibrio ma riuscí a sfruttare lo stesso movimento per inclinarsi su un fianco e recuperare la borsa da terra. Scoreggiò di nuovo.

Io mi ero messo a camminare sull'asfalto illuminato dai lampioncini ed ero a metà strada tra l'albero e il portone quando si verificarono contemporaneamente due fatti: l'Onorevole si voltò dalla mia parte e mi vide, e dietro di me Max si mise a correre. Il viso del padre di Maddalena si contrasse in una smorfia di terrore talmente buffa da non poter essere seria. Pensai a uno scherzo. Sorrisi ma vidi che l'Onorevole si era messo a tremare sul posto come una lavatrice in piena centrifuga senza riuscire a spostare la mole del corpo nonostante le sue scarpette raschiassero furiosamente l'asfalto. Alla fine si mise a correre con le braccia in avanti, trascinando le suole delle scarpe e rischiando di crollare all'indietro. Mi voltai e vidi che Max, ancora col casco in testa, mi arrivava addosso. Sbuffò sotto la visiera e mi si fermò accanto.

L'Onorevole era arrivato al portoncino. Udimmo lo sferragliare di un mazzo di chiavi. Avrei voluto dire qualcosa ma non sapevo da dove cominciare. Mi veniva da dire «Onorevole» ma intuivo che non sarebbe stato il modo migliore per rassicurarlo. Allora meglio cominciare con «senta» oppure «no, no...» per chiarire fin da subito che eravamo innocui e che era tutto un malinteso.

L'Onorevole raschiò il portoncino con le chiavi per un tempo sospeso e inesauribile (di certo non furono piú di dieci secondi). Poi si voltò verso di noi e in falsetto urlò: «Fermi o sparo!». Ma in mano non aveva nulla se non il mazzo di chiavi. Se fosse stato armato ci avrebbe sparato davvero. E forse ci provò anche, a spararci con le chiavi.

Si girò ancora verso il portoncino che finalmente cedette e poi si richiuse dietro di lui ballando nei cardini.

«Dàmose» disse Max sotto la visiera, «scappiamo» e si mise a correre verso la vespa. Gli andai dietro. La testa mi pulsava. Non pensavo piú al cavalluccio marino.

Misi in moto, Max saltò in sella, sentii il colpo del casco sulla nuca e la vespa che scendeva dal cavalletto, tirai la prima contromano lungo il viale alberato, innestai la seconda con una gran botta del cambio e a quel punto, mentre varcavamo il cancello del residence su una ruota sola, sferrai un cazzotto al ginocchio di Max. Sentii che qualcosa cedeva e sperai di averglielo rotto.

Andammo a vedere Nottingham-Ajax a casa di Max. Non vedendoci arrivare, Fabrizio avrebbe pensato che eravamo rimasti da qualche parte a fumare. Non pensammo nemmeno ad avvertirlo con una telefonata.

Quando arrivammo a casa di Max la partita era cominciata da un quarto d'ora. In salotto c'era un televisore vecchio modello, in bianco e nero e senza telecomando. Da una poltrona che emanava odore di urina il padre ubriaco non la finiva di sbraitare ordinandoci di cambiare canale. Max mi fece capire che bastava non badargli.

E dato che ubriacarmi è l'unico modo che io conosca per sopportare gli ubriachi, iniziai a darci dentro con lo Strega e poi con un grappino che il padre di Max chiamava «alcol da siluri».

2.

La mattina dopo alle sette e mezzo, mentre in cucina fissavo una tazza di caffelatte, col cranio che sembrava espandersi per poi tornare a contrarsi, e cercavo di capire se quel giorno sarei andato a scuola, ricevetti una telefonata di Mario che con voce neutra mi disse:
«Hitchcock, mio padre è morto e mia sorella è in ospedale».
«Stai scherzando?» urlai, anche se sapevo che non scherzava mai. «In ospedale? E dove?».
Non mi chiese come mai non gli domandassi di suo padre.
«Al Policlinico» rispose. «Ma non è grave. Poi vieni qui per favore».
Mi vestii e partii a razzo in vespa.
«Si può sapere che succede?» domandò mio padre mentre uscivo.
«Niente» dissi.
«Giovanni!».
«Vaffanculo, stronzo!».

Impiegai un'ora a trovare il reparto e la stanza di Maddalena. Mi ero dimenticato di chiedere a Mario per quale motivo l'avessero ricoverata. Alla fine la trovai su una sedia con le spalle rivolte alla porta della camera. Guardava fuori dalla finestra.
«Maddalena...».
Non si voltò ma inclinò la testa su una spalla, spargagliando i ricci sulla manica della vestaglia bianca. Mi avvicinai, le passai di lato sfiorandole la schiena e i capelli, mi misi di spalle alla finestra. Lei non mi guardava. I suoi occhi diventati chiari nella luce mi sfioravano soltanto, senza posarmisi addosso.

Raccontò tutto senza risparmiarmi niente, a voce piatta, guardando fuori dalla finestra.

A quello con la tuta da meccanico, mi disse, era venuta voglia di piantare il cacciavite in corpo a qualche fascio. Per questo era partito a razzo su un Garelli insieme a un altro. Maddalena aveva chiesto un passaggio a quello con la faccia da ragazzino che invece di prendere a destra per la Salaria e accompagnarla a casa aveva tenuto dietro agli altri e si era diretto al quartiere Talenti. «Scusa, voglio solo vedere dove vanno» aveva detto facendosi schermo con una mano. Maddalena non aveva protestato e si era messa comoda per continuare a covare il cavalluccio marino perfino lí, appollaiata sulla sella del motorino.

Per un quarto d'ora non guardò la strada e si lasciò scarrozzare a occhi chiusi. Poi il motorino frenò, il ragazzo saltò giú e si mise a correre. Maddalena riuscí per miracolo a non cadere e si bilanciò sulle punte dei piedi restando in sella al motorino. Vide quello del cacciavite e quello del Garelli che facevano a botte con un gruppo di persone. Tante, troppe persone, valutò seduta sulla parte posteriore del sellino coi piedi che sfioravano il terreno, non abbastanza vicina al manubrio da poterlo afferrare con le mani per bloccare la ruota anteriore che oscillava a destra e a sinistra. Di saltare giú e scappare non se ne parlava. Il motorino sarebbe caduto a terra. Era troppo educata, Maddalena.

Cosí si mise a urlare, restando in quella posizione ridicola. Gridò di smetterla, di non picchiarsi, benché io stesso due ore prima l'avessi sentita dar ragione a chi sosteneva la necessità di azioni violente. Urlava anziché starsene zitta, fuggire e portare lontano il nostro bambino. E mentre l'ascoltavo nella stanza d'ospedale avrei avuto voglia di dirle: «Scappa, scappa!».

La presero in due e la tirarono giú. Mentre la trascinavano sull'asfalto sentí che la gonna si strappava e pensò che c'era qualcosa di importante a cui doveva stare attenta, solo che non riusciva a ricordarsi che cosa fosse. La sollevarono e la lanciarono. Volò in aria e dopo molto tempo cadde su un tavolo carico di bicchieri e bottigliette. Tutto le franò addosso come in un saloon del far west. Uno di quelli che l'avevano lanciata cantava una canzone. Solo in quel momento le tornò in mente il cavalluccio marino. Una gamba di alluminio del tavolo le si era incuneata sotto a un'ascella. L'unica mano che riusciva a muovere se la mise sulla pancia. Quando le arrivò il calcio sentí che la sua mano schiacciava qualcosa, qualcuno, dentro.

Poi tutti sparirono. I fasci di merda, quello del cacciavite, il ragazzo del Garelli, il ragazzino. Rimase lei sola sotto al tavolino rovesciato e ai cocci delle bottiglie e dei bicchieri con la mano dolorante e la pancia arroventata.

«Ho perso il bambino» disse.

E nel mio organismo, in un punto indeterminato che doveva trovarsi dalle parti del fegato, si aprí una boccuccia avida che iniziò a ingozzarsi di tutto quello che avevo dentro. Non era una fitta, non era dolore: era un vuoto che si spalancava e andava chiuso in fretta se non volevo crollarci dentro tutto intero. Feci una torsione del busto e sentii che una parte di me scivolava in quel vuoto mentre l'organismo smottava, crollava qua e là, si riassestava.

«Vuoi che ti aiuti ad alzarti?» dissi.

«No, mi fa male. Se sto seduta è meglio».

«E tuo padre?».

«Allora lo sai, che è morto».

«Sí. Da Mario».

«Io l'ho saputo da mia madre due ore fa. Ha avuto un infarto. Qualcuno lo ha seguito per strada ieri sera.

Ha detto che erano brigatisti, non lo so. Si è sdraiato sul divano e poco dopo è morto».

Procedevo in vespa sotto ai platani di viale Regina e mi sembrava di essere un criminale che va a costituirsi. Il cavalluccio marino e l'Onorevole erano morti per colpa mia. In casa Pedrotti mi avrebbero ammanettato e portato via. In questura avrei incrociato il mio complice Max, occhi pesti dopo l'interrogatorio. Avrei confessato ma mi avrebbero picchiato ugualmente. E comunque non meritavo nient'altro. Sulla vespa, col vento in bocca, mi preparavo a essere chiamato assassino dalla vedova Pedrotti. Coperto di calci e sputi da Mario e Fabrizio. Morsicato da Brina.
Si era messo a piovere. Poco prima le lacrime che avrebbero dovuto rigare il mio viso e quello di Maddalena erano scivolate lungo i vetri dell'ospedale mentre le nostre guance rimanevano asciutte. Ora la strada era viscida di quelle lacrime e i binari del tram erano un pericolo mortale. Sulla vespa iniziai quel giochino di oscillare a destra e a sinistra facendo perno sulle manopole. La vespa zigzagava sulle rotaie. Mi auguravo di cadere, di farmi male, di morire. Ma dietro di me un clacson suonò e il mio organismo, quel mio nuovo organismo franato all'interno, mi ordinò di vivere.

Nel parcheggio del Residence Salario c'erano delle auto blu, autisti, tre o quattro carabinieri in divisa. Mi stanno aspettando, pensai. E invece nessuno si mosse per venire a prendermi. Poche decine di metri piú avanti c'era il portone, lo stesso in cui la sera prima avevo visto entrare l'Onorevole prima di fuggire via insieme a Max. Era aperto. Cosí entrai e andai a suonare alla porta dei Pedrotti. Ero ancora convinto che quelli fossero i miei ultimi momenti da uomo libero.

Invece la porta blindata si aprí e la signora Pedrotti, *la vedova Pedrotti*, mi abbracciò.

«Alfredo! Grazie per essere venuto» gemette, e la sua bocca si spalancò in un singhiozzo gigantesco che quasi mi risucchiò. Nell'atrio comparve Fabrizio. Mi strinse tra le sue spire forzute e si mise a urlarmi in un orecchio.

«Hitchcock! Sto male! Sto male!».

Provai ad abbracciarlo ma era come stringere un bidone di latta. Lui si asciugò la faccia con un fazzoletto bianco.

L'Onorevole era stato esposto su un catafalco al centro del salone. Gli avevano infilato un grosso crocefisso tra le mani. L'abito nero gli andava stretto e dalle pieghe che faceva sulle spalle si capiva che quelli delle pompe funebri glielo avevano scucito sulla schiena.

Mario doveva aver aspettato con ansia il mio arrivo. Me ne accorsi da come teneva il mento sollevato verso la porta. Se ne stava in disparte in quella grande stanza, la stessa che anni prima, quando suo fratello una notte dopo l'altra lo abbrancava e quasi lo ammazzava con le dita avide, era stata per lui una promessa di salvezza.

Il suo sguardo sembrava allarmato. Attraversai il salone, mi avvicinai, lo strinsi. Tra le mie braccia il suo corpo si assottigliò come un sacchetto vuoto. Osservava il pellegrinaggio di facce sconosciute che si succedevano intorno a suo padre morto. A chi gli si parava davanti per fargli le condoglianze porgeva un dito che sembrava l'osso di pollo di Hänsel e Gretel.

Avrei voluto confessare, dirgli che ero io il responsabile di tutto. Ma in quel momento un uomo davanti a noi si piegò su una donna e le bisbigliò in un orecchio: «Che terribile fatalità». E io mi aggrappai a quella parola, «fatalità», come se avesse il potere di cambiare tutto.

Piano piano il crocefisso doveva aver mutato posizione issandosi con il Cristo a testa in giú man mano che le dita dell'Onorevole si contraevano. Ora che lo guardavo era quasi in verticale e assomigliava all'albero di un vascello. Sull'altro lato del catafalco un gruppo di uomini in abito scuro complottava con aria grave. Uno di loro portava un paio di baffetti piuttosto frivoli per la sua età e aveva un'aria conosciuta. Qualcuno in sala pronunciò a bassa voce le parole «Presidente Piccoli».

Poi Mario disse a suo fratello: «Dovevi morire tu, non lui».

Una donna si voltò. Ci furono dei bisbigli. Fabrizio stava soccorrendo un'anziana molto grassa che si era gettata in ginocchio accanto al catafalco e che, accorgendosi che non sarebbe riuscita a rialzarsi, aveva chiesto aiuto. Capii che Fabrizio aveva udito chiaramente le parole di suo fratello. Accennò a voltarsi mentre la vecchia lo ringraziava accarezzandogli il faccione. Girò il collo ma lo sguardo gli rimase impigliato nella folla stretta intorno al corpo di suo padre.

Si fermò appena in tempo per risparmiare a se stesso la visione dell'odio, annidato nelle occhiaie da panda di Mario.

3.

Nelle settimane che seguirono mi dedicai con passione al mio unico hobby: rischiare la vita in vespa. Non offrivo passaggi ad altra gente perché sapevo che prima o poi avrei fatto il botto, il botto serio. Era solo questione di tempo. Non intendevo allungare la lista dei morti che avevo già sulla coscienza.

Max sí, Max lo avrei portato con me: fino alle estreme conseguenze. Ma ormai a scuola mi evitava e in vespa con me non voleva proprio venirci.

Per strada ripetevo quel mio gioco di oscillare la vespa facendo leva sulle manopole. Zigzagavo tra i cori funebri dei clacson di Roma.

Una settimana dopo la morte dell'Onorevole mi capitò di chiudere gli occhi e di contare fino a otto sul raccordo, col tachimetro che segnava i novanta. Otto secondi a novanta all'ora sono duecento metri, calcolai. Sí, sarei morto presto.

Solo che ammazzarsi chiudendo gli occhi in vespa non è facile come potrebbe sembrare. Il tempo si dilata e in ogni secondo c'è spazio per troppi pensieri. È come volersi suicidare trattenendo il respiro. L'istinto di sopravvivenza che ti costringe a respirare è lo stesso che ti fa riaprire le palpebre un attimo prima che sia troppo tardi.

La nuova frontiera diventò la Tangenziale est. Molto piú stretta del raccordo e piena di curve. Splendida di notte, quando la potevi percorrere ad alta velocità. Magnifica col bagnato, quando l'asfalto somigliava alla pelle di un'anguilla e prometteva di sgusciarti sotto e andarsene via.

La facevo tre o quattro volte per notte, su e giú, su e giú. La benzina la rubavo alle macchine parcheggiate nel buio dei quartieri limitrofi, succhiandola con un tubo di gomma che portavo arrotolato sotto alla sella. Cominciai a chiudere gli occhi sulla tangenziale. Mi godevo quei momenti ricolmi di una vita formicolante in cui la mia testa, libera nell'aria ma come incastonata in una traiettoria fatale, procedeva verso la distruzione.

E tuttavia ero diventato troppo bravo per schiantarmi. Mi guidava un infallibile sesto senso. Inoltre ero disciplinato. Permettevo a me stesso di chiudere gli occhi una sola volta per sera.

Percorrevo alla cieca una sola curva, sempre la stessa, in corrispondenza dello svincolo di Portonaccio, dove la tangenziale scavalcava la via Tiburtina in vista del cimitero. Sulla linea di mezzeria, arrivato a un certo sbaffo di vernice che conoscevo, calcolavo mentalmente la traiettoria. Poi inclinavo la vespa in un determinato modo e chiudevo gli occhi. Contavo fino a sei e ogni volta, riaprendoli, mi trovavo con le ruote ben salde al centro della corsia di destra, la curva ormai alle spalle e tutto il tempo a disposizione per raddrizzare la vespa e proseguire. A occhi aperti quella curva l'avrei fatta peggio.

L'incidente avvenne proprio lí. Solo che era pieno giorno e non stavo tentando di suicidarmi. Stavo andando al mercato di via Sannio con l'idea di comprarmi un sacco a pelo. Progettavo di fare qualche settimana di campeggio libero in Marsica dopo l'esame di maturità per ripulirmi i pensieri.

Fu un incidente banale, come ne succedevano due o tre volte al mese su quel tratto di tangenziale. Il tachimetro segnava gli ottanta-ottantacinque. L'A112 in corsia di sorpasso andava a centoventi. Il falegname che la guidava si era ricordato all'ultimo momento che doveva imboccare lo svincolo per andare a comprare le viti in un posto che conosceva lui. Sterzò bruscamente e la ruota posteriore della sua auto toccò la campana della mia ruota anteriore. Il manubrio mi si ingarbugliò tra le mani e la sella salí sotto di me. Sentii che volavo con il mento piú in basso delle caviglie e che da qualche parte c'era un fragore di latta, come se la vespa fosse finita dentro a una di quelle presse industriali che si usano per accartocciare le macchine.

Successivamente nel mio ricordo c'è un tempo indefinito che, a quanto mi raccontarono in seguito, durò tre o quattro giorni. E in questo tempo c'è un dolore a una spalla che si trasforma via via in un rospo, in un giorno in chiesa per un funerale, in un albero in fiamme, nella bottiglia del *Ferrochina Bisleri*, in un tuffo dentro a un'acqua viva nel senso zoologico del termine, in un desiderio fottutissimo di strapparmi via un braccio, in Ivan Graziani e Ciccio Graziani fotografati insieme. Dalla mia spalla dolorante fuoriuscivano: un cavalluccio marino morto, il crocifisso dell'Onorevole, polvere di gesso. E nella stessa spalla venivano introdotti i dischi punk di Mario che si mettevano a suonare dentro di me e mi tagliuzzavano gli organi interni. Poi c'erano bagliori arancioni nel nero, bianchi nel blu, viola nel rosso, e figure senza volto che continuavano a chinarsi su di me. C'erano voci soffocate e mi sembrava che me le facessero ascoltare solo perché indovinassi di chi erano. E tutto quel grande quiz, come seppi qualche giorno piú tardi, si chiamava COMA.

4.

La notte in cui io e Max uccidemmo l'Onorevole, una mia parola avrebbe potuto forse salvargli la vita. E io non avrei passato il resto della mia vita a cercare un rimedio che non poteva esserci.

Troppe volte in vita mia ho fatto scivolare le cose fino a conseguenze estreme per il solo fatto di non trovare le parole adatte a impedirle. Quando sono indeciso su come iniziare un discorso lascio perdere.

Prima dei GPS e degli smartphone poteva capitarmi di fare decine di chilometri di strada in piú se avevo la sensazione di non trovare l'intonazione adatta a chiedere informazioni a un benzinaio. Una volta tralasciai di difendermi da un'accusa grave e infondata solo perché mi sembrava di cattivo gusto spendere parole per farlo e cosí persi un lavoro che mi piaceva. Con le donne poi... lasciamo perdere.

Nel 2010 ho visto casualmente mio padre al centro di Roma. Non lo vedevo da quindici anni. Da quando vivevo all'estero tornavo pochissimo e mai per piú di due o tre giorni. Un anno prima mi aveva dato un appuntamento a cui non si era presentato.

Quella volta, quando lo vidi attraversare via del Tritone, lo scambiai per il semplice pensiero di mio padre. E quando capii che lo stavo vedendo *con gli occhi* mi domandai se sognassi. È l'effetto che mi fanno sempre le sorprese, le coincidenze improbabili.

Mio padre camminava lentamente e sbraitava in un telefonino mentre i motorini lo schivavano. Non guardava la strada ma aveva l'aria di sapere quello che faceva e in quel casino era perfettamente a suo agio. Nessuno gli gridava dietro. Piuttosto, i motorini calcolavano da lontano la traiettoria per evitarlo. Arrivò incolume sul marciapiede opposto e io continuai a tenerlo d'occhio con un po' di apprensione, seguendolo sull'altro lato della strada. Calcolai che doveva aver compiuto da poco gli ottant'anni.

Quando attraversai per raggiungerlo, scegliendo un momento che mi sembrava propizio, rischiai di farmi schiacciare da un autobus. Adesso gli ero dietro e lui continuava a urlare nel cellulare. Strillava numeri, parlava di soldi, gridava importi di poche decine di euro. Di euri, come diceva lui. Ridussi le distanze. Ma quando gli fui vicino e avrei potuto toccarlo sulle spalle un po' curve o sui capelli diventati bianchi bianchi, mi accorsi di non avere parole a disposizione. Mi sembrava stupido chiamarlo «papà» a cinquant'anni e dopo non averlo visto per tanto tempo. E poi, chi mai si sentirebbe chiamato in causa, mentre cammina da solo lungo una strada trafficata, a sentire una voce d'uomo ormai sconosciuta che dice «papà»?

Certo, avrei potuto toccarlo su una spalla. Ma restava pur sempre il problema di come pronunciare quella parola. Anche chiamarlo per nome o per cognome (il mio cognome!) non aveva senso. Se lo avessi fatto, in seguito avrei ricordato solo questo: che avevo chiamato mio padre per nome. Che dire allora? «Signore»? «Senta, scusi»? Rinunciai. E nemmeno se avessi visto un pianoforte precipitargli addosso da un palazzo avrei trovato la parola giusta per salvargli la vita.

5.

Sono tornato recentemente al Residence Salario. Era la fine di agosto del 2012 e l'Onorevole era morto da trentadue anni. Il varco del residence era sbarrato da un cancello automatico, una sorta di corazza di ferro irta di spuntoni che impediva la vista sul parco e somigliava a un treno blindato.

Parcheggiai la macchina a noleggio sul ciglio della rampa che dalla Salaria porta all'accesso del residence e bussai con le nocche sul vetro marrone della guardiola. Era pomeriggio, il caldo trasformava l'aria in una vasca stretta, l'odore putrido del fiume faceva venir voglia di prendere la via dei monti. Lo sportelletto della guardiola si aprí e sentii un'onda di aria fredda e quasi solida colpirmi il naso. Un odore di aria condizionata, di frigorifero.

Il guardiano disse «che vòle, chi cerca» già esasperato prima che cominciassi a parlare, come tanti altri romani che avevo incontrato in anni recenti. Gli dissi che ero un vecchio amico dei Pedrotti, una famiglia che tanti anni fa abitav...

Mi richiuse lo sportelletto in faccia per non far penetrare il calore, geloso della sua aria condizionata. Ma dopo qualche istante il cancello vibrò e si mosse fino a lasciare aperto uno spiraglio. Entrai nel residence.

Mentre avanzavo sul vialetto asfaltato riconoscevo gli alberi uno a uno. Da ragazzo, negli anni in cui avevo frequentato casa Pedrotti, quegli alberi li avevo usati come schienali, nascondigli, fonti d'ombra, pisciatoi. Adesso erano giganteschi e io mi sentivo minuscolo. Era come se fosse possibile rivedere da bambini un luogo che si è frequentato da adulti, in un passato lontano.

Il vialetto si insinuava tra le aiuole del parco e seguiva la stessa traiettoria di un tempo ma doveva essere stato asfaltato di recente. Il grigio chiaro dell'asfalto si armonizzava al verde dei prati come un paio di pantaloni eleganti. La consistenza del vialetto era gommosa, simile a quella di una pista da atletica, probabilmente per un riguardo ai preziosi pneumatici degli inquilini. Lungo il viale non c'erano auto parcheggiate. Dovevano essere chiuse nei garage, forse troppo grandi o troppo costose per essere tenute all'aperto. L'odore del fiume era sparito. Sotto gli alberi soffiava un'aria vivace e io cominciavo a respirare meglio.

Mi fermai nel punto preciso dove io e Max avevamo lasciato la vespa la sera in cui l'Onorevole era morto. Vidi a terra una piccola macchia d'olio. La mia vecchia vespa TS, ricordai, perdeva miscela.

In quel momento mi accorsi che dai giganteschi alberi del parco le cicale avevano iniziato a smerigliare l'aria come le loro progenitrici, che mi trovavo in uno stato di leggera ipnosi e che solo per questa ragione avevo potuto pensare che la macchia d'olio fosse un residuo di quella sera di trentadue anni prima.

Proseguii in diagonale e salii sul prato. Avanzai nell'ombra lussuosa di quegli alberi e proprio come allora mi venne voglia di camminare a piedi nudi. Pensai che non era piú epoca di siringhe buttate sull'erba e che le aree protette dei ricchi oggi sono protette meglio. Mi sedetti sullo scalino di pietra candida che separava il viale dal prato e mi sfilai le scarpe e i calzini.

Camminai sull'erba con le scarpe in mano e puntai verso quell'albero che conoscevo bene. Era raddoppiato in altezza e larghezza ed era diventato cinque volte piú ombroso. Ma era ancora lui, quello dietro a cui io e Max ci eravamo nascosti quella notte. Me ne stetti lí pensoso, non so piú se nel 1980 o nel 2012, con un gomito appoggiato al tronco e le scarpe sempre in mano, a fissare quel metro quadrato in cui l'Onorevole aveva fumato la sua ultima sigaretta e regalato alla notte le ultime scoregge della sua vita.

Poi dietro di me la voce del sorvegliante, che era uscito dalla guardiola e mi aveva seguito fin lí, disse: «Guardi che qui non può stare».

Sudamerica

1.

Poche settimane dopo la morte dell'Onorevole, la vedova Pedrotti comunicò ai figli che non avrebbe sopportato di rimanere nella casa del Residence Salario dove la famiglia alloggiava dai tempi del primo mandato parlamentare di suo marito.

E proprio mentre io mi trovavo in ospedale in seguito all'incidente sulla Tangenziale est, la Pedrotti traslocò insieme a Maddalena e Fabrizio nell'immenso appartamento di via Cola di Rienzo, quattrocento metri quadrati di pavimenti di marmo e stucchi ai soffitti, in cui l'Onorevole aveva tenuto per decenni il suo «ufficio politico».

Mario riuscí a ottenere il privilegio di rimanere da solo al residence, nella casa in cui era nato e cresciuto. Sua madre fu costretta ad acconsentire «a titolo provvisorio» per far sí che il figlio, che da otto giorni era entrato in sciopero della fame, ricominciasse ad alimentarsi.

Da solo, nutrendosi esclusivamente dei suoi toast al prosciutto (che erano le sue foglie di eucalipto) Mario arrivò all'esame di maturità e lo superò con sessanta e lode. Io me la cavai con un trentotto regalato solo perché mi presentai con le bende e l'ingessatura e riuscii a impietosire una commissaria di Terni.

Dopo essere uscito dall'ospedale continuai a incontrare Maddalena fino all'inizio dell'estate. Di riprendere a scopare non se ne parlava. E comunque non sarebbe stato facile. Oltre alla testa mi ero rotto una clavicola ed ero blindato in un carapace di gesso.

Per Maddalena il fatto di non fare piú l'amore era secondario. Un piccolo cambio di abitudini, piú o meno come se avessero chiuso la gelateria all'angolo. Io invece mi divoravo, aspettavo di essere solo in casa per mettermi a saltare sul letto, imprecavo contro di lei con il cazzo stretto nella mano libera rischiando di spaccare il gesso.

Ci davamo appuntamento in una sala da tè di Trastevere, sempre la stessa. Lei mi parlava barricata dietro a tisane fumanti e io piano piano mi abituavo alla versione non sussurrata della sua voce.

Parlava a lungo, soprattutto della sua nuova casa. Nell'appartamento di via Cola di Rienzo circolavano personaggi mai visti prima: avvocati, consiglieri a vario titolo, preti. E poi vedove, una quantità spropositata di vedove.

Tutta quella gente, diceva Maddalena, passava le ore del pomeriggio a traspirare sugli sconfinati divani di pelle del salone e sulle imbottiture delle sedie del salottino privato conversando con sua madre.

Quando se ne andavano la Pedrotti illustrava minuziosamente ai figli come e perché quelle persone fossero indispensabili alla famiglia e andassero trattate con rispetto e diplomazia. Il babbo, spiegava sua madre, non aveva badato a mettere ordine nella selva di conti in banca, bot, cct, azioni, proprietà immobiliari, contratti di locazione, un magazzino di pellami, un pastificio, un cementificio, varie società intestate a prestanome irreperibili o inesistenti. Mica poteva sapere che sarebbe morto! E quelli del suo partito si stavano dimostrando ingrati («ingenua io, che avevo sperato nella gratitudine di quella gente») e rifiutavano di considerare l'Onorevole per quello che era: una vittima del terrorismo!

Mi venivano i sudori freddi sotto al gesso, se pensavo che proprio in quel momento, forse, la polizia stava indagando su me e Max.

Ogni tanto, nella nuova casa, arrivava gente sfregiata e odorosa di sudore che parlava in dialetto. Ma perfino quei brutti ceffi erano tasselli dello stesso mosaico. C'erano soldi in quantità, spiegava la vedova. Solo che andavano svincolati. Bisognava fare gli inventari. E nel frattempo la famiglia poteva sostentarsi solo grazie alla generosità dei parenti, degli «amici».

Su un tavolinetto d'ebano accanto alla porta di ingresso c'era una cassetta grande come un'urna elettorale con una fessura in cima. Dentro a quella cassetta i visitatori facevano scivolare furtivamente delle buste sotto lo sguardo luttuoso e vigile di una strana creatura, una donna di mezza età che non si era mai vista prima e che adesso dettava legge in casa Pedrotti.

La donna, secondo la vedova, era la segretaria particolare dell'Onorevole. Maddalena la osservava accompagnare i visitatori dalla porta d'ingresso alle stanze di sua madre, e poi da lí alla cassetta per i soldi, quindi di nuovo all'uscio. Si chiamava Rebecca e alloggiava in uno stanzino afferente al salotto di sua madre.

Era figlia di un professore amico del nonno Pedrotti. La vedova aveva raccontato che a Trento, molti anni prima, la sua famiglia era stata rastrellata dai fascisti o dai nazisti. I Pedrotti le avevano offerto rifugio. Per questo, dopo la guerra, Rebecca aveva dedicato la vita alla carriera dell'Onorevole. E ora il recupero dei soldi dell'eredità dipendeva da lei, che conosceva tutti i segreti.

Quando Maddalena riferí la storia di Rebecca mi infuriai. Suo padre, gridai con la complicità di un ematoma cerebrale non completamente riassorbito, si era affidato a intrallazzoni di ogni tipo e quella donna era una malvivente! Possibile che non lo capiva? Maddalena si dava arie da extraparlamentare ma viveva grazie a quei soldi!

«Meno male che c'è Mario che ogni tanto vi fa

sentire brutti e cattivi» conclusi. «Perché è questo che siete, voi Pedrotti: brutti e cattivi!».

Maddalena mi guardò con curiosità e mi lasciò solo, ingessato e sudato, dentro la sala da tè.

Anche la casa di via Cola di Rienzo era divisa in due, proprio come quella al Residence Salario. Le ali dell'appartamento si incontravano in uno stretto atrio a ridosso della porta d'ingresso. Maddalena e Fabrizio occupavano l'ala destra mentre gli alloggi di Rebecca e della madre si trovavano nell'altra metà, quella in cui circolava la luttuosa società delle vedove, dei preti e degli intrallazzoni.

Intorno a Fabrizio si era creata una corte di gentaccia sudicia e drogata, non meno opportunista di quella che frequentava le stanze della vedova. La reggia dell'Onorevole continuava ad accogliere cortigiani di ogni tipo. L'idea che monsignori e tossici si riunissero nella stessa casa però era piuttosto divertente.

Un giorno la vedova Pedrotti si avventurò fino alla stanza di Maddalena fingendo di non notare i materassi ammucchiati, gli esseri in stato confusionale che bivaccavano nel corridoio, le urla scimmiesche di alcuni di loro, il micidiale tuono dell'hard rock che fuorisciva dagli altoparlanti. Salí la scaletta fino alla mansardina di sua figlia, bussò alla porta, entrò e si sedette sul letto con le gote infuocate come quelle di una ragazzina innamorata per dirle che i servigi di Rebecca avevano dato i loro frutti. Uno degli avvocati aveva iniziato a dispensare somme di denaro recuperate dalla massa degli affari dell'Onorevole. Somme sufficienti a garantire alla famiglia una vita decorosa.

I Pedrotti erano di nuovo ricchi.

Probabilmente fu la stessa Rebecca a permettere a Maddalena di fuggire. Le mise a disposizione una bella somma per aiutarla, oppure per liberarsi di lei.

Diversi mesi dopo la sua fuga mi arrivò una cartolina dalla Colombia. Era formata da due rettangoli di carta da zucchero sovrapposti e incollati. Uno dei francobolli rappresentava un treno su cui viaggiavano una giraffa, un pappagallo e un elefante. La firma era di Maddalena e c'era scritto: «STO BENE».

Con cinque punti esclamativi: !!!!!

2.

Passarono altri mesi. Iniziò il 1981 e una mattina di gennaio Fabrizio mi chiamò.
«Hitchcock, c'hai da fare oggi?».
«Devo andare a lezione. Perché?».
«Dovrei parlarti di una cosa» disse. «Possiamo trovarci all'università?».
Ci incontrammo davanti al bar delle segreterie vicino all'ingresso di viale Regina. Fabrizio si presentò insieme a un tipo basso con la faccia scura, i capelli lunghi sciolti sulle spalle e un poncho che gli dava le sembianze di un manichino. Non era uno dei soliti ponchos variopinti che si vedevano a Roma a quei tempi, però. Era tutto marrone, la lana lavorata in modo primitivo, piena di nodi e sfilacciature. Non pareva nemmeno lana, piuttosto una fibra vegetale dalla consistenza simile ai peli legnosi che da bambino mi divertivo a togliere dalle bucce del cocco abbandonate sulla spiaggia di Torvajanica.
«Lui è Hitchcock» disse. «Hitchcock, ti presento Atahualpa».
Era una delle giornate piú fredde di quell'anno e dalle narici di Fabrizio fuoriuscivano getti di vapore densi come panna montata. Locomotiva, lo chiamava Federica Cersosimo, che si era iscritta alla facoltà di lettere solo per continuare a stargli vicino e che adesso era perfettamente in regola con gli esami mentre lui aveva già smesso di frequentare le lezioni.
Sentendosi chiamare cosí, il ragazzo col poncho arricciò le labbra e rise saettando all'intorno uno sguardo spavaldo. Forse era spaventato e cercava di dissimularlo. O forse aveva solo freddo. Il bianco dei suoi occhi mobilissimi balenava come una camicia

candida in una lavatrice di panni scuri. Pareva volersi imprimere nella retina ogni dettaglio nel minor tempo possibile.

«Mi chiamo Juan Carlos» disse scandendo le sillabe e porgendomi una mano piccola come quella di un bambino. Gliela strinsi forte, forse un po' troppo, e lui la fece scomparire in fretta sotto al poncho con una smorfia.

«Se è per questo nemmeno io mi chiamo Hitchcock» risposi. «Fabrizio dà di questi soprannomi a tutti».

Juan Carlos rise ancora ma con poca convinzione. Il labbro superiore si ritirò fino alla radice del naso e nella sua faccia scura brillò l'avorio degli incisivi e dei canini.

«Parla piano sennò non ti capisce» disse Fabrizio. «È arrivato a Roma solo l'altroieri».

«Ah».

«Senti Hitchcock, io devo andare a fare dei giri. Perché tu intanto non gli fai vedere il mercatino?».

«Ma veramente...».

«Grazie! Atahualpa, tu adesso resti qui con Hitchcock. Capito?».

Mi ero fatto ipnotizzare dalla nuova faccia di Fabrizio. Soprattutto dal naso, spostato di lato per il colpo della mia macchina fotografica. Erano passati pochi mesi da quando suo fratello Mario gli aveva spaccato in faccia la Praktica LTL2. La ruga che gli divideva in due la fronte si era inclinata come l'architrave di un edificio pericolante. Le sue guance stavano prendendo una strana consistenza grumosa. Ma anche adesso bastava che battesse le mani una sola volta perché mi sentissi pronto a obbedirgli. E prima di salutarmi Fabrizio fece proprio questo: batté forte le mani nell'aria con uno schiocco netto. E io sentii lo spostamento d'aria sulle mie guance.

Lo guardai allontanarsi. Camminava come se la

terra sotto i suoi piedi fosse la schiena di un animale domato.

Atahualpa non parlava l'italiano ed era riuscito a memorizzare una sola frase, quella con cui si era presentato poco prima. Provai a rivolgergli qualche domanda ma mi accorsi che non mi ascoltava. Intorno a noi c'erano troppe cose che lo distraevano. Guardava l'asfalto, annusava l'aria, si voltava se appena sentiva passare il tram sul viale.
Dalle sue mezze risposte in spagnolo seppi che era ecuadoriano. Il poncho era di alpaca e se l'era fatto da solo. Sapeva leggere e scrivere, questo ci tenne a farmelo sapere. Se ne vantò a lungo compitando ad alta voce le etichette e i cartelli del mercatino. Provai a chiedergli perché fosse venuto a Roma e come avesse conosciuto Fabrizio, ma non riuscimmo a capirci.
Man mano che camminavamo tra i banchi del mercatino la timidezza lo abbandonava. Adesso frugava la mercanzia, si infilava braccialetti e collanine sotto gli sguardi preoccupati di fricchettoni infreddoliti, sollevava le custodie degli LP usati, ne estraeva i vinili e li osservava in controluce con l'aria di chi la sa lunga, si aspergeva il poncho di patchouli. Le mani scure guizzavano fuori dalla stoffa del mantello e si ritraevano come le zampette di un paguro. Non so, forse qualche oggettino lo fece veramente sparire sotto il poncho. I fricchettoni dei banchi mi guardavano con aria preoccupata, io scrollavo le spalle.
Alla fine Juan Carlos attaccò discorso con due tipi dall'aspetto andino che tenevano un banco di statuette, posacenere di legno e altre carabattole accanto al vialone centrale. Li avevo sempre scambiati per fratelli, invece quel giorno seppi che non erano nemmeno connazionali. Uno era peruviano, l'altro boliviano. Erano cresciuti con due lingue diverse e Atahualpa le

parlava un po' entrambe. Grazie a loro il flusso di informazioni migliorò. Venni a sapere che Juan Carlos in Ecuador si era fidanzato con un'italiana, una certa Maddalena.

Maddalena? Sí, Maddalena.
La sorella di Fabrizio? Proprio lei.
Ma ce l'aveva una foto? Eccola.
Me la mostrò.

Vidi Maddalena in una luce di trascendenza equatoriale sotto il cielo azzurro. Indossava un poncho e un copricapo nero a tese larghe. Era in piedi davanti a una piccola costruzione di legno. Accanto a lei c'era una vecchia donna scura (solo molti anni dopo avrei scoperto che quella vecchia non era per niente una vecchia) che teneva una specie di cucchiaione rosso in mano. Un avambraccio di Maddalena fuoriusciva dalla stoffa. La mano era posata sul gambo del cucchiaione e si sovrapponeva a quella scura e striminzita della figura che le era accanto. Uno strano maialetto nero e peloso se ne stava placidamente seduto tra i suoi piedi e sembrava accompagnarla abitualmente nei suoi pellegrinaggi. Sulla foto appariva invecchiata. No, mi sbagliavo. Pareva fuori dal tempo e probabilmente lo era. Una ragazza fotografata diecimila anni fa. L'abbronzatura da montanara, col rossore che ardeva sotto la pelle delle guance, le dava un'aria linda e soddisfatta. Guardava l'obiettivo (dunque adesso guardava me) con gli occhi stretti in una fessura. Certamente era il sole a farle socchiudere le palpebre, ma anche quella sua nuova inattaccabilità. L'arco ombroso delle sopracciglia si opponeva a quello delle labbra, stirate in un sigillo a forma di sorriso, come se quella non fosse una bocca ma un'insegna, e la bocca fosse altrove. Mi veniva da parlarle. Anzi stavo per farlo ma mi fermai in tempo perché Juan Carlos ritirò la mano con cui mi teneva la foto davanti agli occhi.

Come mi sentivo? Come il personaggio di quel film che dopo essere stato trapassato da una palla di cannone si guarda il buco nella pancia e si stupisce di non sentire dolore perché non sa ancora di essere morto.

Quando alzai gli occhi e tornai da quel viaggio sulle Ande vidi Mario poco distante da me. Stava esaminando i libri usati esposti su una bancarella. La ruga orizzontale della fronte era violacea per il freddo, le labbra erano arricciate per la concentrazione, come se le lettere fossero pulci da addomesticare. Lo chiamai a voce un po' troppo alta. Lui finí di leggere una quarta di copertina e si voltò dopo qualche istante. Doveva avermi visto già da qualche tempo, perché non sembrava affatto sorpreso. Forse mi aveva addirittura seguito. Diede un'occhiata scettica ai miei nuovi amici sudamericani.

«Ma dov'eri?» disse. «Non ti ho visto a diritto privato».

«Ero qui con... Ma mi hai preso gli appunti? Ti presento Juan Carlos. È il fidanzato di tua sorella».

Mario non reagí a quella notizia. Si avvicinò di un passo e strinse la manina di Atahualpa che gli sorrise coi denti lunghissimi e innocenti, come se lo riconoscesse. Chissà, magari aveva colto nel viso di Mario un'aria di famiglia. Ma Mario si era già rimesso a frugare tra i libri.

3.

Atahualpa era arrivato a Roma una mattina di gennaio. Si era presentato nella casa di via Cola di Rienzo con un sacco pieno di monili andini e un biglietto in mano. Rebecca aveva consegnato il biglietto alla vedova che subito aveva riconosciuto la calligrafia di sua figlia. La Pedrotti lo aveva letto ad alta voce:

«Juan Carlos è una persona per me molto imuri... importante che ha bisogno di stare da voi finestr... finché avrà trovato una sistemazione. Ospitatelo nella mia camera. Io sto molto bene. Non so quando tornerò. Maddalena».

Anche Fabrizio frattanto era riemerso. Dall'ala della casa che occupava, prima che la porta del corridoio si richiudesse dietro di lui, si udí la voce di una ragazza che urlava «NO... NO...» e le risate sadiche di due o tre maschi che probabilmente la inseguivano o la tenevano ferma. La Pedrotti non fece commenti. Fabrizio si avvicinò a quello strano tipo col poncho e gli strinse la mano. Rebecca si teneva in disparte e fissava il vuoto con l'occhio simile a un geroglifico egizio, piú indecifrabile però. Fabrizio si era accorto di puzzare e per sottolinearlo continuò per un po' ad annusarsi un'ascella e a ridacchiare.

«Leggi qua» gli disse sua madre porgendogli il biglietto. Fabrizio lesse, poi raccolse il sacco del ragazzo e si avviò.

«Ma che fai!» disse sua madre.

«Be', se dobbiamo ospitarlo bisogna pure che gli faccia vedere dov'è la sua camera, no?...».

«Ma non capisci! Maddalena potrebbe essere stata sequestrata! Il biglietto magari gliel'hanno estorto!».

A Fabrizio sembrò di cogliere un lampo di ironia

negli occhi di Rebecca. Prese coraggio benché sua madre fosse tuttora l'unica persona al mondo che aveva ancora il potere di chiudergli la bocca.

«E che vuoi fare? Chiamare i carabinieri? Ma guarda questo poveraccio. Ti pare un sequestratore? A me sembra a posto. No, Rebecca?».

Gli occhi di Rebecca si fecero opachi e il suo sguardo si richiuse come dietro a uno sportelletto. La Pedrotti voltò le spalle a suo figlio e si allontanò.

«Fate come vi pare» disse. «Però i soldi del riscatto non ce li abbiamo, che sia chiaro».

Il grande salone al centro della casa era diventato il territorio di Brina, che giorno per giorno ne sgretolava l'arredamento in un'entropia canina senza freni. La madre di Fabrizio occupava due stanze comunicanti che davano sul cortile interno. Ne usciva solo per i pasti, preparati da una donna a ore che trascorreva buona parte della giornata a guardare la tv a colori e a portare fuori il cane.

Fabrizio passava il tempo vagando nell'altra metà dell'appartamento, dove una stanza ricoperta di materassi fungeva da dormitorio. Qui bivaccavano stabilmente i suoi amici. Io avevo ricominciato a frequentare casa Pedrotti e adesso ero uno di loro. L'aroma putrido dell'hashish ristagnava mischiandosi agli umori corporali degli inquilini. Dal fondo del corridoio partiva una scala a chiocciola che lo collegava a una camera dotata di una sola finestrella. Per qualche mese era stata la stanza di Maddalena. Ora vi si era installato Atahualpa.

Lí, in quella che a casa Pedrotti veniva chiamata «la mansardina», Juan Carlos dormiva, si lavava, si preparava i pasti su un fornellino da campeggio procuratogli da uno dei commercianti andini coi quali era entrato in affari all'università. Quando cucinava, la sera, la scala a chiocciola si animava di esseri rintronati come capre che andavano a elemosinare un piatto di fagioli. Juan Carlos li disprezzava e faceva finta di non sentirli quando raschiavano alla sua porta. Apriva solo se a bussare era qualcuna delle ragazze che circolavano giorno e notte nelle stanze di Fabrizio.

Nei mesi che passò a via Cola di Rienzo, Atahualpa ebbe diverse concubine. Le ragazze gli si offrivano in cambio di un pasto caldo. Poi si trovavano bene e si fermavano a dormire da lui. A volte restavano per due o tre settimane e lui le riempiva di gioiellini. Nella mansardina Atahualpa teneva la mercanzia che si faceva spedire dall'Ecuador per rivenderla al mercato dell'università con buoni profitti. Non chiese mai denaro alla famiglia Pedrotti e questo fu probabilmente il motivo per cui Rebecca tollerò la sua presenza. Per non parlare del fatto che al collo e alle orecchie della governante erano comparsi certi monili variopinti. Solo la vedova Pedrotti, sempre indulgente verso gli amici tossici di Fabrizio, insisteva perché Juan Carlos se ne andasse.

Atahualpa rimase ospite della casa di via Cola di Rienzo per otto mesi. L'unico motivo per cui Fabrizio alla fine lo pregò insistentemente di andarsene fu la litania quotidiana di sua madre, che alla fine lo aveva fiaccato.

Lui e l'ecuadoriano erano diventati buoni amici e nell'appartamento ci sarebbe stato spazio per tutti. Tanto che per settimane Fabrizio poté spergiurare che Juan Carlos se n'era andato mentre continuava ad alloggiare in camera di Maddalena.

Un giorno l'ecuadoriano sparí davvero senza lasciare nemmeno un biglietto e di lui non si seppe piú nulla.

4.

Atahualpa non fu l'unico fidanzato latinoamericano di Maddalena. Anni dopo, quando mi ero ormai laureato e non sapevo se sarei riuscito a evitare il servizio militare (alla fine ce l'avrei fatta, ma solo dopo aver amputato un alluce a un povero ragazzo di Benevento con una fucilata durante il CAR: colpa della vecchia commozione cerebrale, disse il medico dell'ospedale militare in cui ero stato ricoverato insieme al beneventano), Maddalena tornò a Roma e ci si fermò per due mesi. Non era sola. L'accompagnava un messicano sulla cinquantina, Gustavo.

Maddalena non aveva voluto alloggiare a via Cola di Rienzo e aveva preferito andare al Residence Salario, ospite di Mario, che aveva continuato ad abitarci da solo fino alla laurea. In giardino c'era la vecchia Brina, tornata anche lei al residence dopo aver sminuzzato ogni oggetto nel salone del vecchio studio dell'Onorevole.

Una sera Maddalena mi telefonò e mi invitò a cena.

«Attento a te» disse mio padre mentre uscivo di casa. Io non gli risposi. Erano anni che non ci parlavamo, dato che lui generalmente rispondeva al mio silenzio con il suo. In questo eravamo proprio padre e figlio. Per convivere civilmente ci bastava quel grumo nero di morte ferma, la morte di mia madre. Rivoltarlo sarebbe stato troppo faticoso.

Certo, non l'aveva mica ammazzata lui. E non l'avevo nemmeno ammazzata io, se è per questo. Ma per due tipi come noi era troppo complicato rimettersi a parlare adesso, dopo anni di silenzio. E cosí in casa ce ne stavamo zitti. Il che aveva i suoi vantaggi.

Roma era un gran bordello. Poter rientrare la sera in una casa silenziosa era una consolazione.

Solo qualche volta si riaffacciava in lui quella preoccupazione nei miei confronti. Allora ricominciava a parlarmi, una frase alla volta. Come quella sera che stavo andando da Maddalena: «Attento a te».

Sull'uscio della vecchia casa Pedrotti si ripeté quel fenomeno che a distanza di anni continuava a sorprendermi: la porta blindata si aprí e fu sostituita da una specie di seconda porta che era il corpo di Fabrizio. Lui mi ghermí con le braccia e mi seppellí. Possibile che fosse ancora cresciuto in altezza? Eppure aveva ventisei anni, ormai.

«Hitchcock. Mannaggia, oh! Ma che fine hai fatto?».

Col barbone nero avrebbe potuto fare da controfigura a Bud Spencer, solo un po' piú grosso.

«Che ci fai qui?» domandai dopo aver ripreso fiato, non accorgendomi di quanto fosse assurdo fargli una domanda simile in casa di suo fratello.

«Come, perché me lo chiedi?.. Ah, ho capito. Ma guarda che io e Mario adesso siamo amiconi!».

Lo guardai in faccia. Il suo naso era piú storto che mai. Lui ci passò sopra un dito e fece un movimento con la mano come per scremare un calderone di ricotta. L'episodio della macchina fotografica era acqua passata, voleva dire. Erano passati sei anni da quel giorno a Villa Ada.

I miei passi mi portarono in cucina. Vidi Maddalena in piedi davanti ai fornelli. Lei si accorse della mia presenza prima ancora che aprissi bocca e disse a voce altissima che stava preparando il pollo e i fagioli per i burritos. Mi sembrò che parlasse cosí forte solo per tenermi lontano, come si fa con un animale selvatico.

Io mi avvicinai a lei lateralmente, con un movimento da predatore. Si voltò verso di me, mi fece svolazzare lo sguardo intorno, mi fissò le labbra.

Fabrizio ci osservava dalla soglia della porta e per questo mi sforzai di comportarmi normalmente. Ma poi lei mi abbracciò e io mi sentii affondare in una tazza di crema. Era proprio Maddalena. Le Ande non l'avevano cambiata. Sentii che la porta della cucina si richiudeva.

«Giovanni... Hitchcock» mi disse in un orecchio. «Ma allora sei vivo».

Lo disse con naturalezza, senza un'ombra di cinismo. Ritrovare tutti in vita, perfino il cane, dopo sei anni trascorsi in un altro mondo non doveva sembrarle scontato.

Mi sforzai di dire una cosa qualsiasi: «Ti trovo bene, Madda». Non era una bugia, quella. Era proprio splendida.

«E tu sei bello come il sole» rispose. «Eri carino anche prima ma adesso sembri proprio un attore di cinema».

Spense i fornelli, mi afferrò per un polso e mi trascinò nel corridoio. Mi lasciai guidare nell'oscurità. Come tanto tempo prima mi misi a saltellare per la paura di inciampare. Non vedevo nulla, intuivo solo la sua ombra piccola e profumata davanti a me. Maddalena afferrò la nostra maniglia, aprí la porta e io rimasi quasi accecato alla vista della sua stanzetta. Lo stesso letto, lo stesso armadio, l'attaccapanni di tanti anni prima. Solo che tutto era in piena luce, squadernato e nitido come non l'avevo visto mai. Il letto era rifatto e c'era odore di chiuso. Un odore morto al posto di quell'aroma di stalla profumata che avevo conosciuto anni prima. Dalla finestra vidi Brina. Il cane schiacciò il muso contro il vetro e abbaiò due volte. «Dai, mettetevi a scopare» sembrava volerci dire.

Andammo in salone, dove la tavola era già apparecchiata. Fabrizio era in piedi al centro della stanza e i suoi ricci sfioravano i cristalli del lampadario. Quando mi vide si mise ad abbracciare Gustavo per farmi capire che era lui il compagno di viaggio di Maddalena. Si strofinò a lungo i capelli grigi del messicano contro l'addome. Gustavo cercava di liberarsi, urlava richiami soffocati.

«Adesso piantala» gli disse Mario. «Perché i tuoi giochi devono sempre sconfinare nell'omicidio?».

Notai che parlava a voce alta, proprio come suo fratello.

«Accoglienza italiana» gridò Fabrizio mentre liberava la testa di Gustavo.

Il messicano si ricompose. Portava una cravatta marrone che in quel momento gli penzolava su una spalla. Anche così, stropicciato dall'aggressione di Fabrizio, emanava un gran nitore. Era un uomo di mezza età, piú o meno vent'anni piú vecchio di Maddalena, con un'aria molto disciplinata da ufficiale dei marines. Guardai lei che guardava lui e mi sembrò di intuire per un momento che cosa avesse cercato Maddalena o che cosa stesse ancora cercando. Mi avvicinai a Gustavo e gli strinsi la mano.

«Tu sei Hitchcock» disse a voce bassissima riducendo le distanze. «L'ex di Maddalena. Finalmente ci conosciamo».

L'ex di Maddalena. Era cosí che lei parlava di me? Con quella frase Gustavo mi aveva collocato lí dove non ero mai stato. Era forse un risarcimento sentimentale che lei gli aveva chiesto? E però mi aveva chiamato Hitchcock. E cosí, con un'unica frase, lui e Maddalena mi relegavano ancora una volta a quella mia identità equivoca. Mi toccai il petto e le braccia per ritrovare i miei confini. Ripensai all'Onorevole morto che sei anni prima era stato esposto in quel salone: proprio nel punto in cui ero io in quel momento.

Mi domandai se i fratelli di Maddalena avessero udito la frase di Gustavo, se avessero mai saputo di me e di Maddalena. Mi guardai intorno. Fabrizio era uscito dalla stanza. Mario stava raschiando via qualcosa con un'unghia dal bordo di un piattino e sembrava distratto. Impossibile capire se sapesse. Ma forse in fondo sí...

5.

Passarono altri diciannove anni e rividi Maddalena a Buenos Aires nel 2005. Avevo quarantaquattro anni e negli ultimi tre anni avevo cambiato lavoro ben due volte. Dopo aver venduto attrezzi agricoli e poi macchine da caffè, avevo trovato un'attività che non mi opprimeva eccessivamente e mi faceva guadagnare cinquemila euro al mese, cui si aggiungevano i premi di produzione, l'auto, la benzina e il telefono.

Viaggiavo per il mondo circa due settimane al mese. Le altre due settimane le trascorrevo a Berlino, dove non avevo niente da fare se non scrivere qualche relazione di quattro o cinque paginette e rispondere a una decina di mail al giorno.

Rappresentavo una casa editrice anglo-austro-italiana che vendeva un metodo di apprendimento della lingua inglese. Il metodo, come il suo inventore, si chiamava Arthur. Il mercato piú promettente era il Sudamerica.

Poco prima di partire per Buenos Aires scrissi una mail a Maddalena, che ci viveva da dieci anni. Lei mi rispose che sarebbe venuta a cena al mio albergo, l'Hilton di Puerto Madero, in modo da non costringermi ad attraversare la megalopoli fin dalla prima sera con il jet lag addosso. Le fui grato di quella proposta. La mattina dopo avrei dovuto svegliarmi all'alba e sistemare la solita presentazione power point prima di andare al solito centro congressi, dove avrei incontrato la solita delegazione formata dai soliti incompetenti.

Quella sera mi sedetti a un tavolo della sala ristorante col computer acceso. Da dove mi trovavo riuscivo a tener d'occhio l'ingresso della sala ma Maddalena riuscí a prendermi alle spalle. Non fece il giochino di tapparmi gli occhi con le mani, però. Aspettò che avvertissi la sua presenza dietro di me.

«Quante slide sei riuscita a spiare?» dissi quando mi accorsi di lei.

«Non molte, due o tre» rispose.

Mi girò intorno dopo avermi baciato una tempia (grigia!) e si mise seduta davanti a me. Io ridacchiai e scossi la testa.

«Che hai da ridere?» domandò. «È per l'accento argentino?».

«Be', in effetti si sente che sei fuori dall'Italia da tanto tempo».

«In famiglia con mio marito e i bambini parlo quasi solo spagnolo. Il mio italiano non fa che peggiorare».

«A chi lo dici! Anch'io abito all'estero da... non lo so piú, da quanto tempo».

«Guarda che cosa ti ho portato».

Posò una scatolina di cartone sul tavolo.

«Grazie. Ma che cos'è?».

«È melatonina. Mi hanno detto che in Europa non si usa molto. Regola il ciclo sonno-veglia ed è ottima per il jet lag. Ne prendi una dopo cena e dormi come un bebè».

Era bella, Maddalena. Fra un mese avrebbe compiuto quarantasette anni, calcolai. Aveva trovato il modo di mantenere ai suoi ricci il colore delle alghe della mia infanzia. L'espressione dei suoi occhi si modulava intorno alle mie parole come se ogni parola che dicevo, ogni porzione di silenzio, ogni impressione del mondo fosse degna di una dedizione particolare, di una faccia a parte.

Dopo una bistecca da un chilo che dividemmo in due uscimmo dall'hotel e lei mi parlò a lungo dell'America Latina. Mise in chiaro che odiava il tango.

Mi ripeté i nomi dei suoi due ragazzi, Arturo e Felipe detto Filippo. Raccontò che suo marito era un *tano*. Vuol dire italiano, disse. Era figlio di terza generazione di immigrati veneti e marchigiani. Si chiamava Ramiro e faceva l'architetto. Stava progettando certi capannoni industriali da montare in un posto nella pampa chiamato Carlos Keen (non so perché mi tornino in mente proprio certi dettagli, man mano che scrivo). I nonni di Ramiro da parte di padre erano venuti da Feltre e avevano fatto fortuna. Il suocero di Maddalena era stato il primo laureato della sua famiglia. Lui e i fratelli avevano fatto mestieri prestigiosi con grandi targhe d'ottone. Poi tutti erano stati travolti da una, due, tre crisi. E dalla dittatura militare. L'Argentina era il paese con l'*élite* piú grande al mondo, disse. Milioni di borghesi coltissimi, piccoli Borges ridotti in miseria.

Poi mi spiegò che l'America Latina si divideva in quattro: quella india, quella nera, quella meticcia, e infine quella bianca, formata dall'Argentina e dall'Uruguay, che era la piú noiosa. Non a caso lei era finita qui.

«Avrei voluto restare sulle Ande. Ma scoprii di avere il mal di montagna acuto. Può venirmi un edema polmonare già a tremila metri. Quando ho capito che non potevo vivere in altura sono andata a Bahia. Ero l'unica bianca del quartiere. Tutte le donne mi odiavano e tutti gli uomini volevano scoparmi. Non era vita, quella. Allora sono andata a passare un periodo in Messico. Ma c'era una violenza, lí. Una facilità a morire. Una svalutazione della vita. Non ce l'ho fatta. Ed eccomi qua».

Passeggiando fuori dall'hotel eravamo arrivati a metà del ponte di Calatrava. Lei raggiunse un taxi di corsa, io finii di fumare e me ne tornai in albergo.

Quella sera presi una pasticca di melatonina e dormii come un bimbo per otto ore filate, proprio come aveva promesso Maddalena.

I miei incontri con i burocrati argentini andarono bene. In quegli anni per rompere il ghiaccio in tutti i paesi del mondo bastava buttare lí qualche battuta su Berlusconi. Recitavo in fretta la mia presentazione saltando i passaggi troppo complicati. L'amministratore delegato della società mi avrebbe licenziato, se lo avesse saputo. Era austriaco e in quanto tale credeva nei protocolli. Io invece cercavo di capire in fretta a quale esca avrebbero abboccato i miei clienti. Se erano avidi, egocentrici, erotomani o altro. Oppure tutte queste cose insieme. In fondo era gente che comprava coi soldi degli altri. Dall'atmosfera che si respirava alla fine della presentazione, dagli angoli delle bocche, dall'intensità delle strette di mano riuscivo in genere a capire quanti audiovisivi avrebbero ordinato. Lí in Argentina eravamo certamente nell'ordine delle migliaia.

Maddalena abitava nel quartiere di Almagro. Mi diede appuntamento in una *confiteria*, venne a prelevarmi in motorino e mi portò a casa sua. Entrammo da una porta che si apriva con cinque mandate, passammo a una seconda porta che si apriva con quattro mandate e finalmente penetrammo nel grande appartamento: due piani collegati da una scala di marmo, trecentocinquanta metri quadrati.

«La grandezza media delle case Pedrotti» osservai.

«È normale, qui a Buenos Aires. La gente ha case enormi ma poi è povera e gli intonaci cadono a pezzi. Questa l'abbiamo ereditata dai genitori del *tano*».

Proprio in quel momento Ramiro rincasò. Uscendo dalla zona di penombra dell'ingresso mi sorrise. Lo guardai in viso ed esitai a stringergli la mano. Mi sembrava di riconoscerlo e questo mi disorientò. Dove l'avevo visto? Mi soccorse Maddalena che stava tornando dalla cucina con due bicchieri di vino cileno.

«Oddio, sono tremenda, vero?» disse in italiano porgendoci i calici. «Gli uomini importanti della mia vita si assomigliano tutti».

In quel momento mi accorsi che Ramiro era quasi un sosia di Gustavo, il professore messicano di diciannove anni prima. Mi venne in mente che Gustavo doveva andare ormai per la settantina mentre Ramiro non poteva avere piú di quarantacinque anni. (Piú tardi seppi che ne aveva solo trentotto.)

«Maddalena aveva detto che mi somigliavi» disse Ramiro, «ma non credevo che mi sarei trovato davanti al mio *doppelgänger*».

Aveva parlato in spagnolo e non ero sicuro di aver capito bene. Lo guardai con aria stordita al di sopra del bicchiere e il *tano* scoppiò a ridere. Mi concentrai sul suo viso senza piú guardarlo negli occhi e adesso mi sembrò che al posto della sua faccia ci fosse la mia. La testa iniziò a ronzarmi e fui costretto a sedermi. Gustavo, Ramiro, io.

Gli uomini importanti della sua vita.

Ma allora ci assomigliavamo tutti? E magari anche gli altri? Alberto, Giangiacomo, Atahualpa?

A metà cena, tra una portata e l'altra, non resistetti e mi alzai per andare in bagno. Vedere la mia faccia in un vero specchio dopo essermi specchiato per un'ora nel volto di Ramiro mi tranquillizzò. Scoprii che la somiglianza tra me e lui era abbastanza blanda e mi calmai.

Poco dopo il marito di Maddalena si ritirò per portare a letto i bambini. Si affacciò ancora una volta nel corso della serata per dire che sarebbe andato a correggere una tesi di laurea. In quel periodo aveva un incarico all'università. Io e Maddalena rimanemmo a parlare fino a notte fonda.

«...mi è rimasta l'abitudine di farlo sempre alla stessa ora. Cioè, ovviamente mi capita di fare l'amore anche in orari diversi, ma se deve essere una cosa come si deve allora io e Ramiro lo facciamo alle sei e mezzo del pomeriggio. Come con te, trent'anni fa... Senti Hitchcock. Ma tu mi odi? Voglio dire... mi hai odiata per quello che ti ho fatto?».

«Credo di sí. Penso che avrei potuto ucciderti. Dopo che te ne sei andata in Colombia ho cominciato a sognare di ammazzarti».

«Ammazzarmi come?».

«Mah, in tanti modi diversi...».

«Mi odiavi proprio, se ti auguravi la mia morte...».

«No, non è che me la augurassi. Al contrario. Erano proprio sogni, sai? Non potevo farci nulla. Mi svegliavo e mi ricordavo di averti appena strangolata con un laccio da scarpe. Oppure ti avevo tagliata a metà con un colpo di sciabola ai fianchi. Ecco, sí, sognavo spesso di dividerti in due e c'erano grandi schizzi di sangue. Però poi da sveglio ero contento di non averlo fatto».

«Poverino. Mi dispiace. Ero giovane e infelice...» disse, ma rideva.

«Be', anch'io, se è per questo».

«Stavo soffocando. Oggi me li ricordo come gli anni peggiori della mia vita. Ero depressa e non lo sapevo. Desideravo morire, odiavo le mie amiche».

«Quelle deficienti? Ma non ne valeva nemmeno la pena...».

«In questo continente mi sono ritrovata».

«Sei stata coraggiosa a partire».

«Sai, sono venuta in Sudamerica dopo aver visto al cinema un film brasiliano in cui tutti ridevano. Mi ero messa in testa che qui la vita era piú allegra. Ed è vero! In America Latina si ride di piú, molto piú che da noi! In Italia ero incappata in una serie di uomini che non volevano mai farmi ridere. Lo so, non ho un bel sorriso. E non ho nemmeno una bella risata. Non sono proprio capace di ridere. Mi sfiguro, mi mostrifico...».

«Adesso non dire cazzate...».

«...no, lasciami parlare. Ci ho messo anni a trovare un uomo a cui piacesse il mio modo di ridere».

«E quest'uomo è Ramiro?».

«Sí. È un uomo meraviglioso. Il suo unico difetto è quel nome orribile che gli hanno messo i suoi genitori. Ma è diverso dagli altri. Non cerca di farmi piangere a tutti i costi».

«Se è per questo nemmeno io cercavo di farti piangere!».

«È vero. Ma era impossibile capire quello che provavi. Quello che avevi dentro».

«Che vuoi dire? Io sono sempre stato un libro aperto...».

«Un libro strappato, semmai. Ecco, era come se mancassero dei capitoli. Sembravi chiuso in un mondo tutto tuo. A un certo punto mi ero convinta che tu mi scopassi solo perché ero la sorella di Fabrizio. E quando ti ho detto che ero incinta... non hai fatto un sorriso, non hai chiesto nemmeno come stavo, che cosa desideravo. Avevi la faccia pietrificata...».

«Ma non è cosí, io...».

«Poi hai avuto quell'incidente. Sei uscito dall'ospedale dopo il coma e non riconoscevi quasi la gente. Non parlavi. Eri peggio di prima. Oddio, se ripenso a quanto ci sono stata male...».

«Io non ricordo, io...».

«Anche per questo sono fuggita, sai? Sono scappata da te e da tutto quel dolore che ti portavi dentro. Ma cosa importa ormai? Ti trovo bene, Giovanni! Sei sempre stato un uomo bellissimo. Il piú bello di tutti!».

Le chiesi di suo fratello Fabrizio.

«Dovresti riprendere i contatti» rispose.
«Ma se non so nemmeno dove abita...».
«È a Roma. Fa il musicista. Ma non guadagna quasi nulla».
«Per fortuna non ha bisogno di guadagnare...».
«Ti sbagli. Le cose sono cambiate. Ha buttato via un sacco di soldi. Ha gestito male l'eredità. Credo che sia rimasto quasi a secco».
«E Mario?».
«Presto finirà i soldi anche lui».
«Ma perché non si cercano un lavoro, tutti e due?».
«Lo sai come sono fatti. Non riescono nemmeno a concepire l'idea di lavorare. Stanno aspettando che i soldi finiscano. Poi ci penseranno. Forse».
«E Mario dov'è, adesso?».
«A Heidelberg. Studia il tedesco».
«Ma che hanno, tutti e due?».
«Non lo so... forse non riescono a capire che c'è un troppo anche nel troppo».

6.

La busta mi fu recapitata qualche settimana dopo al mio indirizzo berlinese. La aprii. Dentro c'era la foto che avevo chiesto a Maddalena.

Studiai a lungo la sua espressione chiusa. Il sorriso sigillato, il condor delle sopracciglia inarcate. Era la stessa foto che avevo visto in mano a Juan Carlos venticinque anni prima. Solo che la vecchia donna scura, quella col cucchiaione rosso in piedi al fianco di Maddalena, non era una vecchia donna scura. Era Juan Carlos in persona. Un altro scherzo della mia memoria.

Sulla foto li vidi come erano stati nel giorno in cui si erano fatti fotografare sulle Ande: un giovane re con uno scettro in mano al fianco della sua regina.

Divorzi

1.

Mi serve un'altra capriola temporale per tornare alla nostra storia nel punto in cui l'avevo lasciata. Ma è l'ultima, lo giuro.

Dopo essersi laureata in lingue a Villa Mirafiori, Federica Cersosimo riuscí in qualche modo a farsi sposare da Fabrizio Pedrotti. Era il 1987. Il giorno delle nozze, col petto tutto in fuori come la polena di un galeone, in un tailleur giallo limone con la gonna al ginocchio, Federica sfilò a testa alta lungo il corridoio aperto tra i banchi della sala comunale di Anguillara, sul Lago di Bracciano. Fabrizio era in abito bianco di lino e non portava la cravatta o forse se l'era già tolta. Sorrideva e il suo naso storto sembrava un secondo sorriso arrampicato su per la fronte.

Qualcuno dai banchi disse: «Gli ha messo la cavezza al collo». A parlare era stata una vecchia compagna di scuola di cui già all'epoca non ricordavo il nome. Vidi Federica presa dall'impulso di voltarsi. All'ultimo momento però rivolse lo sguardo a un dipinto appeso a una parete. Inspirò forte col naso. Da dieci anni fingeva di non vedere, di non sentire. Fabrizio, con gli occhi socchiusi, continuava a sogghignare e sembrava diventato sordo e cieco anche lui.

Io ero il testimone dello sposo. Mentre mettevo la firma sul registro del sindaco mi tornò in mente la parola «cavezza» e rividi Fabrizio come un vitello in una luce mitica, proprio come mi era apparso nell'acquitrino del campo da rugby dell'Acqua Acetosa nel giorno in cui per la prima volta avevo sentito risuonare nell'aria la voce di Maddalena. Governando la mano destra per impedirle di scrivere «Hitchcock» e obbligarla a firmare col mio nome legale, mi venne in mente che quel giorno di tanti anni prima, da qualche parte al di qua della rete metallica che delimitava il campo da rugby, c'era probabilmente già Federica Cersosimo.

C'era sempre stata, pensai. Ma un po' come una parte del corpo a cui non si pensa mai, ad esempio il mio piede sinistro. Eppure senza di lei la nostra storia sarebbe diversa.

Non è vero, Max?

Il matrimonio tra Federica e Fabrizio durò pochi mesi. Già sei mesi dopo, quando ormai mi ero trasferito a Dublino, seppi che lei si era rivolta a un avvocato per la separazione. Due vecchi amici mi raccontarono la storia al telefono con parole identiche. Segno che non sapevano nulla e che si servivano di una versione riferita da altri.

Mi dissero che dopo le nozze Federica aveva deciso di stare in campana. Che aveva iniziato a tornare a casa senza preavviso a tutte le ore. Che aveva abbandonato il tetto coniugale il giorno in cui aveva trovato nel suo salotto la banchista del bar all'angolo che faceva ballonzolare le tette oltre la spalliera del divano. Sotto la ragazza c'era sdraiato Fabrizio. Ma di suo marito Federica aveva visto solo i piedi giganteschi e bianchi, come morti, posati sul bracciolo. Era fuggita di casa ed era tornata pochi giorni dopo con due aiutanti a portarsi via un armadio, due sedie, un tavolo, i vestiti, i libri.

Era ancora il 1987 e avevamo tutti ventisette anni. All'epoca stavo per sposarmi e cercavo di arredare una casetta nel quartiere dublinese di Drumcorda insieme alla mia fidanzatina Dearbhla. Non chiamai Fabrizio e nemmeno Federica per informarmi sulla loro separazione. Non scrissi lettere né telegrammi. Considerando che ero il testimone dello sposo avrei potuto fare di piú.

2.

Poi fu la volta di Mario che si sposò nel 1991. Mi chiamò in Irlanda per darmi l'annuncio e parlò per un po' al telefono con Dearbhla. Prima di passarmelo mia moglie coprí la cornetta del telefono con una mano e sussurrò: «Dice di essere un tuo amico italiano ma ha un terribile accento irlandese».

Presi il ricevitore e la voce di Mario mi parlò in inglese.

«Mario, sei tu? Ma perché non mi parli in italiano?».

«Ah, sí, scusa» rispose. «È che mi sono preparato per giorni a questa telefonata. Mi sono fatto aiutare da un insegnante irlandese, pensa un po'. Hitchcock, senti, mi sposo».

«Come... quando?».

«Fra due settimane. Devi venire assolutamente. Devi farmi da testimone».

Spiegò che era stato a Salvador de Bahia a trovare sua sorella Maddalena e che lí aveva conosciuto Celia. Ora la donna era da lui in Italia, avevano deciso di regolarizzare la situazione. Disse in tono esaltato che avrebbe pensato lui a tutto, il volo e due o tre notti in hotel per me e per mia moglie. Dearbhla doveva venire assolutamente anche lei, disse. Avrebbe fatto da testimone a Celia che in Europa non conosceva nessuno. Alla fine mi passò la futura sposa che mi parlò in portoghese con una voce calda e bassa. Ricordo che mi domandai se non fosse un transessuale.

Due settimane dopo io e Dearbhla arrivammo a Fiumicino con un volo dell'Aer Lingus, prendemmo un taxi e ci facemmo portare ad Anguillara, sul Lago di

Bracciano. La stessa città, lo stesso palazzo municipale in cui quattro anni prima si era sposato suo fratello.

Arrivammo con piú di un'ora d'anticipo ed entrammo nel bar della piazza a fare la terza colazione della giornata. Dearbhla non aveva mai bevuto il cappuccino e non ne rimase entusiasta, disse che non capiva tutta quella schiuma e io non seppi darle spiegazioni.

Mario e Celia arrivarono su una macchina sportiva cinque minuti prima dell'orario fissato per la cerimonia. Nel mio ricordo l'auto è una Chevrolet Camaro rossa con due grosse strisce nere sul cofano ma è probabile che la memoria mi inganni. Dalla terrazza che dava sul lago vidi il mio amico, con addosso un vestito grigio rilucente, che scendeva dall'auto e si precipitava ad aprire la portiera della sposa. Dalla macchina scese una donna molto alta in abito verde bottiglia, senza maniche. Aveva la pelle cosí scura che da lontano le braccia sembravano lunghi guanti neri calzati fino alle spalle. Appena scesa si mise in testa un cappello dello stesso colore dell'abito, con le tese molto larghe e una fascia bianca svolazzante. Io e Dearbhla ci avvicinammo. Mario fece delle presentazioni sommarie poi entrammo in fretta nel palazzo del municipio.

Della cerimonia non ricordo quasi nulla. So che durò pochi minuti, che io e Dearbhla ci tenemmo per tutto il tempo alle spalle della coppia e che lei mi stringeva forte la mano cercando di trasmettermi radiazioni di malumore. La partenza affrettata, l'aria calda che saliva dal lago come se lí sotto ci fosse la bocca di un condizionatore, il mio amico cosí bizzarro, quella sposa esotica, il matrimonio senza invitati, la macchina da stuntman parcheggiata fuori dal municipio. Era troppo per lei. Dearbhla desiderava soprattutto essere una piccola e dolce ragazza cattolica, anche se poi aveva le sue idee sul sesso e su tante altre cose.

Quando fummo di nuovo all'esterno vedemmo un vigile che faceva la multa alla macchina di Mario. Lui si precipitò a spostarla. Non l'avevo mai visto correre, nemmeno da ragazzo, e rimasi sorpreso della sua agilità. Fu anche l'unico momento in cui potei osservare meglio la sposa, che adesso era a testa scoperta e teneva il cappello adagiato su un fianco. I tendini delle caviglie di Celia risaltavano nettissimi e proseguivano con precisione la linea del tacco. L'incurvatura del polpaccio prometteva meraviglie prima di infilarsi sotto all'orlo dell'abito.

Dearbhla, in abito giallino, con il collo e gli avambracci cotti a puntino dal calore della giornata, si era posizionata alle sue spalle e la studiava. Sembrava scandalizzata dai tacchi di Celia. Credo che se smise di parlarmi fino al nostro rientro a Dublino fu anche per colpa di quelle scarpe verdi di coccodrillo con le fibbie dorate.

D'un tratto Celia si voltò a guardarla. La sua bocca si aprí in un sorriso grande e buono, coi denti forti e distanziati. Ricordo che il bordo dei suoi occhi era rosato di sangue. Dearbhla distolse lo sguardo, credo per non mettersi a piangere.

Mario tornò col foglietto della multa in mano. Lo appallottolò e lo lanciò ostentatamente contro il muro del palazzo municipale. Disse che lui e Celia adesso dovevano partire per le Seychelles. Domandò in inglese se ci servisse un passaggio. Io guardai Dearbhla che si strinse nelle spalle e fissò il selciato. Risposi di no e mia moglie sospirò. Abbracciai Mario, poi Celia.

Mentre ripartivano, mi accorsi che Mario mi aveva infilato una banconota da centomila lire nel taschino della giacca. La sventolai con aria interrogativa mentre l'auto sgommava sulla piazza.

«È per il taxi» gridò Mario dal finestrino.

Andammo a Roma in pullman e verso la fine del viaggio mia moglie ebbe un attacco d'asma. Ma forse simulava per farmela pagare. Scendendo dal bus si storse una caviglia mentre frugava nella borsetta in cerca dello spray. Alla stazione decidemmo di prendere un taxi, tanto avevamo i soldi di Mario. Dearbhla adesso piangeva. Io mi sedetti accanto al conducente perché non avevo la forza di consolarla e comunque lei non me lo avrebbe consentito. Dopo un po' si mise a urlare. Il taxista frenò di botto e accostò sulla via Nomentana. Lei adesso agitava le mani e tirava calci contro lo schienale del sedile. Non era una crisi epilettica, però: Dearbhla stava combattendo contro una vespa. Il taxista scese, aprí la portiera e la vespa uscí. Per il resto del tragitto mia moglie continuò a frignare. L'autista mi lanciò occhiate compassionevoli.

Arrivati a casa di mio padre Dearbhla si precipitò in bagno per un attacco di diarrea imprecando contro il cappuccino «che l'avevo costretta a bere».
«Ma che cos'ha?» disse mio padre.
«Credo che non le piaccia l'Italia».
«Come? Ma se tutti dicono che è il paese piú bello del mondo!».
«Se io fossi irlandese, odierebbe l'Irlanda, credimi».
Quando uscí dal bagno mio padre le mise sotto al naso una vaschetta con dei salatini mosci mosci, vecchi probabilmente di anni. Mi aspettavo che mia moglie glieli rovesciasse addosso e si rimettesse a piangere. Invece prese la ciotola, si sedette sul divano e si mise a divorarli sorridendo per la prima volta da quando eravamo sbarcati sul suolo italiano. Mio padre andò in cucina e tornò con un enorme sacchetto di patatine. Lo aprí e glielo porse. Dearbhla continuò a sorridere. Si tolse le scarpe, incrociò le gambe sul divano con le patatine e i salatini in grembo. Adesso li faceva croc-

chiare tra i denti sotto lo sguardo di mio padre, che non so come aveva avuto il potere di calmarla.

Confessai a me stesso che era proprio un gran signore, papà. Ma non glielo dissi. Anzi, quando fu il momento di salutarci sentivo che ce l'avevo ancora una volta con lui, proprio come tanti anni prima. Forse perché dalla soglia della porta vedevo una foto di mia madre attaccata alla parete e mi era venuta voglia di andare a staccarla. Ero furioso. Mio padre capí e non si azzardò ad abbracciarmi come aveva fatto con Dearbhla.

Il matrimonio di Mario durò poco piú di quello di Fabrizio. Come testimone non portavo fortuna agli sposi, evidentemente.

Mario aveva comprato un appartamento a Salvador de Bahia. Quattro mesi dopo ci aveva accompagnato Celia portandola in braccio oltre la soglia ed era tornato in Italia a preparare il suo trasferimento definitivo in Brasile.

Passarono due settimane e ricevette a Roma la telefonata di un vicino di casa brasiliano che lamentava i rumori provenienti giorno e notte da casa sua. Maddalena, che all'epoca abitava ancora a Bahia, andò a controllare e trovò tutto normale. O forse non ci andò e mentí a suo fratello.

Qualche giorno dopo Mario prese un volo per il Brasile senza avvisare nessuno. A Bahia trovò sua moglie addormentata nel letto tra due maschioni.

3.

Alla fine degli anni Novanta, dopo il mio divorzio da Dearbhla (che peraltro fu uno dei primi della storia d'Irlanda, dopo il referendum vinto per un pelo nel 1995), mi trasferii a Berlino.

La ditta per cui lavoravo aveva deciso di aprire un ufficio in Germania e io avevo accettato l'offerta perché dopo anni di contatti con imprese tedesche avevo imparato un po' la lingua. Inoltre la grande balla del boom economico irlandese mi aveva stufato e mi preoccupava un po'. E infine dopo la separazione avevo promesso a Dearbhla che mi sarei tenuto lontano dagli amici comuni, e cioè in pratica da tutti gli irlandesi che conoscevo.

Nel quartiere di Berlino in cui trovai casa i tedeschi quasi non c'erano oppure erano ben mimetizzati. Aveva una brutta fama, quella zona. La gente veniva a trovarmi a patto che andassi a prelevarla alla fermata della metro e che poi ce la riaccompagnassi. A me però piaceva. Abitavo da solo in una casa di duecento metri quadrati e pagavo trecento marchi d'affitto, meno di un decimo del mio stipendio.

Certo faceva freddo, in quella casa. I muri erano alti quasi quattro metri e le stanze erano piene di spifferi. Ma quando mi alzavo la mattina e percorrevo le assi scricchiolanti del corridoio lungo e chiaro come una pista da bowling, quando andavo a farmi il primo caffè e in cucina poteva capitarmi di trovare un piccione addormentato dentro a una tazza, mi frizzava sulla pelle una gran libertà e avevo voglia di mettermi a saltare, anzi a volte saltavo veramente (forse piú per il freddo che per l'entusiasmo, a dire il vero).

Quel quartiere di Berlino si chiamava Wedding.

Oggi è stato riqualificato ma all'epoca faceva onestamente schifo e se non c'era tanta puzza era solo perché per molti mesi all'anno a Berlino fa veramente freddo, troppo per la maggior parte dei batteri.

Al telefono Dearbhla ironizzò sul fatto che subito dopo il nostro divorzio fossi andato ad abitare proprio in un posto con quel nome, Wedding, che nella sua pronuncia anglosassone suonava come «sposalizio». Ma verso la fine della telefonata si mise a piangere. Quella sera stessa infilò le foto del nostro matrimonio in una grande busta e me le spedí per posta. Mi arrivarono macchiate di liquami vari. Probabilmente le aveva gettate nel cassonetto dei rifiuti e poi recuperate.

Nel gennaio del 2002, pochi giorni dopo l'introduzione dell'euro, coi tedeschi in preda alla lugubre euforia in cui cadono quando preferiscono non ragionare sulle conseguenze di ciò che fanno, ricevetti una lettera di Federica Cersosimo. Non specificava chi le avesse dato il mio indirizzo ma immaginavo che anche a distanza di anni le nostre conoscenze in comune non fossero poche. Aprii la busta scontento, come se fossi sicuro di trovarci la chiamata militare.

Dentro invece c'era una lunga stampata di computer con la firma microscopica di Federica in fondo. Raccontava di essersi trasferita in Germania da molti anni. Si era messa a fare la gallerista in Baviera ma non aveva avuto il coraggio di mettere su una galleria d'arte tutta sua. Gli affitti erano troppo alti, era rischioso mettersi in proprio in un settore cosí incerto, roba da mogli ricche, bisognava avere gli agganci. A Monaco la scena artistica era di una noia mortale come tutto in quella città. Avrebbe preferito vivere a Berlino, dove si facevano veramente le cose. Mi invidiava. Ma aveva una figlia che andava in prima elementare e non poteva correre rischi. La parola «rischi» si ripeteva ossessivamente per tutta la lettera. Mi sembrò che almeno da questo punto di vista Monaco fosse la città adatta a lei: una città per chi non ama correre rischi.

Alla fine della lettera mi comunicava che presto sarebbe venuta a Berlino per un vernissage. Potevo ospitarla?

Le risposi di sí e quel sabato andai all'Ikea a comprare un divano letto che fu il mio primo acquisto in euro.

«Tu sei completamente pazzo se pensi che io possa dormire da sola in una stanza dove ci saranno sí e no dodici gradi» disse la sera del suo arrivo dopo essersi infilata nel mio letto. Io, che nel buio avevo ascoltato con trepidazione e senza gioia lo scricchiolio dei suoi passi sulle assi sconnesse della mia camera, mi ricordai di una bestiolina che tenevo rinchiusa piú o meno dall'epoca del mio divorzio irlandese (con l'unica eccezione di una placida relazione con una grassa ragazza turca del vicinato, durata finché un giovanotto sorridente mi aveva minacciato di morte per le scale). Quella notte feci l'amore con Federica, la ex moglie del mio amico Fabrizio. E la mattina dopo mi svegliai con tre nomi che mi ronzavano per la testa: Fabrizio, Mario, Maddalena. Capii che dentro di me, in una vecchia soffitta mal puntellata, c'era un magazzino di detriti che stava per crollarmi sulla testa.

Fu cosí che tutto si rimise in movimento. Se non ci fosse stata Federica Cersosimo i ricordi sarebbero rimasti chiusi in quella soffitta per chissà quanto tempo ancora. Magari, con un po' di fortuna, sarei riuscito a tenerceli fino alla fine dei miei giorni. E non avrei sentito la necessità di mettermi a riempire i buchi della mia memoria. E non mi sarei mai piú domandato se fosse per l'incidente in vespa sulla tangenziale o per qualche altro misterioso motivo, che i miei ricordi si confondevano in una variopinta melassa. La memoria, e soprattutto i suoi vuoti, mi avrebbero lasciato tranquillo.

Se non avessi ricevuto quella lettera o se non l'avessi aperta o se non avessi risposto a Federica o se non l'avessi accolta nel mio letto, se se se se, non avrei piú pensato a Maddalena, a Mario, a Fabrizio. Non sarei mai andato a cercare nei miei vecchi scatoloni la foto di Villa Ada con i due fratelli Pedrotti. Non avrei fatto venire Mario a Berlino per fargliela rivedere esposta in una galleria. Non sarei andato in Argentina a trovare il mio antico e arduo amore. Non avrei scritto queste pagine. E non ti avrei mai cercato, Max!

Però non mi accorsi subito di quello che mi stava succedendo. E cosí passai un periodo di relativa spensieratezza insieme a Federica. Continuavo ad andare in Irlanda e in Inghilterra per lavoro, giravo la Germania in lungo e in largo, riuscivo a vedere Federica ogni due o tre settimane e quando la vedevo stavo bene.

Quasi sempre era lei a venire da me, viaggiando con una compagnia aerea low cost. Ogni tanto si portava dietro la figlia Chiara, una bambina di sei anni che di solito passava i fine settimana con suo padre nella campagna bavarese. Quando Federica se ne ritornava a Monaco la monetina della mia vita tornava a rivoltarsi e non sapevo se preferivo testa o croce.

Un equilibrio perfetto.

(Perfetto se non fosse stato che Federica la mattina imprecava davanti allo specchio contro i tessuti molli che le andavano formando due piccole amache tra il mento e la base del collo. Perfetto se non fosse stato che mi telefonava a notte fonda mentre ero in viaggio per lavoro e se non rispondevo componeva il mio numero per ore illudendosi di riuscire prima o poi a sbloccarlo. Perfetto se non fosse stato che quando spegnevamo la luce entravamo tutti e due in un vecchio sogno pericoloso.)

4.

I suoi rapporti con i tedeschi, molti anni prima, erano iniziati male. Federica in Germania sentiva freddo, non solo fisicamente. Per questo, nella sua casa di Regensburg, aveva pensato un giorno di bussare alle porte dei vicini con dei pacchettini pieni di dolcetti. Aveva scoperto che i suoi coinquilini per la maggior parte non erano tedeschi e che non avevano tempo da perdere con lei. Gli unici che l'avevano trattata con un po' di cortesia erano stati due giovani sposi con due gemellini molto rumorosi. Tutti e quattro tedeschi.

Federica li invitò a cena. Ma a quei tempi nella provincia tedesca c'era ancora un sacco di gente che non conosceva la pastasciutta oppure la considerava un contorno, una fonte di carboidrati che sostituiva le patate. E cosí, trovandosi davanti due porzioni fumanti di tagliatelle fatte in casa condite con burro e parmigiano, i bambini studiarono le espressioni perplesse dei genitori poi sembrarono consultarsi, abbassarono la testa e scoppiarono a piangere simultaneamente.

Le tagliatelle furono poi ricoperte di ketchup e divorate, e i due adulti si impegnarono per impedire che i gemelli provocassero disastri gravi oltre a quelli lievi come bicchieri rotti, piante e giornali strappati, cui non avevano smesso di dedicarsi da quando erano arrivati.

Ma alla fine, dopo un crescendo di acrobazie nell'unica grande stanza del monolocale di Federica, uno dei bambini spiccò un salto e si attaccò a uno scaffale della libreria anni Venti che si era portata da Roma. L'altro gli si aggrappò ai pantaloncini e iniziò a tirarlo in basso. Solo quando la libreria, carica di ottocento volumi su nove ripiani, iniziò a inclinarsi e i libri a pioverne fuori prima uno a uno e poi a file intere, Federica si ricordò che il ragazzo che aveva ingaggiato per fissare gli scaffali al muro sarebbe venuto solo la settimana dopo.

Fu quello il suo grande trauma tedesco, e Federica negli anni successivi continuò a svegliarsi con terrore dopo averlo sognato. I libri, mi raccontò, si erano messi a saltare per la stanza come gatti inferociti e lei ricordava chiaramente il padre dei gemelli che indietreggiava vigliaccamente verso la finestra nel momento stesso in cui la libreria travolgeva i suoi figli.

Le due donne si erano gettate in avanti: Federica con le braccia sollevate come se volesse arginare con le mani il crollo di una diga, la vicina di casa con un tuffo coraggioso. I gemellini erano precipitati in braccio alla madre insieme agli scaffali di legno e a una tempesta di libri. Forse, chissà, fu proprio la madre a provocare la frattura dell'omero di uno dei due bambini.

Esaurito il tuono della catastrofe, dopo che anche il pavimento e le pareti avevano smesso di tremare, Federica rimase immobile sotto le macerie tentando di mettere insieme una sequenza di pensieri. Era sepolta viva. Un libro le era finito aperto in faccia. Sentiva pesare su una caviglia il bordo di un asse e c'era qualcosa che le schiacciava una spalla. Si passò la lingua sui denti e li trovò dove sperava di trovarli. Fece l'appello delle ossa e le sembrò di non essersi rotta niente di grosso. In fondo, si disse, se l'era cavata. E se non ci fossero stati altri crolli sarebbe sopravvissuta.

Dopo un lungo silenzio il padre dei bambini iniziò a chiamare il nome di sua moglie. Helga, diceva. Helga. «Sssshhh» rispose la donna da sotto al cumulo di legno e carta. Ma dopo qualche istante l'uomo ricominciò. Helga. Helga. La donna urlò qualcosa che Federica non comprese, qualcosa che riguardava i bambini rimasti silenziosi fino a quel momento. Forse erano morti? A Federica veniva da piangere. Poi però a piangere, con simultaneità raggelante, furono i due gemelli. E anche Federica sentí lacrime roventi scorrerle tra le guance e le pagine aperte del libro.

Arrivarono i pompieri. Per un eccesso di zelo, oppure perché i tedeschi ci tengono a rispettare le procedure, la libreria fu segata in piú parti e trasformata in legna (e carta) da ardere. Federica avrebbe potuto liberarsi da sola ma preferí attendere che fossero i pompieri a estrarla dal mucchio. Si sentiva dolorante ma era tutta intera. Offrí un caffè e i vigili del fuoco accettarono.

Il comandante della squadra era un signore gentile e premuroso. Le spiegò che uno dei gemelli aveva un braccio rotto e che per questo tutta la famigliola era stata accompagnata all'ospedale. Chiese a Federica il numero di polizza ma lei non seppe che cosa rispondere. Il comandante pensò che fosse sotto shock. Richiamò i suoi uomini, che bivaccavano ormai tra i libri sparsi e i trucioli di legno chiacchierando sempre piú rumorosamente con le tazze di caffè in mano, e le consigliò di andarsene a dormire.

«Quel comandante dei vigili del fuoco è stato il primo uomo con cui sono andata a letto dopo Fabrizio» mi confidò Federica. «Mi chiamò il giorno dopo, disse che voleva vedere se c'era qualcosa da mettere a posto in casa. Io ero disperata e lo feci venire. Fu molto carino, mi aiutò per una giornata intera ad ammucchiare i libri e a portare in cortile i pezzi della libreria».

Qualche giorno dopo Federica ricevette la lettera di un avvocato. La famigliola aveva chiesto un risarcimento folle per danni morali e materiali. Andò a informarsi presso un patronato italiano. L'addetto, un emigrato calabrese di lunghissimo corso, le disse che non c'era di che preoccuparsi perché sarebbe stata la sua assicurazione a pagare. Federica scoppiò a piangere e disse che lei non ce l'aveva, un'assicurazione.

«NON ha fissato la libreria al muro e NON è assicurata?» disse quello. «E lei vorrebbe restare a vivere qui in Germania?».

La guardò scuotendo la testa per dirle che non voleva piú avere a che fare con lei. Le restituí la lettera con due dita, come un pesce puzzolente.

Alla fine Federica se la cavò versando di tasca sua millecinquecento marchi cui si aggiungevano la perdita della libreria, i volumi deturpati, la tristezza di aver offerto ospitalità a un'orda di barbari che le aveva devastato la casa derubandola dei suoi risparmi.

Una mattina Helga, la madre dei due gemelli, le chiese perché non la salutasse piú quando la incontrava per le scale.

Due settimane dopo Federica cambiò casa.

5.

«Continui a essere in fuga da Fabrizio» dissi a Federica una domenica che eravamo andati in gita a Salisburgo, senza rendermi conto che stavo parlando piú di me che di lei.

Frequentandola per oltre un anno si era riaperta in me quella soffitta dentro alla quale molti anni prima avevo stipato i Pedrotti. E il fantasma dell'Onorevole da qualche tempo aveva ripreso a trascinare le sue catene dalle parti del mio letto. Presto mi sarei liberato di Federica, pensavo. Ma quella memoria piena di buchi dove c'erano (e non c'erano) i tre fratelli Pedrotti, dove c'ero (e non c'ero) io da ragazzo, dove c'erano (e non c'erano) mio padre e mia madre, mi si era avvolta addosso come una rete da pesca e mi stava trascinando a riva. Ed era una riva su cui non volevo andare, dove sarei stato esposto al sole fino a morire.

Ricordo che quel giorno camminavo tenendo per mano Chiara, la figlia di Federica, e che parlavo con una violenza incontrollata, forse non del tutto volontaria. A poche decine di metri da noi una troupe di Bollywood stava girando una scena cantata e danzata su sfondo salisburghese. Alcune comparse indiane in abiti sgargianti si agitavano sul set muovendo la bocca in sincronia perfetta e silenziosa, con la musica negli auricolari.

«Sí, hai ragione» rispose Federica fingendo di non notare il ringhio animale della mia voce. «Sono in fuga. Ma qui in Germania ne ho conosciute tante, di donne come me. Italiane in fuga dai padri, dai fidanzati, dai mariti giocherelloni e infidi...».

Un'attrice con un complicato vestito arancione e

rosso e un copricapo di gemme che spioveva sulla fronte muoveva le dita con virtuosismo. Sollevai Chiara e me la misi sulle spalle perché potesse vederla meglio.

«*Ist das eine Prinzessin?*» chiese la bambina.

«Sí, una principessa indiana» risposi in italiano.

«Non le sopporto piú» proseguí Federica. «Sono scappate dagli italiani per andare a sbattere contro i tedeschi. Peggio mi sento! Adesso hanno dei mariti, anzi quasi sempre degli ex mariti, pieni di senso pratico e privi di ironia. Perfino sadici. Marina, una delle mie migliori amiche di Monaco, in questo periodo sta divorziando. Ci sono due figli di mezzo, una casa, un'infinità di mobili. E il marito si diverte un mondo! Alle udienze ride, obbliga il suo avvocato a scrivere un sacco di battute sarcastiche sulle lettere. Anche Klaus era un po' cosí, sai? Quando ci siamo separati gli è scattato quell'agonismo infantile. Il divorzio per lui era diventato un hobby, ci si era tanto appassionato. E infatti dopo la sentenza si è depresso perché non aveva piú niente da fare».

Ci rimettemmo in marcia verso la macchina.

«Continui a sviare il discorso» dissi rabbiosamente. Nella mia voce si era insinuata una nota da bamboccio che non mi piaceva per niente e che non riuscivo a controllare. La bambina emise un lamento. Forse le avevo stretto troppo la mano.

«Che discorso?» disse Federica.

«Lo sai bene. Eviti di parlarmi di Fabrizio. Perché?».

«Ma ti sbagli» rispose. Poi sembrò riflettere seriamente su quello che le avevo detto. «Sono passati tanti anni, Giovanni. Mi sono risposata e ho avuto una figlia. Nella mia vita c'è stato un secondo divorzio, mi sono successe altre cose dolorose. Forse su Fabrizio ho semplicemente poco da dire, ormai».

«Ma io... lui com'era, veramente?» domandai a voce

bassa, in tono implorante. Iniziavo a detestarmi. «Come è stato tutto, davvero?».

La bambina mi tirava per le dita. Voleva tornare in piazza. Si era accorta che la troupe indiana stava cominciando a girare una nuova scena. Riandammo verso il set e aspettammo che gli attori, ora immobili e con le facce tese, ricominciassero a muoversi nei loro costumi colorati.

«All'inizio mi sembrava incrollabile, invincibile» disse Federica come proseguendo un discorso che non aveva mai iniziato. «Ti ricordi quando da ragazzina mi aggrappavo alle sue braccia...».

Mi venne in mente che in questa storia Federica era come quell'attrice indiana sul set, che aveva trascorso anni ad addestrare le sue dita per girare un'unica scena.

«...mi sollevava con un braccio nel corridoio del liceo e se gli saltavo sulle spalle non si spostava di un millimetro. Non avevo peso, per lui. Ero fatta d'aria. Ma quando l'ho lasciato è proprio l'aria, che gli è venuta a mancare».

«Senti» le dissi con cattiveria, «non so chi di voi due ha lasciato l'altro. Ma mi hanno detto che dopo la vostra separazione si è messo subito con un'altra, e poi con un'altra ancora...».

«Può darsi. Ma allora perché, quando ero già a Regensburg, continuava a telefonarmi ogni giorno? Piangeva, si disperava...».

«Piangeva? Fabrizio Pedrotti piangeva?».

«Certo. Non lo sai? Ha sempre pianto tanto, con me. Fin da quando eravamo ragazzi. Mi portava da qualche parte dove potevamo stare soli, poi mi abbracciava e attaccava a piangere».

«E perché?».

«Per tante cose. Ma soprattutto per suo fratello Mario, che lo disprezzava e non faceva che insultarlo. Ci stava male, davvero».

Mi girava la testa. Forse Federica aveva iniziato improvvisamente a raccontarmi un'altra storia e non me n'ero accorto? O era lei a non essere piú la stessa? No, quella che mi parlava, lí a Salisburgo, era proprio Federica Cersosimo. La mia vecchia compagna di classe. La ex moglie di Fabrizio.

«E tu che facevi?» mi sforzai di domandare.

«Lo accarezzavo. Mi aveva insegnato a consolarlo. Per questo dopo la separazione ha continuato a telefonarmi per tanti anni. Diceva che senza di me non riusciva nemmeno ad alzarsi dal letto. Sai, per via di quei dolori...».

«Che dolori?».

«Come, che dolori? Quelli di cui ha sofferto per tutta la vita! Hitchcock, ma che razza di amico sei? Non ti ricordi?».

«No» tossii.

«È stato il rugby a distruggergli la schiena. A sedici anni ha cominciato a soffrire di fitte alla spina dorsale. A venticinque aveva la sciatica, la cervicale, le vertebre spostate. Arrivava a casa col respiro mozzato come se avesse corso per due ore. Quando gli venivano quegli attacchi, il sudore gli bagnava tutta la camicia. Si sdraiava sul pavimento. Io gli camminavo sopra e gli schiacciavo le vertebre. Lo sentivo scricchiolare. Lui si appiattiva, cambiava forma, ma le ossa piano piano si riassestavano. Solo allora riprendeva a respirare. Si addormentava sul pavimento e io restavo in piedi sopra di lui».

«Non ci credo» ringhiai con lo sguardo della bambina puntato addosso. «Non credo a una parola di quello che dici».

6.

Nell'estate del 2003, dopo la gita a Salisburgo, interruppi improvvisamente la nostra relazione. Lo feci in modo poco elegante, con una mail di due frasi.

All'inizio del 2005, dopo un anno e mezzo di silenzio, ricevetti una lettera di Federica. Anche stavolta, come quando mi aveva chiesto ospitalità a Berlino, si trattava di una lunga stampata di computer che doveva essere stata scritta e riscritta fino alla versione definitiva. In fondo c'era la sua firma microscopica: Federica

«Caro Giovanni,

«ora che non ci vediamo da un po' di tempo mi viene piú facile scriverti le cose che non sono riuscita a dirti allora. Come capirai, questa lettera serve piú a me che a te.

«...

«...la prima cosa che volevo dirti è che quando ti penso mi viene ancora da chiamarti Hitchcock, perché è cosí che ti ho conosciuto ai tempi del liceo e perché per anni, quando parlavamo di te, abbiamo continuato a usare tra di noi quel soprannome che Fabrizio, se non ricordo male, ti affibbiò quando sua madre sbagliò il tuo nome e ti chiamò Alfredo.

«...

«...al liceo noi ragazze ti consideravamo inarrivabile. Immaginavamo un sacco di storie. Si mormorava che avessi una relazione con la prof di latino, te la ricordi? Quella col marito che veniva a prenderla con la moto. Ci ricamavamo sopra, avevamo messo in giro la storia che lui ti minacciava.

«...

«...quando arrivavo a casa Pedrotti eri quasi sempre

in camera di Mario ad ascoltare musica, a farti le canne.

«...

«...in ospedale, pochi giorni dopo il tuo incidente in vespa, ho dovuto spiegarti chi ero perché non mi riconoscevi.

«...

«...avevo capito che tra te e Maddalena c'era quel codice degli oggetti. Intendo dire gli oggetti che lei appendeva alla maniglia della sua porta. Ti ho visto tante volte prenderli e piú tardi scavalcare il recinto del giardino. Ma non ne ho mai parlato con nessuno. Ti vedevo chiuso e preso da una cosa che era tua e che però non era interamente nelle tue mani. Soffrivo per te.

«...

«...Maddalena mi considerava una ragazzina scema solo perché stavo insieme a suo fratello. E non aveva torto. Un po' scema lo ero.

«...

«...ero dalla tua parte anche se tu non ti accorgevi di me. Ti sentivo come un fratello e ti volevo bene. Avrei voluto vederti felice. Ma tu eri prigioniero di quel sogno. Maddalena per me era una strega che ti teneva in sua balía. Una stronza. Oggi mi piacerebbe parlarle su una base di libertà e rispetto reciproci. Qualche tempo fa l'ho rintracciata e le ho scritto. Ma non mi ha mai risposto.

«...

«...rivedendoti a Berlino mi sono accorta che tu da quel sogno non sei mai uscito, Giovanni. E ho ricominciato a provare una gran pena. È per questo che non ti ho mai domandato di lei.

«...

«...quando sono venuta da te ho sperato che fosse arrivato il nostro momento. Sono consapevole di averti disorientato. Noi donne, sai, siamo complicate.

«...

«...all'inizio mi lamentavo quando spegnevi la luce, ricordi? Intuivo quel tuo brutto legame col passato. Ma poi ha iniziato a piacermi. Al buio immaginavo che fossimo tornati tutti e due a diciassette anni. "Sto scopando con Hitchcock" mi ripetevo cento volte. Godevo, ti sentivo forte dentro e immaginavo di raccontarlo il giorno dopo alle compagne di scuola. Pensa che stupida.

«...

«...abbiamo giocato con il tempo, Giovanni. E purtroppo lo abbiamo rotto come quelle vecchie catene di bicicletta che saltano fuori dal rocchetto e si spezzano se ti metti a pedalare all'indietro».

Manouche

1.

È stato dopo la fine della mia relazione con Federica che ho iniziato a riempire quei quadernetti. Diari della memoria che andava riemergendo pezzo per pezzo ma sempre in modo insufficiente, come un relitto saccheggiato dai pirati. Per un periodo i quadernetti diventarono un modo per tentare di riavvicinarmi all'altro io che ero stato da ragazzo, per provare a tappare i buchi.

Poi però, quando decisi di scrivere la storia dei Pedrotti, capii che tutte le migliaia di righe, di arzigogoli, di versetti depositati su quei quadernetti non mi sarebbero stati di nessun aiuto.

E che prima o poi io e te, Max, dovevamo rivederci.

Mi ero stufato presto delle macchine da caffè e avevo iniziato a viaggiare per vendere il metodo Arthur, l'ho già detto.

Ma nel 2006, dopo tre anni di quel lavoro, ero già stanco. Logorato dalle negoziazioni con gli amministratori scolastici di mezzo pianeta, dalle piccole corruzioni con cui li persuadevo ad adottare il metodo e a comprare i materiali didattici, dai cambi di fuso orario che mi intontivano come sbronze nonostante la melatonina che Maddalena mi aveva fatto scoprire qualche tempo prima a Buenos Aires.

A giugno di quell'anno, in Ungheria, sentii che stavo per toccare il fondo. La sera del mio arrivo a Budapest cenai con un gruppetto di burocrati ministeriali e appresi che la figlia quattordicenne di uno di loro si era tanto appassionata all'equitazione e sognava una cavallina tutta sua da tenere in un maneggio fuori città. Annotai ogni cosa sulla mia agendina elettronica, anche l'indirizzo del maneggio. La ditta avrebbe provveduto.

La mattina dopo a presentare il metodo in una saletta del ministero c'era Arthur, l'autore in persona, arrivato la sera prima da Londra. Era scozzese e aveva ceduto i diritti alla società per cui lavoravo. Incassava percentuali paragonabili a quelle di un autore di bestseller.

Arthur era un personaggio ingestibile che amava insultare chi non lo capiva al volo. Credo che c'entrasse l'età, ma anche l'alcol e il fatto di essere diventato ricco troppo in fretta dopo una vita dedita all'insegnamento dell'inglese nelle business school di mezzo mondo. Ora quei viaggi, quelle levatacce, quegli alberghi in cui la nostra società lo obbligava ad alloggiare lo deprimevano. Aveva sessantun anni. Sentiva di aver fatto una cosa importante nella vita e di avere diritto al meritato riposo.

Davanti a uno scotch liscio, credo il sesto della serata, raccontò di essere proprietario di una grande villa in Portogallo, quasi un ranch. Mi invitò ad andarci con lui ma il giorno dopo per fortuna non se ne ricordava già piú. Appresi che aveva una casa a Fuerteventura, un appartamento a Manhattan e uno, chissà perché, a Varese. Ma se avesse smesso di onorare il contratto, gli austriaci che detenevano la maggioranza di controllo nella società gli avrebbero fatto causa. E Arthur aveva paura che gli portassero via le case. Cosí si assoggettava alla dura necessità di quei soggiorni in hotel a quattro stelle, a presentazioni di novanta minuti una o due volte al mese. Si aspettava che io lo compatissi, per questo.

Capitò che durante la presentazione di Budapest il funzionario con la figlia cavallerizza non fosse in grado di rispondere a una delle domande di Arthur. Era una brutta abitudine dello scozzese, quella di avvicinarsi all'orecchio di uno spettatore e di spargargli una domanda a bruciapelo. Lo faceva per mantenere viva l'attenzione, diceva. Io invece preferivo che i funzionari si distraessero e poi firmassero senza capire. Questione di metodo.

Davanti al ministeriale ungherese imbambolato col suo Blackberry in mano, Arthur si esibí in una pantomima che conoscevo fin troppo bene. Si irrigidí con la testa inclinata su una spalla, le braccia crollate lungo i fianchi, lo sguardo stralunato. I suoi occhi erano quelli di un gorilla molto nervoso. Gli altri funzionari si misero a ridacchiare. Io però sapevo che Arthur era animato dalle peggiori intenzioni. Purtroppo esitai un attimo di troppo ad annunciare la pausa caffè e lui si mise a inveire contro il funzionario. Quello si colorò come le rape rosse che avevamo mangiato la sera prima a cena e si alzò in piedi rispondendogli per le rime in ungherese. Alcuni colleghi si misero di mezzo, i contendenti furono separati e non ci furono conseguenze. Prima della ripresa i due si rappacificarono.

Però non era la prima volta che Arthur aggrediva un potenziale erogatore di denaro colpevole solo di non capire le sue battute in anglo-gaelico. Arthur poi ripartiva e mi lasciava in terra ostile. Toccava a me rinegoziare i benefit e concedere supplementi di buoni benzina e ragazze a funzionari permalosi intaccando le mie provvigioni. Recentemente ero dovuto tornare a Kiev per salvare un affare che consideravo già concluso e che lui stava per far saltare. Dopo varie sbronze di vodka ce l'avevo fatta, ma mi sentivo piú vecchio di dieci anni.

Arthur era un uomo altezzoso, volgare, pericoloso. Una vera merda. Tra noi due però quello insostituibile non ero io e perciò stavo molto attento a ciò che scrivevo sul rapportino di fine missione. E comunque mi faceva pena. Soprattutto per il suo odore di latte cagliato e armadio chiuso. L'odore di Mario. Il segno inconfondibile della follia, del disagio, di quel bagaglio di morte aggrappato alla vita sotto al quale alcuni di noi crollano.

Il mio lavoro mi piaceva solo quando ero solo. E questo generalmente accadeva l'ultima sera, quando sceglievo a caso un ristorante alla fine di una lunga passeggiata solitaria per strade sconosciute, dopo aver fumato senza rimorsi mezzo pacchetto di sigarette. Mi piaceva guardare le facciate delle case sempre piú scrostate man mano che procedevo verso la periferia. Dopo, a tavola, sulla carta bianca dei miei quadernetti, resuscitavo e mi rinsanguavo, riscrivendo e ricolorando la mia vita finché il padrone del locale o un cameriere non veniva ad avvisarmi che il ristorante stava chiudendo.

2.

Nell'estate del 2006 la frustrazione per il mio lavoro e forse anche la curiosità per il mio passato che riemergeva a isolotti di detriti e sporcizia mi indusse ad andare al mare, in Italia. Già da qualche settimana immaginavo con nostalgia involucri di gelati attaccati alle suole dei ciabattoni al ritorno dalla spiaggia, spalle ustionate di bambini, crema nivea, famiglie che divoravano teglie di melanzane in spiaggia. Volevo sprofondare nel torpore nevrotico del litorale romano. Una volta tornato a Berlino il mio lavoro mi sarebbe sembrato piú sopportabile. Cosí almeno speravo.

In un vecchio scatolone mai aperto da quando avevo traslocato da Dublino a Berlino trovai le chiavi del vecchio appartamento di Torvajanica. Ma non avevo la minima idea di che cosa avrei trovato in quella casa. Non ci mettevo piede da un quarto di secolo. Era addirittura possibile che mio padre l'avesse venduta. Ma non avevo voglia di chiamarlo per chiederglielo e decisi di rischiare.

Quando arrivai a Torvajanica, una sera di luglio, vidi che l'edificio, che doveva essere stato costruito al risparmio negli anni Sessanta, aveva assunto ormai un'aria decrepita e pareva disabitato. Per questo mi stupii quando riuscii ad aprire il portoncino con una delle chiavi del mazzo. Al secondo piano provai a infilare a turno le altre chiavi nella toppa della porta d'ingresso. Quando la serratura scattò mi spaventai. E se adesso ci avesse abitato qualcun altro? Qualcuno che magari non si era preoccupato di cambiare la serratura? Ma intanto già mi muovevo all'interno della vecchia casa con passi da astronauta.

La luce funzionava. I lampadari erano gli stessi di

trent'anni prima. La casa aveva un'aria un po' vuota ma pulita. Probabilmente mio padre continuava a utilizzarla nei fine settimana. Pensai che se all'improvviso fosse arrivato anche lui sarebbe stata una buona occasione per rivedersi. Speravo solo che non si spaventasse troppo, a trovarmi lí. Secondo i miei calcoli doveva avere settantasei anni.

Andai nella mia vecchia cameretta. C'era ancora l'armadio con le decalcomanie della mia infanzia. C'era un secchiello con le formine di moplen gialle rosse e verdi. E in verticale, tra l'armadio e la parete, un campo di subbuteo fissato su un asse di compensato con vecchie puntine da disegno annerite.

C'ero andato convinto di non avere ricordi. Ma ora sentivo qualcosa che spingeva da dentro e strizzava fuori quelle lacrime che mi correvano giú per le guance, cosí grosse e pesanti da sgocciolare sul pavimento senza staccarsi completamente da me.

La mattina dopo scoprii che il padrone del bar sulla litoranea era mio amico.

«A Giovà» disse vedendomi entrare. «Ma sei rimasto uguale uguale!».

Dietro al bancone vidi un faccione abbronzato incorniciato da una peluria bianca e senza segni particolari. Una faccia che stava diventando generica per via dell'età e dell'adipe che ne confondeva i lineamenti. Eppure il proprietario di quella faccia si era rivolto a me chiamandomi per nome. E per dimostrarmi che mi conosceva fece il giro del bancone e venne ad abbracciarmi. Disse che si chiamava Stefano e che avevamo trascorso insieme tutte le estati della nostra gioventú fino al mio incidente in vespa.

«All'epoca i medici lo dicevano, che la memoria poteva farti qualche brutto scherzo. Per questo non mi riconosci. E poi mi sa che abiti in Germania, no? Me l'ha detto papà tuo! Be', ho vissuto in Svizzera anch'io dopo il militare. A Berna. Li crucchi te fanno scordà pure come te chiami. È colpa delle incazzature che ti fanno prendere».

Mi obbligò via via a bere un cappuccino, un crodino, un martini, un bicchiere di vino bianco. E man mano che mi ubriacavo i ricordi si riaffacciavano, o almeno i racconti di Stefano iniziavano a sembrarmi plausibili.

«Te menavo sempre» diceva, ed ebbi un lampo di orrore a un lontano ricordo di me con la faccia schiacciata sulla sabbia.

«Facevamo i castelli insieme» e mi tornava in mente una mareggiata che rendeva nera la sabbia già scura e arrotondava i contorni delle torri senza abbatterle completamente.

«Mangiavamo il cocco» e risentivo in bocca il sapore dolce e la consistenza gessosa del cocco mescolarsi al sale e allo scricchiolio dei granelli di sabbia tra i denti.

Tutti i miei ricordi erano pieni di sabbia, come intasati.

Nei giorni seguenti Stefano si impegnò a spiegarmi che cos'era diventata l'Italia negli ultimi anni.

«Tu ormai sei straniero. È difficile farti capire. Qui in Italia ti serve il protettore, il garante. E quando alla fine riesci a fare una cosa diventa subito un favore da restituire. È tutto cosí. Lo sai che la metà dei miei clienti fa colazione gratis? Quello m'ha aiutato con la camera di commercio, quell'altro m'ha rifatto le insegne, poi c'è la municipale...».

Io lo ascoltavo a diversi gradi di intensità e se continuavo a sfogliare il giornale lui non se la prendeva. Ma a volte lo stavo a sentire davvero, e allora mi venivano i brividi.

«Lo sai chi è il peggior nemico di un italiano?» disse un giorno asciugandosi i palmi delle mani sul grembiule e indicando col mento un signore in pantaloncini che si allontanava.

«No» risposi, anche se di risposte me ne venivano in mente parecchie.

«È l'ex amico. L'italiano prima di odiare qualcuno lo vuole conoscere bene».

Io passavo il tempo seduto a uno dei tre tavolini del bar e Stefano usciva ogni tanto a fumare, a tenermi compagnia. Sfogliavo il *Corriere dello Sport*, *Il Messaggero* o *l'Unità*, giornali che avevano accompagnato la mia infanzia e la mia adolescenza come il fumo delle sigarette di mio padre e lo smalto per unghie di mia madre. Mi sorprendeva la facilità con cui quei giornali, e altri oggetti ancora piú insignificanti, aprivano squarci dentro di me. Squarci che scoprivo traboccanti di miele come le celle di un alveare.

Negli ultimi anni, dopo la mia relazione con Federica Cersosimo, si affacciava in me a volte qualcosa come una nostalgia priva di ricordi. Ed ecco che improvvisamente un secchiello di plastica o un giornale sportivo mi imbambolavano, diventavano le mie macchine del tempo.

Le sere le passavo a leggere i vecchi fumetti che trovavo in casa. Le collezioni di Diabolik, Kriminal, Tex, Alan Ford. Non ne conservavo nessun ricordo. Eppure dentro di me c'era il contenitore giusto per accoglierli. Sapevo di averli letti e al tempo stesso era *come se* li avessi letti.

Fino all'ultimo giorno sperai che arrivasse mio padre. Ma il vecchio non si fece vedere.

3.

In ottobre ricevetti una mail di Mario. Lo avevo visto nel maggio di quello stesso anno a Berlino, in occasione della mostra in cui era stata esposta la nostra foto. Avevamo passato una serata insieme in una *Kneipe* piena di ragazzi ventenni. Poi Mario aveva pernottato da me e la sua presenza mi aveva tenuto sveglio.

La mail di Mario conteneva la locandina di un concerto di suo fratello Fabrizio, che si sarebbe tenuto una settimana dopo a Roma.

Passarono due giorni e nella cassetta delle lettere trovai una busta che conteneva un cd. La aprii e vidi che si intitolava *Fabrizio Pedrotti Manouche Quintet*.

Da quello che si capiva leggendo le note di copertina, Fabrizio era entrato nel giro di un genere musicale chiamato *swing manouche*. Il nume tutelare di quella musica era Django Reinhardt, diceva il testo di apertura del booklet. Mi ricordai di quando Fabrizio, ai tempi del liceo, si era messo a studiare i suoi assoli, che lui cercava di eseguire con due sole dita della mano sinistra. Proprio come Django Reinhardt, che aveva quasi perso l'uso di una mano in un incendio.

Il cd di Fabrizio conteneva brani di autori vari. Provai a metterlo su a cena e poi ancora la mattina dopo mentre mi preparavo per andare in ufficio. Ma dopo quattro pezzi già mi stufavo di ascoltarlo.

Nei giorni successivi mi documentai su internet e mi appassionai, se non proprio al *manouche* come genere musicale, ai fantasiosi nomi dei musicisti che lo suonavano: Dorado e Tchavolo Schmitt, Angelo Debarre, Biréli Lagrène, Joscho Stephan, Holzmanno Winterstein.

Il booklet del cd era pieno di foto scattate in studio. Si vedeva Fabrizio che abbracciava i colleghi facendo spenzolare le manone sulle loro spalle. In certe foto compariva da solo con la chitarra, che in braccio a lui diventava un giocattolino.

Poi c'era una strana fotografia in cui Fabrizio indossava una canottiera bianca e fissava l'obiettivo con l'aria affranta e un sorriso molto triste. I bicipiti gonfi e gli avambracci simili a ciocchi di legno erano ricoperti di tatuaggi che gli si arrampicavano fino al collo.

Mi domandai se non ci avesse rimesso soldi suoi, nella produzione di quel cd. I soldi dell'eredità dell'Onorevole che secondo Maddalena si assottigliava sempre piú e che ormai, pensavo con orrore, stava per esaurirsi.

Forse però quella paura per il patrimonio dei Pedrotti serviva solo a mascherare la paura di essere io, un giorno, a diventare povero. Era un pensiero che mi era stato trasmesso da mia madre quand'ero bambino e che poi non mi aveva mai abbandonato.

Per questo tutta la mia vita era stata segnata dall'ansia di decidere se lasciare o non lasciare la mancia al cameriere, prenotare un biglietto d'aereo, comprare o non comprare un cappello costoso. Mi capitava di paralizzarmi con le dita già infilate nel portafogli. Oppure le mie dita si bloccavano quando arrivava il momento di digitare al computer i dati della mia carta di credito.

Da piccolo la vedevo sfilare sotto le finestre di casa mia, la povertà. In via Bartolomeo Eustachi, a Milano, dove ero nato e dove la mia famiglia abitava quando ero bambino. Mia madre diceva «la senti la campanella, arrivano i poveri» e io salivo sulla panchetta di legno sotto il davanzale della finestra, e li guardavo passare.

I poveri erano un carretto con un pianale di legno trainato da un cavallo chiaro, il suono della campanella, la donna e i bambini vestiti di stracci che formavano un mucchietto grigio dietro al cocchiere con la barba lunga, palle di escrementi equini sull'asfalto, auto che suonavano il clacson mentre li sorpassavano.

I poveri si fermavano proprio all'angolo sotto casa nostra, lí dove c'era la latteria. Io scendevo di corsa a portargli una moneta. L'uomo me la prendeva dalle dita, la tirava a sua moglie, mi strizzava l'occhio. I bambini sul carro avevano maglie bucate indossate su altre maglie bucate. Dopo un po' la verga di legno batteva piano su una coscia del cavallo e i poveri ripartivano sprofondando nella nebbia.

Non sapevo chi fossero e oggi non riesco a immaginarlo. Gitani. Contadini senza terra. Vagabondi di un altro tempo. E che maniera era poi quella di elemosinare. E perché. Ma un posto in quel mondo dovevano averlo, se mia madre nel 1964 mi mandava giú con la moneta calda e splendente in mano, come se mi dicesse «vai, metti il gettone e specchiati, guarda come potresti diventare anche tu un giorno non lontano».

Negli anni trascorsi in Irlanda la povertà me la immaginavo accucciata a poca distanza da me. Credevo che mi aspettasse al varco. Me la figuravo accompagnata da disturbi mentali, malattie della pelle, parassiti, puzza di urina, incontri con vecchi amici e conoscenti che mi sorprendevano a mendicare per le strade di città lontane. «Ma è proprio lui? Ha fatto quella fine?» diceva la vecchia compagna di scuola in viaggio di nozze afferrando l'avambraccio del marito. «Quello straccione lo conosco, andiamo via».

Piú tardi la paura si allontanò, ma di poco. Iniziai a pensare che sarei diventato povero di lí a cinque anni ma le immagini rimasero le stesse. Mi figuravo sere di pioggia al riparo di colonnati con festoni di luci rosse sull'asfalto nero. Notti su vagoni di treno fermi ai binari periferici: Santa Maria Novella, Hauptbahnhof, Antocha. Le file alla mensa. Piccoli tragici furti, maltrattamenti subiti da balordi sadici muniti di scarponi e giubbe bullonate. Poliziotti che ti scrollano nel sonno, giunture reumatiche che scricchiolano e si spezzano invecchiandoti di colpo, rendendo tormentosa la ricerca del cibo, allontanando la sopravvivenza.

Mentre il cancro la scavava, mia madre continuava a spaventarmi sempre allo stesso modo.

«Non diventare povero» diceva con gli occhi resi sognanti dai sedativi. «Non diventare mai povero».

Sul trenino da Fiumicino a Termini i nomi dei musicisti *manouche* mi tornarono in mente, perché sulla plastica che incorniciava il finestrino c'era un'altra serie di nomi bizzarri. Alcune ragazze di origine dominicana li avevano scritti con un pennarello nero insieme a frasi d'amore e di odio. Li lessi insieme ai loro messaggi e li copiai su uno dei miei quadernetti. Si chiamavano Janeiry, Estela, Felisia, Yulisa, Greilin, Lisandra, Starlin.

Era la sera prima del concerto e con un autobus che partiva dalla stazione raggiunsi Mario in una pizzeria che si trovava all'inizio di un ponte fra Trastevere e Testaccio. Mario si era tagliato la barba e rispetto al nostro incontro di pochi mesi prima appariva ringiovanito. I capelli erano cortissimi e formavano una calotta compatta sul cranio quadrato, quasi una cuffia di feltro arancione. Le occhiaie si erano ristrette e non dilagavano piú su tutto il viso. Ma gli occhi erano ulteriormente sprofondati nel cranio e attiravano lo sguardo come un agguato.

Eravamo seduti a un tavolo grande come un francobollo incassato tra la vetrina e il recinto del pizzaiolo. Faceva molto caldo.

«Insomma ti eri stufato di stare a Heidelberg e cosí sei tornato a Roma» dissi.

«Sí, lí non c'era mai niente da fare» rispose.

Mi trattenni dal dirgli che a questo mondo è difficile riempire il tempo se non hai un lavoro. Nei suoi confronti provavo il solito misto di sentimenti. Ero inquieto, avrei voluto dire qualcosa di definitivo. Ad esempio confessare che ero stato io ad ammazzargli il padre, anche solo per rendere autentico quel tempo che stavo trascorrendo con lui, per poter dire che ne era valsa la pena. Invece per tutta la serata non riuscii a dire nulla di quello che provavo.

«E con Fabrizio vi siete riconciliati» dissi.

«Che cosa intendi per riconciliati?» domandò. Poi si rispose da solo. «Ah, sí, be', per un periodo non ci siamo frequentati, è vero. Ma adesso è tutto a posto. Siamo fratelli».

Avrei potuto fargli notare che cinque mesi prima aveva rifiutato la mia proposta di far venire Fabrizio a Berlino e di passare un po' di tempo tutti e tre insieme. Oppure ricordargli che, secondo le sue parole, ogni riconciliazione tra lui e suo fratello terminava in un «mai piú» cui seguivano anni di silenzio.

«Dove abiti adesso?» domandai invece.

«Stiamo a via Gallia».

«Stiamo? Cioè, tu e chi?...».

«Io e Fabrizio».

«Ma che, adesso convivete?».

«Sí. E con noi c'è Cristina, la sua ragazza».

Forse fu un caso o forse no, ma la forchetta mi cadde di mano e tintinnò a terra. Tra me e Mario ci fu una pausa in attesa che il cameriere mi portasse una forchetta pulita. E in quella pausa mi misi a ridere scuotendo la testa.

«Che c'è da ridere?» domandò.

Me lo ricordai ragazzo, quando per punire gli altri non faceva domande.

«Niente» mentii. «Stavo pensando che si comincia col far cadere la forchetta poi fra qualche anno ci sbaveremo addosso e alla fine...».

«Cristina ha diciannove anni» disse Mario all'improvviso, come se ci fosse un'attinenza con quello che gli stavo dicendo o se quella fosse la cosa che piú gli premeva dirmi. Aveva una luce di timidezza furba negli occhi.

Io mi finsi indifferente. Ma mi venne in mente che Fabrizio di anni ne aveva ormai quarantasei, e che una relazione con una diciannovenne non poteva finire bene. Allargando lo sguardo mi sembrava di vederli tutti e due su una barca senza remi, i fratelli Pedrotti. In mezzo a un fiume impetuoso poco prima della cascata.

Mario si voltò e guardò oltre la vetrina. Il semaforo all'incrocio diventò rosso e verde tre volte, prima che lui tornasse a guardarmi.

«Tanto lo so che cosa pensi» disse.

Aspettai prima di rispondergli. Poi presi fiato come per iniziare un lungo discorso. Ma in quel momento il suo cellulare squillò sul tavolo ruotando leggermente intorno al suo asse. Mario si tappò un orecchio, chinò la fronte fino al bordo del tavolo e si mise a parlare rapidamente e a voce bassa. Dopo meno di un minuto richiuse il cellulare con uno scatto secco.

«Era Cristina» disse. E sorrise ancora in quel modo timido e disarmato.

4.

La sera dopo, appena entrato nella sala del concerto, un'illusione ottica mi convinse che Fabrizio avesse continuato a crescere anche negli anni in cui non l'avevo frequentato e che fosse diventato alto due metri e mezzo. L'illusione era dovuta al fatto che nelle ultime file della sala molte persone erano sedute, mentre piú avanti c'era gente in piedi, che casualmente si era disposta in ordine d'altezza e aveva formato una sorta di pendio umano che culminava in una vetta. E la vetta era una testa massiccia incoronata da un nido di capelli metallici e ricci. La testa si voltò e mi sorrise. Era quella del mio vecchio amico. Fabrizio si mosse verso di me e la gente che gli si affollava intorno si divise in due, formò una sorta di canale. Ai due estremi del canale adesso c'eravamo io e Fabrizio Pedrotti. Considerai che non lo vedevo da quasi vent'anni.

Lui mi venne incontro, la ruga profonda e diagonale al centro della fronte, il naso storto che sembrava aprirgli una parentesi in faccia. Quando mi arrivò davanti mi sentii sollevare e schiacciare. Il suo pancione rigonfio era duro come il guscio di una testuggine. E solo in quel momento mi ricordai che gli abbracci di Fabrizio non erano mai stati indolori. Allora mi rassegnai al dolore e mi tornò in mente Federica Cersosimo.

«Hitchcock» disse dopo avermi strizzato per bene e deposto a terra. «Ma come l'hai saputo?».

«Mi ha avvisato Mario».

«Mica me l'aveva detto, 'sto stronzo» inveí, e brandí un braccio. Lo stesso movimento di Villa Ada, ventisei anni prima. Le dita di Fabrizio trovarono un fianco di Mario, che fino a quel momento era stato invisibile vicino a noi. Mario si piegò e si contorse, saltò all'indietro rovesciando una sedia e proruppe in un grido femminile.

A Berlino aveva raccontato di essere guarito dalla gargalesi. Mi aveva mentito.

In sala c'era un centinaio di persone. Tra queste, due donne sulla cinquantina che per due volte mi si avvicinarono, mi guardarono come se fossi esposto su una bancarella e poi tornarono ad allontanarsi.

"Le loro scollature sembravano volermi saltare addosso" scrissi in fretta sul mio quadernetto.

Poi il concerto iniziò.

Fabrizio suonava da professionista e dal palco la sua musica risultava più trascinante che sul cd. Le sue dita scivolavano lungo la tastiera della chitarra come se volessero lucidarla, con movimenti apparentemente casuali che invece erano assolutamente precisi. Il suono diffuso dagli altoparlanti era netto e travolgente. Dopo un quarto d'ora salí sul palco un chitarrista del quale Fabrizio aveva annunciato il nome, credo Miraldo Vidal. I due si misero a duettare a velocità folle.

Sulla fronte di Fabrizio, dentro alla ruga storta, ristagnava un acquitrino che traboccava ogni tanto in rivoli fulminei su un lato della faccia. Uno dei bicipiti tatuati, schiacciato contro il bordo superiore della chitarra, sembrava ingigantito da un ritocco fotografico. Due o tre volte, tra un brano e l'altro, il mio vecchio amico si alzò in piedi per ringraziare il pubblico e ogni volta notai una smorfia sul suo viso. Fabrizio si sorreggeva con un braccio allo schienale della sedia e si affrettava a caricare il peso del corpo sulla gamba sinistra come se non si fidasse della destra.

In sala notai una ragazza alta e magrissima vestita di nero, coi capelli lunghi e scuri. Si aggirava dietro le file, lungo i corridoi, sotto il palco. Continuava a scattare foto dalle angolazioni piú diverse. A un certo punto mi sembrò che volesse fotografare a tutti i costi la suola di una scarpa di Miraldo Vidal.

La ragazza non si sfilò gli auricolari dell'iPod nemmeno durante il concerto. Mi fu presentata durante la pausa.

«Hitchcock, ti presento Cristina» disse Mario con la stessa faccia disarmata e furba della sera prima. «È lei che ha fatto le foto per il cd di Fabrizio».

La ragazza mi tese un braccio bianco e magro. Notai che emanava odore di latte cagliato e armadio chiuso. Lo stesso odore di Mario. Quello che da decenni identificavo con la follia, con la passione di autodistruggersi.

Le strinsi la mano e in quel momento vidi le cicatrici. Decine, centinaia di cicatrici le ricoprivano l'avambraccio come una minuziosa cesellatura. Subito ritirò la mano e si dileguò tra la folla. Mi voltai verso Mario ma era scomparso anche lui.

Al suo posto adesso c'erano due donne, le stesse che mi si erano avvicinate poco prima. Provai di nuovo quella sensazione curiosa. Mi sentivo davvero minacciato dalle loro scollature, come avevo scritto poco prima sul mio quadernetto. Era come se sotto alle camicette ci fossero nascoste delle bestie pronte a graffiarmi la faccia.

«Mi sa che gli piacciono le ragazzine pure a lui» disse una.

«Nun fa' la stronza» disse l'altra.

Scoppiarono a ridere, guardandomi come dalla foto di un rotocalco. Mi ricordavano qualcuno.

«Dai, diglielo chi siamo, tanto lui non ci riconoscerà mai» disse la prima.

«Io sono Giuliana» disse la seconda. «E lei è Patrizia...».

«Giuliana...» mormorai come sotto l'effetto dell'ipnosi. «Patrizia... certo, certo... ma che sorpresa... che ci fate qui?».

Non ero sicuro di ricordare. Ma se mi avevano detto di chiamarsi cosí non stava bene dubitare. Le gengive mi formicolavano e mi sembrò che il pavimento sotto i miei tacchi si ammorbidisse.

«Dai, che non ti ricordi» disse Patrizia. «Siamo le amiche di Maddalena. Vi chiamavamo Panda e Panda due, a te e a Mario».

«Che fai?» disse Giuliana. «Ho sentito che giri il mondo».

«Eh, sí, per lavoro» risposi. Sentivo il bisogno improvviso di giustificarmi. Mi ricordai di quando scavalcavo il recinto del giardino, a casa Pedrotti. Che mi avessero scoperto? Me l'avrebbero fatta pagare, adesso?

In quel momento il pavimento sotto ai miei piedi si mise a ondeggiare come un tappeto volante.

5.

La mattina, nella mia camera d'albergo, ripensavo allo svenimento della sera prima e cercavo una spiegazione. Era stata di certo l'aria soffocante della sala, la leggera disidratazione. Forse anche la mia cronica pressione bassa, chissà. O un'intossicazione alimentare. Decisi che a Berlino avrei consultato un medico.

Negli ultimi decenni quei mancamenti improvvisi si erano ripetuti diverse volte, però. E anche la sera prima, come le altre volte, era successo tutto molto in fretta. Probabilmente c'entrava la botta in testa che avevo preso sulla Tangenziale est.

Ma di sicuro c'entravano anche Fabrizio con le sue gambone zoppe, la giovane fotografa con le sue cicatrici, Mario con quella sua maledizione del solletico, le due donne dai seni minacciosi.

Quella cosa di svenire mi succedeva quando i ricordi si affollavano a pelo d'acqua e minacciavano di affiorare come pesci famelici. Quando diventavano ingordi come le carpe di Versailles e mi sembrava di non avere piú scampo.

Al risveglio, tutto nella mia mente si mischiava e prendeva l'aspetto di un carro allegorico a una sfilata di carnevale.

Prima di tornare a Berlino andai a cena dai Pedrotti. Abitavano in un appartamento di tre stanze dentro un palazzone moderno all'angolo tra via Gallia e via Illiria. Dovevano averlo preso già ammobiliato. Nello stretto corridoio c'era un armadio grande come una cassa da imballaggio che Fabrizio riusciva a oltrepassare solo incuneandosi nel varco e strofinando il petto contro le ante. Pensai che l'armadio servisse tutto sommato a scoraggiare le sue incursioni notturne e a proteggere il sonno di Mario.

Le pareti della camera di Mario erano coperte di vecchi poster di gruppi punk. Appeso a un gancio c'era un basso elettrico Yamaha. Qui c'era anche la cuccia di Brina, un cagnolino che ricordava la vecchia maremmana del Residence Salario, ma in miniatura: era alto un palmo e non poteva pesare piú di sei o sette chili. Chiesi se fosse una cucciola. Mario mi disse che era un maschio e che bastava guardarlo in faccia per accorgersi che era un cane di mezza età. In effetti la sua espressione era simile a quella di certi alcolizzati depressi che si sforzano di darsi un contegno e mi ricordò Arthur.

I mobili della casa parevano recuperati tra le macerie di un terremoto. Gli sportelli della credenza si aprivano cigolando. I cassetti del comò si affastellavano asimmetrici uno sull'altro. Lo specchio del pensile in bagno era scheggiato. Il ripiano del tavolo della cucina, usurato in vari punti, mostrava chiazze di truciolato nerastro. Due vecchi dizionari sostituivano una gamba del letto matrimoniale, mentre le ante scorrevoli dell'armadio in corridoio non scorrevano affatto ed erano imprigionate una dall'altra come due lottatori. Pensai a quello che Maddalena mi aveva detto in Argentina. I Pedrotti stavano diventando poveri. Anzi, lo erano già.

Cristina aveva preparato dei petti di pollo ripassati al burro. Lei stessa li scodellò nei piatti in un silenzio da sacerdotessa. Non era vestita di nero come la sera prima. Indossava una maglia aderente a bande verdi e viola senza reggiseno ma anche senza seno. Il busto esile e le braccine, che spingeva all'indietro a ogni movimento come per puntellarsi all'aria circostante, la facevano sembrare una cavalletta. Ma quella sera, col maglioncino ad anelli e i movimenti incerti, poteva somigliare a un lombrico con la parrucca. La trovavo estremamente graziosa. E doveva piacere molto anche ai Pedrotti.

«Hai visto com'è bravo Fabrizio, con la chitarra?» disse Mario. Masticava con cautela, come se si aspettasse di trovare un sassolino nel cibo.

«Le cose che mi piacciono mi vengono facili» si schermí Fabrizio.

«E viceversa» aggiunse Mario dopo una breve pausa in cui non smise di tenere gli occhi fissi sul piatto.

Cristina, con la bocca chiusa, la forchetta a mezz'aria da cui un minuscolo pezzetto di pollo si era staccato per ricadere nel piatto ormai da un paio di minuti, li guardava a turno come giocatori di tennis. Dagli auricolari del suo iPod fuoriusciva un lontano fracasso di musica rock.

«Insomma hai capito, Hitchcock?» disse Fabrizio. «Mio fratello sta dicendo che faccio solo le cose che non mi costano sforzo».

«Ma no!» ribatté Mario in tono pacato.

«È sempre cosí» si lamentò Fabrizio. Nella sua voce s'era incuneata un'irritazione infantile. «Non ha mai avuto stima di me».

«Lo sai che non è vero» rispose Mario guardando il piatto con la fronte appena increspata.

Ci fu silenzio. Relativo silenzio, dato che dal lettore cd posato sul pavimento un chitarrista swing continuava a snocciolare raffiche di note mentre dagli auricolari di Cristina filtrava quell'infernale cicaleccio. La ragazza addentò la forchetta vuota e poi guardò il piatto con espressione allarmata.

«Vedi, Hitchcock» disse Fabrizio. «Gli anni passano e noi non cambiamo mai».

Ma io quasi non li riconoscevo. O per meglio dire, il ricordo che avevo di loro giovani traspariva solo a tratti sotto la superficie, in un baluginare inafferrabile.

«Invece siete molto cambiati» dissi.

Mi fissarono in silenzio, come se si aspettassero che continuassi a parlare. I loro visi conservavano una lontana somiglianza che mi sembrò destinata a esaurirsi definitivamente di lí a pochi anni.

In quel momento mi venne l'impulso di parlare. Di dire tutto. Di confessare il mio misfatto di un quarto di secolo prima. L'uccisione dell'Onorevole. Per questo motivo mi alzai dalla sedia e mi infilai una mano in tasca. Sollevai l'altra come se stessi per declamare qualcosa di solenne. Qualcosa che avrebbe cambiato il nostro futuro e dato un senso nuovo al nostro passato.

La mia confessione.

Anche a nome tuo, Max.

Cristina, che finalmente era riuscita a infilzare un frammento di pollo e portarlo alla bocca, si alzò e andò a sedersi in braccio a Fabrizio continuando a masticare. Doveva aver intuito il pericolo e nel momento del disastro voleva trovarsi nel luogo piú sicuro della casa, e cioè tra le braccia di Fabrizio.

Avevo la confessione già tra le labbra. Bastava che dicessi «l'Onorevole» o anche solo «vostro padre» e il resto sarebbe venuto da sé. Sarei riuscito finalmente a dire ai due fratelli Pedrotti che ero io l'assassino. Ma neanche quella sera riuscii a trovare *le parole giuste.*

Rimasi impietrito con la mano alzata e la bocca semiaperta. E alla fine, per non deludere i Pedrotti e Cristina che si aspettavano qualcosa di sorprendente, mi misi a cantare una vecchia canzone della nostra gioventú. E nel giro di pochi secondi io e i due fratelli Pedrotti la cantavamo in coro agitando i bicchieri.

La nostra canzone, il disco di swing e il rock dell'iPod finirono quasi simultaneamente. Mario adesso guardava il battiscopa della parete come immerso in complessi calcoli mentali. Fabrizio sembrava aver deciso che poteva sopportare l'aria di quella cucina solo se l'avesse respirata attraverso i capelli di Cristina. Nei piatti quasi vuoti gli amidi residui deperivano a vista d'occhio. Non so perché ci misi tanto a notare gli occhi della ragazza spalancati e quasi esorbitati che mi fissavano. Quando fu sicura che me ne fossi accorto, disse:

«Hitchcock».

La sua voce era quella delle bambine di otto anni quando imitano i mostri dei film.

«Eh?» feci riscuotendomi.

«Quanto tempo era che non vedevi Fabrizio?».

«Erano... vent'anni. Diciannove e mezzo, per l'esattezza. Marzo 1987».

Evitai di dirle che l'ultima volta che ci eravamo visti ero stato il suo testimone di nozze.

«Cazzo oh» disse lei, «quando hai visto lui l'ultima volta io manco ero nata, capito...».

Fabrizio continuava a tenerle la faccia nei capelli. Mario spostò lo sguardo dal battiscopa alla chiavetta storta di uno sportello della credenza. La ragazza tirò su col naso.

«E com'era lui diciannov'anni fa?» domandò, posando il palmo di una mano sull'orecchio di Fabrizio.

«Era... era come oggi» risposi.

Come oggi senza la barba grigia, pensai. Come oggi ma ricco e senza quel lamento nella voce. Come oggi senza la gambona zoppa. Ma tutte queste cose non gliele dissi.

Fabrizio mi guardava vigile con un occhio solo di tra i capelli della ragazza. Cristina allungò una mano e si contemplò le unghie. Erano smozzicate e sporche, con appena un residuo di smalto nero. Infilò la mano in una tasca dei jeans e si mise a frugare. Ne estrasse una sigaretta, una sola, miracolosamente intatta anche se un po' cenciosa.

«Che, c'avete d'accende?» disse.

Mi alzai e gliela accesi con un accendino di plastica che trovai accanto ai fornelli, attento a non incendiarle i capelli. La ragazza si mise a fumare. A ogni tiro allontanava la mano ma poi non sapeva dove posarla.

«Hitchcock» disse espirando una nuvola di fumo verso il tavolo.

«Mm?» feci io, ormai esausto e parecchio brillo.

«Te posso chiamà zio?».

Brina

1.

All'aeroporto, e poi durante il volo per Berlino, scrissi ininterrottamente e riempii il quadernetto che avevo iniziato a Roma. Scrivendo ripercorrevo la serata che avevo trascorso nella casa di via Gallia, ricamandone le implicazioni e tutto quello che era stato taciuto.

Avevamo bevuto vino e grappa, fino a sbronzarci e a straparlare. Avevamo fumato qualcosa che non era la stessa roba di trent'anni prima, forse hashish transgenico, forse altro. Eppure anche in quei discorsi stravolti c'era diplomazia, c'era reticenza, c'era un non dire che prevaleva sul dire.

C'era tra noi, questo il dramma, una bugia grande come un macigno che riguardava tutta la nostra vita.

Cristina era rimasta sobria. Mi avevano detto che detestava l'alcol e che da qualche tempo era seguace di un gruppo rock astemio e vegetariano chiamato Fugazi, conosciuto grazie allo zio Mario e di cui lei aveva scaricato la discografia completa. Li ascoltava nel suo iPod per circa sedici ore al giorno.

Ma il pollo le piaceva tanto.

Poi s'era fatta una certa, come si continuava a dire a Roma per segnare lo scadere del tempo utile e l'impellenza del sonno. Avevo indossato il mio impermeabile e mi ero messo a riflettere su come salutare Cristina. Se baciarla sulle guance da bravo zio oppure abbracciarla. Entrambe le ipotesi, nello stato semiallucinato in cui versavo, mi terrorizzavano. Pensai che per quanto l'avessi stretta tra le braccia sarebbe sempre riuscita a sgusciare via e infilarmisi in un orecchio. Mi sembrò plausibile che fosse proprio quello, il motivo per cui voleva essere tanto magra: le piaceva intrufolarsi nelle orecchie della gente.

Sulla porta Fabrizio annunciò che sarebbe uscito con me e che ne avrebbe approfittato per portare a spasso Brina. Cinsi Mario e Cristina in un unico abbraccio e mi precipitai per le scale, strofinandomi forte le orecchie tra le dita. Dopo la prima mezza rampa però decisi che non c'era motivo di rischiare la vita e rallentai.

In strada dissi a Fabrizio che dovevo cercare un taxi, anche se non subito. Ma credo che invece di «taxi» dissi «xati». Lui propose di avviarci a piedi verso il Colosseo.

A Porta Metronia l'aria dell'autunno che mi avvolgeva il viso come uno straccio umido mi fece tornare parzialmente in me. Smisi di camminare a zigzag. Adesso sentivo solo le ginocchia che si piegavano in avanti ma ero veramente allegro.

Scalammo il colle Celio a passo lento mentre le zampette di Brina ticchettavano sobriamente sull'asfalto bagnato. Quel cane aveva dei modi talmente signorili che se si fosse schiarito la voce e avesse domandato l'ora non ci avrei trovato niente di strano.

Sulla salita che costeggia Villa Celimontana il mio vecchio amico si mise a zoppicare. Mi faceva pena e lo avrei soccorso se non avessi temuto di farlo cadere a terra e di cadere insieme a lui. Camminava con gli avambracci sospesi all'altezza del petto, agitava le mani come se sperasse di poter disperdere nell'aria una parte del suo peso.

«Ho superato i centotrenta chili» disse alla fine, arrendendosi e piegandosi in avanti con le mani sulle cosce. «Certe sere la sciatica mi fa impazzire».

Brina, rimasto un po' indietro ad annusare con aria competente alcune ruote d'auto, corse verso di noi. Le zampe anteriori e quelle posteriori seguivano ritmi separati e sembravano appartenere a due bestie diverse. Correva col corpo in diagonale, come se i due mezzi cani da cui era formato fossero in gara tra loro. Alla fine della cavalcata si erse in tutta la sua statura di quaranta centimetri e fece qualche passetto bipede dirigendosi verso un ginocchio di Fabrizio. Per un istante, nella semioscurità, mi convinsi che il cane portasse gli occhiali.

«Dove l'avete preso?» domandai indicando Brina che adesso era in piedi contro uno stinco di Fabrizio.

«È di Mario. Dice che girava per le strade intorno al carcere femminile di Heidelberg. La sua padroncina probabilmente era finita in galera. A volte ho l'impressione che non capisca l'italiano».

«E Cristina?» dissi come se ci fosse un nesso logico. «Dove l'hai raccattata?».

«Cristina... non fare lo stronzo... l'ho conosciuta per strada un giorno che pioveva».

«Ma... quelle cicatrici sulle braccia?» domandai.

«Ah, allora le hai viste».

«E certo che le ho viste. Ieri al concerto aveva le braccia scoperte».

«È molto depressa. Si sgara con le lamette da barba, coi coltelli da cucina...».

«Borderline» osservai con aria grave, ma poi mi scappò un rutto.

«Sí, una cosa del genere. Siamo stati alla Asl e abbiamo preso appuntamento da uno psichiatra. Lei però si è scordata di andarci o ha fatto finta di scordarsi... Non è mica facile, sai?».

«Immagino» dissi, anche se in quel momento, sentendomi pericolosamente vicino a uno sbalzo d'umore, mi sforzavo proprio di non immaginare nulla.

«E poi è anoressica» proseguí Fabrizio. «L'hai visto anche tu quant'è secca. Da quando si è messa in testa di essere vegetariana come quei cazzo di Fugazi mangia ancora meno di prima. Cristo santo! Meno male che stasera ha mangiato il pollo. E dopo non si è nemmeno alzata per andare al bagno a vomitare».

Finalmente riuscí a raddrizzare la schiena. Superammo le cancellate di Villa Celimontana per percorrere a passo da pensionati il tratto in discesa fino al Colosseo.

Seguí un dialogo che a raccontarlo potrebbe sembrare cosa di mezzo minuto ma che durò invece un quarto d'ora. A ogni frase seguiva una lunga pausa e dentro a quelle pause accadevano cose notturne come il passaggio di un'auto in cui delle ragazze strillavano una canzone, una fulminea pisciata di Brina su una pianticella che aveva bucato l'asfalto del marciapiede, il ritorno a casa di un centurione che apriva un portone parlando a un cellulare incassato sotto l'elmo.

«E Mario?».

«Mario... ci si è appassionato tanto, a quella ragazza. Si prende cura di lei... a modo suo, certo».

«Cioè, come?».

«Ma, non so... l'accompagna a scuola in motorino... cose cosí...».

«A scuola?».

«Sí. Sta ripetendo il quarto scientifico... l'hanno bocciata due volte».

«E oltre ad accompagnarla a scuola che fa?...».

«Se la porta in camera e le fa sentire vecchi dischi punk... è colpa sua se ha cominciato a vestirsi e a truccarsi in quel modo... prima mica era cosí».

«Prima quando? Da quanto tempo la conosci?».

«Un anno. Ok, un anno e mezzo».

«Era minorenne...».

«Sí. I primi due mesi sí».

«E i genitori?».

«Chi li conosce? Non so niente. Non sono affari miei».

2.

Quell'inverno con Arthur le cose andarono un po' meglio. Anzi no, andarono come sempre e lui continuò a comportarsi da quella merda che era, a insolentire i funzionari (gente che indubbiamente lo meritava), a ubriacarsi. E io continuai a sognare di prenderlo a sprangate nello spogliatoio di una piscina d'hotel, frenato soprattutto da quel suo odore di latte cagliato e armadio chiuso che mi faceva pena.

Ma all'inizio del 2007 sul mio conto in banca fioccarono i premi di produzione dell'anno precedente. Una somma a quattro zeri che erano già quasi cinque. Qualche giorno dopo incontrai Arthur all'aeroporto di Singapore sotto un gigantesco Babbo Natale. L'immane pupazzone con la barba bianca gli assomigliava un po' e dovetti trattenermi per non abbracciarlo.

Arthur, Arthur! Quella sera, in un hotel di Bangkok, scoprii che aveva una figlia di ventitré anni la quale non voleva saperne di lui. Poi mi raccontò che nelle settimane intorno a Natale aveva fatto la spola tra la villa in Algarve e la casa a Fuerteventura, sempre solo come un cane. Mi fece pensare a Brina, con la differenza che Brina non mi metteva tutta quella tristezza.

Per una volta Arthur fece mettere sul suo conto i cinque Ardbeg lisci che avevo ingurgitato per risarcire me stesso del fatto di dover trascorrere una serata con lui. Sbirciando il biglietto che lui firmò scoprii che avevamo speso centottanta dollari solo di whisky.

Il giorno dopo Arthur fece una presentazione esemplare. Sorrise per due ore filate, certo per effetto delle benzodiazepine che aveva preso, fu amabile e non si abbandonò alle solite intemperanze. I thailandesi si spellarono le mani e ordinarono tanti tanti audiovisivi.

Lo riaccompagnai in taxi all'aeroporto di Bangkok (sarei ripartito solo tre giorni dopo e già pregustavo un paio di serate thailandesi in compagnia dei miei quadernetti) e alla fine lo abbracciai per davvero.

3.

Era una sera d'aprile e stavo sorseggiando un martini col piumino addosso sul balcone della mia casa di Berlino. C'erano otto gradi ma in qualche modo si sentiva che era primavera. Aspettavo l'ora di cena per scaldare il sugo che avevo preparato il giorno prima, quando sentii una scarica di botte impazienti alla porta. Arrivato all'ingresso, notai un odore di muffa e immondizie. E mentre accostavo un occhio allo spioncino una nuova raffica si abbatté sulla porta a pochi centimetri dalla mia faccia. Indietreggiai.

«Chi è» gridai in italiano.

«Hitchcock. Sono io. Apri» rispose dal pianerottolo la voce di Fabrizio.

Aprii. E la prima sensazione che mi arrivò, insieme alla vista della sagoma colossale del mio amico, fu quella vampata di fetore tiepido che mi era capitato di sentire solo in certi recessi della stazione dello zoo di Berlino o quando un senzatetto, uno di quelli messi proprio male, saliva sul tram con le buste di plastica. Una puzza che fino a quel momento ero riuscito a tenere fuori da casa mia.

«Fabrizio...» dissi, perché in quel momento mi sembrò importante ricordargli il suo nome. Però non riuscii ad aggiungere altro. Lui avanzò di un passo. Mi spostai di lato e lo lasciai entrare. Il suo peso fece scricchiolare il parquet spremendo fuori dal legno suoni minacciosi. La barba giallastra era arricciata sopra una sciarpa malamente arrotolata intorno al collo. Indossava un cappottone scuro che sembrava un saio e portava a tracolla due bisacce sudice. Puzzava per non essersi lavato da troppo tempo e per gli odori della strada. Puzzava di piedi, perché aveva le scarpe sfondate e marce. E ora che ci penso puzzava anche di cacca di cane e di immondizie. Di alcol.

Entrò in salotto e si gettò sul divano a faccia in giú, senza nemmeno togliersi le bisacce di dosso. Da una tasca del cappotto cadde una bottiglia di vodka. Era aperta, vuota. Provai a scuoterlo per una spalla ma lo sentii inerte come una zolla di terra, una collinetta franata sul mio divano. Si era addormentato.

Aprii la finestra per far uscire il fetore e mi attaccai al telefono. Provai a chiamare Mario al numero fisso della casa di via Gallia. Non rispose nessuno.

Per calmarmi riannodai i gesti di poco prima. Tornai in balcone a finire il mio martini. Fumai due o tre sigarette sperando che mi aiutassero a ragionare. Rientrai in cucina e tirai fuori il ragú dal frigo.

Poi scoppiai a piangere. Mentre singhiozzavo appoggiai le mani sulla credenza della cucina. Sentii le gambe che cedevano e mi accucciai contro la parete, tra la porta e l'aspirapolvere.

Fabrizio non si era mosso dalla posizione in cui l'avevo lasciato, a pancia in giú sul divano, con un ginocchio posato sul pavimento e le cinghie delle borse che quasi lo strangolavano. Inspirai l'aria della stanza e decisi che l'olezzo era sopportabile. Puntai i piedi sul parquet, afferrai Fabrizio per le spalle e in qualche modo la collinetta si sollevò. Riuscii a metterlo seduto appoggiato alla spalliera. La testa crollò all'indietro e batté forte contro la parete. La botta lo risvegliò.

«Fabrizio» dissi. Le sue pupille luccicarono tra le palpebre. «Fabrizio, se vuoi dormire devi prima spogliarti e fare un bagno».

Si lasciò guidare attraverso la casa. Lo aiutai a togliersi di dosso i suoi stracci e iniziai a far correre l'acqua calda. Mentre aspettavo che la vasca si riempisse provai a fargli qualche domanda ma lui continuò a non rispondere.

Lo sorressi per le spalle irsute mentre entrava nella vasca. Lui ci si accucciò. Ma avevo sottovalutato la sua massa corporea. L'acqua traboccò inondando il bagno. Riuscii in qualche modo ad arginare l'alluvione gettando degli asciugamani sulla soglia della porta.

Poi uscii di casa lasciandolo a mollo. Avevo la testa che mi ronzava. Presi la macchina e mi diressi verso Kik, un discount di abbigliamento.

Quando rientrai un'ora dopo mi sentivo già piú calmo e pronto ad affrontare la situazione. Fabrizio era seduto sul divano e fumava una delle mie Gitanes. La finestra era spalancata sulla sera umida e nella stanza faceva un freddo cane. Lui si era avvolto in un lenzuolo e adesso somigliava a un senatore romano. Un senatore un po' tatuato, certo. Ma evidentemente non aveva trovato nient'altro da indossare. Le mie magliette poteva infilarsele in un braccio. Aveva anche preso in prestito un paio di infradito troppo piccole e teneva le gambe accavallate. Una delle ciabattine, agganciata a un alluce, penzolava come un topolino in bocca a un gatto.

La barba ricciuluta di Fabrizio non era infeltrita come un'ora prima. Sembrava averla spazzolata e sforbiciata per bene. Andai in bagno aspettandomi di trovarci un porcile e invece vidi che il pavimento era asciutto e che la vasca era stata ripulita. La lavatrice piena di asciugamani era accesa e sul balcone della cucina c'era uno dei grossi sacchi azzurri per l'immondizia, pieno dei suoi vecchi abiti.

Tornai in salotto e posai a terra le buste coi vestiti nuovi. Gliele indicai col mento e Fabrizio annuí. Andai a chiudere la finestra. Lui aspirò una boccata di fumo e macinò un «grazie» tra i denti, mostrando un sorrisetto colpevole.

Sul tavolino del salotto c'erano i suoi averi: un portafogli da cui fuoriuscivano gli angoli di certi foglietti sudici, un mazzo di chiavi nerastre, alcuni spicci impilati sopra a una banconota da cinque euro, un accendino di plastica che forse era lo stesso con cui, mesi prima, avevo acceso una sigaretta a Cristina nella cucina di via Gallia.

Trascorremmo molto tempo senza parlare, lui sul divano e io in poltrona. Aveva annodato il lenzuolo sotto alle ascelle e le sue spalle erano scoperte. Le braccia forti coi bicipiti un po' inflacciditi ricadevano sulla stoffa bianca. Provai a studiare la trama dei tatuaggi. Erano disegni risalenti a epoche diverse, stratificati e ricoperti di un pelame ispido. L'idea generale era quella di un rovo pieno di carta straccia e strani animali. Ma lo sgraziatissimo ratto sull'avambraccio, il tatuaggio che Fabrizio «si era fatto da solo» a diciassette anni, aveva ancora un posto tutto suo.

«Hitchcock, le cose non vanno bene» disse. In quel momento il testone in cima al collo esprimeva la solita forza e i capelli neri e ricci, in contrasto con la barba grigia, salivano in verticale per ricadere a fontana sulle spalle. Niente lasciava intuire che di lí a poco si sarebbe messo a piangere.

«Lo vedo» dissi. «Ma che ti è successo?».

«Mi hanno lasciato solo...».

Il naso spostato su un lato della faccia e la ruga diagonale al centro della fronte, colpiti di lato dalla luce della lampada alogena, risaltavano con la nettezza di un ideogramma cinese.

«Chi è che ti ha lasciato solo?».

«Cristina. Mario. Tutti».

Il volto gli si contrasse. Chiuse gli occhi e iniziò a frignare in modo infantile. Mi spaventai, avrei voluto prendere un sacco e metterglielo sulla testa per non doverlo guardare. Ripensai a Federica Cersosimo, a quello che mi aveva raccontato anni prima. Il rugby che gli aveva distrutto la schiena. I dolori, le crisi di pianto. La disperazione per il disprezzo di suo fratello. Lei che gli camminava sulla schiena.

Ma allo stesso tempo non potei fare a meno di pensare che Fabrizio piangeva ancora e sempre a causa della morte del suo papà. E che la colpa era mia, tutta mia, solo mia.

Anzi nostra, Max. Mia e tua.

Ma tu dov'eri?

Raccontò che una sera, proprio mentre rientrava nella casa di via Gallia, la chitarra gli si era sfasciata in testa. E che subito dopo aveva visto suo fratello sollevare ancora una volta lo strumento. Lui stavolta si era riparato il capo con le braccia, e il fasciame della chitarra, sferragliante di corde divelte, gli si era abbattuto sugli avambracci. Mario aveva lasciato cadere a terra quello che restava dello strumento ed era andato in cucina. Ne era uscito con un mestolo di alluminio e lo aveva colpito al volto. Fabrizio non si era riparato dalla botta che gli era arrivata violentissima in faccia.

Mario si era fermato, aveva guardato lo zigomo del fratello dove c'era un'ammaccatura che nel giro di pochi minuti si sarebbe gonfiata come un meloncino. Aveva gridato e si era rimesso a colpirlo senza piú mirare alla testa. Adesso lo percuoteva alle braccia e ai fianchi, col mestolo, insultandolo. Fabrizio lo aveva lasciato fare finché Mario si era messo a singhiozzare. Allora aveva allungato le braccia e lo aveva stretto a sé, posandogli lo zigomo dolorante sui capelli. Il fratello minore si era lasciato abbracciare poi si era divincolato.

«Vieni, stronzo» gli aveva detto.

Lo aveva condotto nella sua camera. Sulla brandina elastica c'era il cane Brina, morto.

Mangiammo delle tagliatelle all'uovo condite col sugo del giorno prima. Poi Fabrizio chiese di andare a dormire. Gli aprii il divano letto e uscii dalla stanza per prendergli una coperta. Quando rientrai, meno di un minuto dopo, dormiva silenziosamente.

Piú tardi riprovai a chiamare Mario. Composi per tre volte il numero di via Gallia e ogni volta feci fare dieci, dodici squilli. Non rispose. A tarda sera gli scrissi. Mandai una mail anche a Maddalena descrivendo lo stato di suo fratello.

Quella notte lasciai aperta la porta della mia camera. Fabrizio andò in bagno diverse volte. Ascoltai le sue quattro o cinque pisciate lente lente esaurirsi in sgocciolii estenuanti.

La mattina dopo vidi che la porta della stanza era chiusa ma non sospettai che se ne fosse andato. Misi su la vecchia moca, andai a farmi la barba e quando tornai in cucina imprecai contro il fornello che sfrigolava di caffè traboccato. Non notai che il sacco azzurro coi vecchi vestiti di Fabrizio era sparito dal balcone. Scaldai un po' di latte, misi un piattino con delle fette biscottate e un barattolo di marmellata sul vassoietto Ikea che anni prima avevo ricevuto in regalo dalla sua ex moglie Federica. Spinsi la maniglia della porta con un gomito, entrai in camera e vidi il divano letto richiuso.

Mario non rispose alla mia mail. La risposta di Maddalena invece arrivò solo cinque giorni dopo. Si scusava in tono frivolo dicendo di essere stata al mare in Uruguay, a Punta del Este. Ramiro e i bambini mi salutavano. Riguardo a Fabrizio scriveva:

«Quella di fare il senzatetto è una sua vecchia fissa. Un sogno che coltiva fin dai tempi del liceo. Non sei il primo a riferirmi cose come queste. Una decina d'anni fa Giuliana mi telefonò per dirmi che certi amici comuni lo avevano avvistato a Vienna. Spingeva un carrello del supermercato pieno di buste di plastica e aveva l'aria di non aver dormito in un letto da qualche settimana.

«Mi sembra che tu non abbia capito una cosa fondamentale: quello che fa lo ha scelto lui. Il modo in cui vive, la coerenza con cui si autodistrugge. Tu non puoi farci nulla e non ne hai neppure il diritto. Guarda che lo stesso vale per Mario! Perché si rovinerà anche lui, ti avverto.

«Dato che sono la sorella ti ringrazio per aver offerto ospitalità a Fabrizio. Per avergli fatto il bagnetto e per avergli messo il borotalco. Ma questo deve bastarti. Non è colpa tua se hanno deciso di vivere cosí. Non è colpa tua se sono pazzi. E non è nemmeno colpa tua se hanno dilapidato il patrimonio. Perché ormai lo hanno speso tutto, sai?».

A me ovviamente bastò far finta di non vedere tutti quei «non» per leggere solo «è colpa tua».

4.

Nell'estate del 2007 Mario mi telefonò da Roma per annunciarmi il suo arrivo a Berlino. Due giorni dopo si presentò da me. Disse che voleva riprendere il tedesco, rivedere i musei della Museumsinsel, passare del tempo insieme al suo vecchio amico Hitchcock.

Era la metà di agosto, avevo poco da fare, passavo molto tempo a leggere e la presenza di Mario non mi pesò. Di giorno lui faceva il giro delle mostre, di sera cenavamo insieme e poi uscivamo a bere. Nel periodo che passò a Berlino non nominò nemmeno una volta la mail che gli avevo scritto in aprile, ma ammise implicitamente di averla letta quando mi pregò di non farlo dormire nello stesso letto in cui aveva dormito suo fratello Fabrizio. Gli offrii la mia camera da letto senza discutere e mi sistemai sul divano letto.

Ma già il giorno dopo disse di averci ripensato. L'idea di non coricarsi in un letto solo perché ci aveva dormito «una persona che lui odiava» era semplicemente stupida, disse.

L'ultima sera mi rivelò che da qualche tempo «aveva ripreso a lavorare». Mi parlò di due articoli che intendeva scrivere, o che stava già scrivendo.

«Quanti romanzi italiani del Settecento conosci?» domandò.

«Nemmeno uno» risposi sinceramente.

«Be', non ti perdi granché. Io li ho letti quasi tutti, almeno quelli che si sono conservati, e posso dirti che non vale la pena perderci tempo. Però ce n'è uno parecchio interessante. Si intitola *La filosofessa italiana* ed è stato scritto da un gesuita a nome Pietro Chiari. È del 1753. Senti un po' qua che cosa ho scoperto».

Tirò fuori dal taschino della camicia un taccuino malridotto, lo sfogliò e quando trovò quello che cercava sollevò un dito. Lesse:

«Ella mi disse che si chiamava il Signor d'Arcore: che non era cavagliere, ma passava per l'uomo piú facoltoso della città; e che tutto il suo debole consisteva nel farsi degli amici, nel godere la buona compagnia, e nell'obbligare a forza di benefizii tutte le persone di merito».

Fece una pausa e mi diede un'occhiata che mi mise a disagio, perché... non so dirlo meglio, ma mi sembrò uno sbuffo di zucchero a velo, da quanto era sdolcinata. Poi riprese a parlare.

«Che te ne pare?» disse. «E continua cosí per pagine e pagine, sai?».

«È proprio Berlusconi» risposi.

«Esatto! Per filo e per segno!».

«Ma è proprio il testo originale?».

«Parola per parola. Mi sono procurato perfino una prima edizione».

«E come hai fatto?».

«L'ho ordinata per consultazione alla Staatsbibliothek di Monaco e me la sono portata via».

«L'hai rubata».

«Prima o poi gliela restituirò» disse. «Ma prima voglio studiarmela bene. È un testo profetico! Ho fatto qualche ricerca in internet e ho visto che nessuno se n'è ancora accorto. Per lo meno nessuno ci ha scritto su un articolo. Ho pensato di farne un saggio di lunghezza media. Voglio rimettermi in gioco, Hitchcock! Riprendere a vivere».

Riprendere? Ma quando mai aveva cominciato?

Il secondo lavoro, disse, era un saggio destinato a gettare nuova luce sull'importanza della lingua tedesca nel cinema hollywoodiano. Raccontò che nella sceneggiatura del film *The Apartment* di Billy Wilder c'era un passaggio che di certo era stato concepito in tedesco e poi scritto in inglese. Solo che nessun critico o storico del cinema se n'era mai accorto. In generale, la critica cinematografica e la scienza del cinema erano poco attente alle questioni linguistiche. Che invece, secondo lui, erano capitali. Centinaia di registi, sceneggiatori, attori avevano fatto la storia di Hollywood scrivendo e recitando in inglese ma pensando ancora in tedesco. Otto Preminger e Marlene Dietrich. Peter Lorre e Hedy Lamarr. E naturalmente Billy Wilder, che si chiamava Wilhelm Wilder ed era viennese.

Gli chiesi di andare al nocciolo perché non lo seguivo. Mario disse che in una scena del film *The Apartment* Jack Lemmon, che presta il suo appartamento al capo del personale della ditta affinché lo usi per i suoi convegni amorosi, rivela a Shirley MacLaine di aver accarezzato una volta l'idea del suicidio fino al punto di impugnare una pistola per uccidersi. Ma indeciso se spararsi al cuore o in bocca gli era partito un colpo che lo aveva ferito al ginocchio.

Mario si fermò e spalancò gli occhi sotto l'elmetto metallico dei capelli.

«Allora?» disse aggrappandosi ai braccioli della poltrona, come se si aspettasse una mia reazione.

«Allora che?».

«Ma non hai capito, Hitchcock?».

Gridava quasi. Nel corso dei decenni la sua voce era diventata simile a quella di suo fratello.

«No» dissi. «Non ci arrivo».

«Spararsi al ginocchio! È un'espressione tedesca che vuol dire piú o meno "darsi la zappa sui piedi". Tu che vivi in Germania dovresti saperlo. Ed è proprio quello che fa Jack Lemmon per tutto il film!».

«Scusa, ma non capisco ancora».

«È chiarissimo, invece! In inglese non esiste un'espressione simile, mi sono documentato».
«E quindi?».
«Quindi la scena è stata pensata in tedesco, no? Il protagonista è un autolesionista e il regista Billy Wilder, o un suo sceneggiatore immigrato, decide che deve darsi la zappa sui piedi... cioè spararsi nel ginocchio. Ok?».
«Ehm... ok».
«Continuavano a pensare in tedesco, la stessa lingua dei nazisti, e vendevano sogni a tutto il mondo in inglese! Non è incredibile?».
Era elettrizzato. Si alzò e si mise a vagare per il salotto. Diede un pugno a una parete. E prima di rimettersi seduto in poltrona batté le mani una sola volta con uno schiocco fortissimo. Proprio come suo fratello trent'anni prima.

«Davvero odi tuo fratello?» gli chiesi a bruciapelo quella sera.
«È mio nemico» rispose senza pensarci. «E basta».
«Va bene. Ma puoi spiegarmi il perché?».
«Ok, se ci tieni tanto a intrometterti sempre tra noi... Immagino ti abbia detto che Brina è morto».
«Sí» dissi. «Me lo ha detto».
«Ma di sicuro non ti ha detto che lo ha ucciso lui».
«No, questo no...».
«Be', adesso lo sai. È stato lui ad ammazzare quel povero cagnolino».
«Ma come?».
Mario raccontò che Cristina era andata via dall'appartamento di via Gallia. Da tempo aveva confidato a zio Mario di volersene andare. Solo che zio Fabrizio le faceva pena, con quel passo zoppicante e tutti i suoi dolori. Da qualche tempo lui aveva iniziato a chiedere alla ragazza di camminargli sulla schiena e lei non

trovava il coraggio di lasciarlo. E comunque si era affezionata alla casa e a Brina.

Alla fine però ce l'aveva fatta, a tornarsene a casa. Le era bastata una sola notte nella sua cameretta, tra i poster di Ricky Martin di quando aveva otto anni, per decidere che non sarebbe mai piú tornata a via Gallia.

Il padre di Cristina aveva telefonato il giorno dopo ai Pedrotti. Aveva intimato a Fabrizio di non avvicinarsi mai piú a sua figlia, pena la rottura degli arti inferiori. Fabrizio aveva ascoltato mordendosi le labbra. Poi l'uomo si era fatto passare Mario e aveva minacciato anche lui. La ragazza, aveva detto il padre, doveva concentrarsi sulla scuola per non rischiare di essere bocciata ancora una volta. Che la lasciassero in pace.

«Da quel giorno Fabrizio ha ricominciato a svegliarmi di notte» disse Mario. «Lo sentivo sbatacchiare contro l'armadio in corridoio e me lo ritrovavo che frignava sul bordo del letto. Io tenevo una bottiglia vuota a portata di mano. Una notte gli ho detto che gliel'avrei fracassata sul cranio, se non se ne fosse andato. Si era rimesso ad allungare le mani. Veniva a farmi il solletico come quando eravamo ragazzini, sai».

«Dio santo...».

«Cristina era vergine, prima di conoscerlo. Per questo lui non riusciva a darsi pace. Non si capacitava che quella ragazza anoressica se ne andasse dopo che lui le aveva rotto l'imene».

«E poi?».

«Nel giro di una decina di giorni gli è passata. Una mattina verso le undici si è presentato a casa con una nuova. Appena l'ho vista mi è venuta voglia di urlare. Avrà avuto quindici anni. Una cicciona che puzzava di fast food, con una camicetta zozza, non so dov'è andato a raccattarla. Io mi sono chiuso in camera. Mi sono infilato le cuffie e ho ascoltato musica per tre o quattro ore. Per questo non ho sentito Brina che raspava. Ma non avrei potuto farci niente comunque...».

«Che era successo?».

«Quando sono uscito dalla stanza l'ho trovato che agonizzava sul pavimento, povero cagnolino. C'erano i segni delle zampette sulla porta della camera. Chissà quanto tempo aveva passato a raspare contro la porta per farsi sentire. Rantolava, aveva un'erezione spaventosa».

«Come?».

«Ridi, se vuoi. Ma è cosí. Il cazzettino gli arrivava al petto. L'ho messo nella cuccia, ho provato a farlo bere. Ma lui a un certo punto ha smesso di respirare. Il pisello non gli si è afflosciato nemmeno da morto. A casa non c'era nessuno. Volevo morire anch'io, stavo per impazzire. Non pensavo che c'entrasse Fabrizio. Davvero. Non sono prevenuto fino a questo punto. Poi ho visto quelle pasticche azzurre in camera sua. Ce n'erano tre sul letto e altre due sul pavimento. Devono essergli scivolate fuori dalle tasche dei pantaloni. Brina sicuramente ne ha ingoiata qualcuna. Mangiava tutto quello che trovava, povera bestia. Il viagra gli ha fatto scoppiare il cuore».

La mattina dopo però Mario sembrava aver ritrovato il buon umore. Berlino gli aveva fatto bene, ripeteva a colazione.

Sulla soglia della porta, con lo zaino già in spalla, insistette per raccontarmi una barzelletta. Dopo oltre un decennio di Signor d'Arcore (quello che era riuscito a diventare capo di governo in Italia, non quello del romanzo settecentesco) odiavo le barzellette. Ma lo lasciai dire, boicottandolo solo un po'.

«Allora, un carrozziere di Roma fa naufragio con Claudia Schiffer...» iniziò.

«Una barzelletta con Claudia Schiffer? Allora mi sa che è vecchiotta».

«E fammela raccontare, dai».

«Sí, ma tu spiegami come mai Claudia Schiffer e un carrozziere dovrebbero viaggiare sulla stessa nave».

«Ma che ne so. Ascolta. Vanno a finire su un'isola deserta. Dopo qualche settimana, com'è come non è, iniziano a scopare».

«Chi, Claudia Schiffer col carrozziere?».

«Esatto».

«Ma dai...».

«Zitto! Senti: passano i mesi e un giorno che hanno fatto un falò sulla spiaggia e hanno arrostito un po' di pescetti lui prende un pezzo di legno carbonizzato e dice: "Claudia, ti posso disegnare un paio di baffi?". E lei: "Certo amore". Lui le disegna i baffi intorno alle labbra...».

«E perché?».

«Ma aspetta, no? Lui le disegna i baffi...».

«Però non capisco perché».

«E fammi raccontare! Dopo iniziano a fare l'amore...».

«Cioè, proprio...».

«...proprio. E lui a un certo punto dice: "Senti Claudia, ti posso chiamare Gino? Solo per un momento, ti prego". Lei fa: "Ma certo, amore mio. Tutto quello che vuoi". E lui: "A Gino! Me sto a scopà Claudia Schiffer!!!"».

Ci salutammo senza cerimonie, stringendoci la mano mentre finivamo di ridere. Quando Mario era ormai sul pianerottolo lo strattonai e lo abbracciai forte. Prima di staccarmi da lui aspettai che i miei occhi riassorbissero due lacrimoni che rischiavano di scivolare sulla sua giacca.

Quella barzelletta mi aveva fatto tornare in mente la cameretta di Maddalena, la nostra isola deserta delimitata dal cubo oscuro delle pareti. E tutte le altre cose che non riuscivo a confessare nemmeno trent'anni dopo.

Frieda

1.

In quegli anni, andando in giro per il mondo, mi capitava di cadere in un gioco della mente che conoscevo fin troppo bene. Era un meccanismo della mia infanzia che si era risvegliato, che si riproduceva a tradimento e mi sorprendeva su strade deserte. Il gioco era semplice: convocavo mio padre dentro di me e ci parlavo per ore.

I monologhi, le arringhe che mio padre era costretto ad ascoltare mogio mogio e acquattato in un angolo della mia mente, iniziavano su quelle strade sconosciute e proseguivano nelle camere d'albergo, con la tv accesa e silenziata.

Eppure, che cosa avevo mai da rimproverargli? Mio padre era sempre stato un galantuomo, era sopravvissuto a mia madre diventando appena un po' taciturno. E poi aveva dovuto sopportare per anni il mio silenzio. Ecco, proprio quel silenzio era stato forse il grande male. L'incapacità di mio padre di romperne il muro. Di dirmi «mamma è morta Giovanni, adesso ci siamo noi».

Una sera provai a parlare di mio padre ad Arthur sul divanetto di un night club di Tallinn. Lui continuò a guardare le ragazze e poi si addormentò con una di loro in braccio.

Un giorno lo chiamai, mio padre. Era la fine del 2009 e non lo sentivo da quindici anni. Lui fu molto asciutto ma non scortese e dato che insistevo accettò la mia proposta di vederci. La mattina di tre giorni dopo presi il primo volo Berlino-Roma, salii su un taxi a Fiumicino e mi feci depositare davanti al torrione di Porta Cavalleggeri. Dovevamo vederci lí alle dieci e mancava un quarto d'ora. Mi accesi una sigaretta e quasi subito si mise a piovere. Accettai un ombrello da un venditore ambulante e gli misi cinque euro in mano. Quello disse «dieci» io feci di no con la testa, lui mi guardò scuro in faccia e poi se ne andò.

La pioggia aumentò di intensità. Dopo un quarto d'ora l'ombrello mi si afflosciò in mano e l'acqua iniziò a scorrere lungo il manico e a inzupparmi il polsino della camicia. Alle dieci e venticinque la tela iniziò a fare acqua. Mio padre chiamò al cellulare e mi strillò qualcosa di cui capii solo le parole «aspetta» e «un quarto d'ora». Alle undici meno un quarto attraversai la strada ed entrai in un bar. Mezz'ora dopo il telefono squillò ancora nella tasca della mia giacca. Mio padre gracchiò «sto arrivando». A mezzogiorno smise di piovere e tornai al torrione. Insieme al colpo di cannone del Gianicolo arrivò la sua terza e ultima telefonata.

«Non ho trovato parcheggio, Giovanni. Mi dispiace».

«E allora?» dissi.

«E allora niente. So' tornato a casa».

«Va bene, vengo da te».

«Senti, no, mi scoppia la testa. Meglio che ci vediamo un'altra volta».

«Ma domani riparto!».

«Tanto torni presto, no? Ciao Giovanni, buon viaggio».

Senza pensarci mi piegai all'indietro e tirai l'iPhone contro il torrione. Il telefono esplose con uno schiocco preciso che risaltò come un punto esclamativo nel traffico. Si suddivise in frammenti che precipitarono all'intorno, omogenei e luccicanti. Lo schianto mi calmò all'istante. Decisi di salire al Gianicolo e di cercare un posto per pranzare.

2.

Al Gianicolo mi ritrovai in un locale turistico. L'aria condizionata era accesa nonostante la giornata fredda. Ordinai rigatoni alla *gricia* e un quarto di vino della casa. Il pasto di una persona di buon umore, tutto sommato. E invece mi sentivo affranto, stanco, deluso.

Sforzandomi di non pensare a mio padre deviai la frustrazione sulla mia situazione lavorativa, su Arthur, sulla ditta che da un anno mi teneva in sospeso promettendomi una nuova posizione a Milano.

Aprii la borsa da viaggio che mi portavo dietro dall'alba, tirai fuori un quadernetto e caddi in preda a uno di quegli accessi di grafomania al termine dei quali mi ritrovavo coi tendini dell'avambraccio doloranti dopo che le righe della mia scrittura si erano fatte sempre piú simili al filo spinato che c'era dentro di me.

Anche quel giorno stesi furiosamente il mio recinto d'inchiostro. Riempii una ventina di paginette che ora, mentre batto sui tasti del computer nel mio ufficio di Milano, potrei recuperare facilmente. Il quadernetto si trova nella vetrina dietro di me, insieme agli altri. Solo che non ho nessuna voglia di alzarmi e di andare a prenderlo. Rileggerlo mi imbarazzerebbe e basta.

Quando finii di scrivere mi sentivo meglio e i rigatoni nel mio piatto, freddi e agglutinati, vennero su in un blocco unico.

In quel momento sentii una risata e capii che era per me. Alzai gli occhi e vidi una vecchiettina, anzi no, una coetanea, una cinquantenne in piedi con un impermeabile ripiegato su un avambraccio e un ombrellino raggomitolato in mano. Era mechata e infagottata, deturpata da una serie di accorgimenti estetici talmente complicata da diventare controproducente. Rideva strabuzzandomi gli occhi addosso dietro a un paio d'occhiali a stanghetta doppia di quelli che andavano di moda in Italia due anni prima. Dato che non reagivo mi agitò l'ombrellino sotto al naso e me lo sbatté su una spalla.

«Ma dove stai con la testa? Che, non mi riconosci?».

«Ehm... non lo so... dovrei?!».

«Ma 'sto deficiente! Aoh! So' Giuliana! L'amica di Maddalena. Ci siamo visti tre anni fa al concerto di Fabrizio Pedrotti. Ti ricordi? Quella volta che sei svenuto».

«Sí, sí, mamma mia, adesso mi ricordo...».

«Che, stai per svenire di nuovo? Sono io che ti faccio questo effetto?».

«Sí, sí... cioè no... ma che ci fai qua?».

«Faccio la guida turistica... *please wait a moment... yes, please wait outside...* oggi ho un gruppo di americani, 'na palla con la pioggia, non puoi capire. Mi tocca sorbirmeli fino a stasera e pure domani... *please go to the bus, I'm coming soon... an old friend of mine, yeah.* E tu? Sempre in giro, eh?».

«Viaggio parecchio per lavoro. Ma a fine anno dovrebbe liberarsi una posizione a Milano, almeno spero...».

«Che te possino! Fatti sentire ogni tanto. Sempre bello come il sole, eh! Ma quanti anni c'hai?».

«Ehhh... quarantanove, mi sa. Fatti a ottobre».

«Te li porti bene. Io sto per farne cinquantadue... no, non dirmi bugie, lo so come sto messa...».

«Senti... per caso hai notizie dei Pedrotti?» domandai.

«Maddalena è sempre in Argentina. La sento regolarmente...».

«No, intendevo Fabrizio e Mario...».

«Senti, io Mario quasi non lo conosco e mi considero fortunata. È veramente un tipaccio. Fabrizio invece... mi sa che abita a Roma dalle parti di Santa Croce in Gerusalemme».

«Cioè, adesso ha una casa sua?».

«No, questo no. Ormai sarà difficile. Vive in una specie di comune. Dai, come si dice... una casa occupata, ecco».

3.

La casa occupata era un palazzone di molti piani che si trovava proprio davanti alle mura, quelle che separano via Carlo Felice da viale Castrense. La metà dell'edificio occupata abusivamente era riconoscibile da alcuni striscioni appesi ai davanzali delle finestre. Erano vecchi e attorcigliati, pieni di parole incomprensibili. L'altra metà invece sembrava abitata da comuni inquilini e c'erano perfino i nomi ai citofoni. Mi domandai da che cosa derivasse quella divisione, come fosse possibile che uno stesso edificio fosse diviso in una parte legale e una illegale al centro di una grande città. Poi mi ricordai che ero a Roma e che certe cose avevo smesso di domandarmele con sollievo piú di vent'anni prima, quando ero andato a vivere nel grande Nord.

Il portone era aperto. Nell'atrio del vecchio edificio c'erano degli uomini seduti su sedie di paglia. Avevano facce scure, indossavano vecchie tute sportive e ciabattoni da spiaggia. Fumavano tutti. Sentii che parlottavano in italiano ma a un certo punto si fecero silenziosi perché dovevo aver messo su un'aria troppo curiosa. Uno di loro si alzò e andò a socchiudere il portone.

Ora era quasi buio e non si vedeva piú la strada. Pensai che stavo rischiando. Una donna nera con un grosso chignon e un abito bianco da infermiera uscí da quella che una volta era stata la portineria.

«Chi cerca?» disse.

«Fabrizio. Fabrizio Pedrotti» risposi.

Gli uomini scoppiarono a ridere. Quello che aveva chiuso il portone lo riaprí. Vicino a me apparve un signore zoppicante dal viso olivastro tempestato di nei. L'uomo mi prese per un braccio e la donna disse: «Vada, vada con lui».

Ora che potevo soffermarmi sui dettagli notai che l'edificio era pulito. Non c'erano cattivi odori e neanche rifiuti in giro. Solo tanta gente che saliva e scendeva le scale in un vociare continuo. Se non ci fossero state tutte quelle tute sportive sbrindellate e le ciabatte da spiaggia sarebbe sembrato un ufficio pubblico.

Io e l'uomo coi nei ci fermammo davanti a un ascensore. Lui spinse il bottone e nel pozzetto si sentí il singulto del meccanismo che faceva muovere la cabina.

«Ma che, funziona davvero?» dissi.

«Tutto funziona qui» rispose, facendo luccicare un paio di denti d'oro.

«E la corrente?».

«Ce l'abiamo generatore. In cantina».

«E come lo fate andare, il generatore?».

«Con benzina, no?».

Mi guardò domandandosi se lo stessi prendendo in giro. Nella cabina stretta schiacciò il pulsante numero quattro, si voltò verso di me strofinandomi la pancia sui pantaloni e alzò le sopracciglia.

«Piano nobile» disse.

«Ah».

«Lí abita signori. Tutti italiani. Ce l'ha cultura».

Arrivati al quarto piano aprí la porta e mi fece cenno di precederlo. Oltre una soglia ci ritrovammo in quello che un tempo non lontano era stato un gigantesco appartamento signorile. Attraverso il corridoio mi arrivò il suono di una chitarra che eseguiva un arpeggio lento lento. Incrociammo un signore alto con la barbetta e una videocamera in mano. Mi inquadrò attraverso il suo obiettivo e poi mi salutò cortesemente.

«È regista...» disse il mio accompagnatore.

Il suono della chitarra adesso era piú forte. L'ometto mi superò e bussò a una porta in fondo al corridoio. La musica si interruppe e al di là della porta ci fu un rimbombo, come se la chitarra fosse stata riposta con malagrazia in un angolo. Poi sentii dei passi strascicati. Infine si ripeté il vecchio prodigio: la porta si aprí e il vano fu oscurato dalla mole del mio amico Fabrizio.

Ero seduto su una vecchia poltrona di pelle screpolata. L'imbottitura gialla mi guardava da mille minuscoli strappi. Io contemplavo la stanza quasi vuota.

Dopo avermi abbracciato Fabrizio aveva detto: «Zagor, questo è Hitchcock!».

«Grande regista di uccelli» aveva detto l'ometto, che sicuramente non si chiamava Zagor.

«Sí, anche. Ma non solo. Grande amico di me» aveva gridato Fabrizio battendosi il pugno sul petto e imitando la parlata incerta del coinquilino. Zagor si era allontanato ridacchiando. Forse il soprannome che Fabrizio gli aveva dato gli piaceva.

La stanza era un enorme quadrato di otto metri per otto nel quale c'erano solo un armadio a due ante, un materasso, un piccolo tavolo con due sedie e la poltrona di pelle su cui ero seduto in quel momento. E poi un gran numero di vecchie chitarre appoggiate contro le pareti o adagiate nelle custodie aperte. Le quattro finestre davano sull'angolo di via Carlo Felice.

«Stai guardando gli strumenti? Adesso suono soprattutto le acustiche. Musica per meditazione, roba cosí. Oh, ma tu ti fermi, vero?».

«Be'...».

«Certo che puoi stare a dormire qua! Vieni, andiamo a farci un caffè al bar».

Attraversammo via Carlo Felice e ci sedemmo ai tavoli esterni di un chiosco in mezzo ai giardinetti. Intorno a noi c'erano solo immigrati dell'Est, albanesi e romeni, credo. Ordinai un crodino e Fabrizio chiese un caffè shakerato. Il tempo si era rimesso, non pioveva piú e il sole aveva fatto risalire la temperatura ai normali livelli autunnali. I funghi a gas erano spenti.

Il proprietario del chiosco venne a prendere le ordinazioni e si lamentò degli stranieri.

«...cioè, è brava gente, lavorano tutti» disse a mezza bocca. «Ma da quando ci stanno loro qui non si ferma piú un italiano. Voi siete i primi, 'sta settimana. E poi, manco una donna. L'unica che viene a prende er caffè qua è 'na niggeriana che de lavoro fa...».

Fabrizio si finse distratto e io preferii non fare commenti. Il padrone ci voltò le spalle pensando probabilmente che eravamo due stronzi.

«Insomma racconta» dissi a Fabrizio. «L'ultima volta che ci siamo visti a Berlino vivevi per strada. E adesso...».

«Quella di fare il senzatetto per un po' di tempo era una soddisfazione che mi volevo togliere. Niente di serio. Volevo solo vedere com'era».

«Sí, lo so» dissi. «Ma non era la prima volta. Ti avevano già visto a Vienna anni prima».

«Ah, sí? E chi te l'ha detto?».

«Maddalena».

Fabrizio rimise su la sua faccia distratta. Prese a fischiettare e quando un uomo dal tavolo accanto lo fissò lui strizzò un occhio e quello distolse lo sguardo.

«Come ci sei finito in una casa occupata?» dissi dopo una pausa.

«Puoi immaginarlo da solo» rispose.

La ruga diagonale gli divideva la fronte, il naso sfracellato ventinove anni prima dalla mia Praktica

LTL2 era tutto raccolto su un lato come se fosse fuggito dall'altra metà della faccia. Eppure Fabrizio non era lo stesso di qualche anno prima, quando lo avevo ascoltato suonare lo swing. Chi gliel'aveva dipinta in faccia, tutta quella vecchiaia?

«Anche stavolta ci sarà di mezzo una donna...» dissi.

«Bravo. Una ragazza che lavora in un gruppo che organizza occupazioni. L'ho conosciuta quando ero messo peggio. Ero appena arrivato a Termini col foglio di via dei tedeschi, pensa».

«E dov'è adesso?».

«Chi?».

«La ragazza».

«E che ne so? M'è scappata pure lei. Come tutte».

Quella notte ci misi molto ad addormentarmi. L'idea che la sua vita, come quella di Mario e Maddalena, sarebbe stata diversa se quel giorno di tanti anni prima non avessi fatto morire l'Onorevole, svolazzava come un pipistrello nella grande stanza. E le ali del pipistrello mi sfioravano la faccia a ogni giro. A pochi metri da me Fabrizio dormiva sazio, ignaro, apparentemente senza sogni.

Alla fine presi sonno. Ma poco dopo fui risvegliato da rumori e strepiti che provenivano da qualche parte dell'edificio. Passai momenti angosciosi in cui non sapevo dove mi trovavo, e forse non sapevo nemmeno chi ero. Mi sembrò che i nazisti stessero irrompendo nel mio appartamento di Berlino. Poi mi ricordai che mi trovavo a Roma, nella casa occupata di via Carlo Felice, sdraiato su una brandina che Fabrizio si era fatto prestare da Zagor.

«Sta' tranquillo» disse Fabrizio nella penombra, immobile sul materasso. «È solo uno sgombero. Non ci riguarda».

«Perché... cosa...».

In quel momento ci fu uno schianto in strada. Saltai fuori dalla brandina e andai ad affacciarmi alla finestra. Vidi confusamente dei grossi oggetti che dal piano di sotto precipitavano e si sfasciavano sul marciapiede. C'era la testa nera di una donna che sporgeva dal davanzale. Urlava come se fosse iniziata la strage degli innocenti.

«Poveracci, mi dispiace per loro» disse Fabrizio rimanendo sdraiato. «Però erano stati avvisati».

«Ma che succede? Mi vuoi spiegare?».

«È la municipale che manda via i somali del terzo piano. Non possono piú restare».

«Ma come, perché solo loro... credevo che qui foste tutti illegali».

«Chi piú e chi meno. Gli iracheni possono stare ancora un po', i somali invece se ne devono andare. Lo ha deciso quel sindaco fascista o qualcun altro per lui, non lo so. Qui è cosí. Quando ti dicono di andare è meglio che vai, se no mandano le guardie a cacciarti».

«E gli buttano i mobili giú dalla finestra?».

«No, sono gli sgomberati a tirare i mobili di sotto. Lo fanno spesso, quando li cacciano».

«E perché?».

«Per farsi fotografare dai giornalisti. Cosí magari qualcuno protesta e loro trovano un'altra sistemazione. Ma stavolta la stampa non c'è. Domani sui giornali non troverai nemmeno una riga su quello che sta succedendo».

«Sei sicuro che da noi non verranno?».

«Oggi certamente no. Al quarto piano siamo tutti italiani. Io e quel regista che hai conosciuto, ad esempio. C'è anche un veterinario che ancora esercita la professione».

«Dove? Qui dentro?».

«No, ha uno studio fuori. Insomma, ci mandano via solo quando finisce il processo. Ma ci vorranno cinque anni almeno».

Uscii sul corridoio e vidi davanti a me il regista con la barbetta avanzare in punta di piedi con la videocamera in mano. Lo raggiunsi sul pianerottolo. Mi vide, mi salutò, mi inquadrò come aveva fatto qualche ora prima. Dalla tromba delle scale arrivarono altre urla e altri schianti. Vidi Zagor che correva verso di me sui gradini con una cassetta piena di telefonini. Me la mise in mano.

«Porta a stanza di Fabrizio se no sequestrano».

Tornai in camera lungo il corridoio coi cellulari dei somali in braccio. Nel mucchio ce n'erano cinque o sei che squillavano.

4.

Dato che avevo disintegrato il mio smartphone contro il torrione di Porta Cavalleggeri riuscii a controllare le mail solo quando tornai a Berlino. Tra le otto che si erano accumulate nella mia casella privata (spam escluse) ce n'erano due di Maddalena inviate a poche ore di distanza.

La prima risaliva al momento quasi esatto in cui Fabrizio mi aveva abbracciato sulla porta della camera di via Carlo Felice, quando in Argentina era mezzogiorno; la seconda era stata inviata piú o meno durante lo sgombero dei somali, e cioè nella tarda serata rioplatense.

Il primo dei due messaggi sembrava scritto senza un motivo particolare. I bambini crescevano ed erano diventati dei piccoli *tanos* pestiferi che pensavano solo alle ragazzine, Ramiro aveva avuto finalmente il posto da associato alla facoltà di architettura, la *Presidenta* Cristina Kirchner si faceva portare alla Casa Rosada in elicottero.

Il secondo messaggio, inviato meno di dodici ore dopo, diceva:

«Se non rispondi avrai i tuoi buoni motivi. Mi sembra che dopo la tua venuta a Buenos Aires cinque anni fa hai voluto mettere una pietra sopra alla nostra amicizia. Io sulla tua pietra posso metterci un macigno ancora piú grosso, se ti fa piacere. E poi ci caco sopra. Cosí, tanto per aiutarti a dimenticare. Ma allora mi spieghi perché hai voluto rivedermi? Perché mi hai chiesto di mandarti quella foto scattata sulle Ande? Credevo che volessi riempire un vuoto, trovare un passaggio sotterraneo per collegare quegli anni lontani ai nostri anni. E invece da allora sei diventato silenzioso...

«...

«No scusa Giovanni, sono proprio un'isterica. Non cancello le parole di prima (ma ti giuro che me ne vergogno!) solo perché voglio essere sincera fino in fondo e mostrarti tutto di me, anche le contraddizioni. Io ti voglio tanto bene. Ma mi aspettavo che mi facessi sapere qualcosa riguardo alla situazione dei miei fratelli, di cui tu sei sicuramente informato. Che ti mostrassi solidale con la tua vecchia amica Maddalena.

«Mi risulta che Fabrizio vive in una casa occupata a Roma e fa una vita piuttosto spericolata. Ormai al governo in Italia ci sono gli squadristi e possono entrargli in casa quando vogliono a massacrarlo. Anzi, prima o poi sono sicura che lo faranno. Come in Argentina anni fa. Tu l'hai visto recentemente? Puoi fare qualcosa per lui? Sono preoccupata.

«Ma sono ancora più preoccupata per Mario. Mi ha scritto Federica Cersosimo per parlarmi di lui. La ex moglie di Fabrizio, te la ricordi? Mario si trova attualmente in una clinica psichiatrica vicino a Monaco. Lei è andata a trovarlo ma dice che non ripeterà l'esperienza. Pare che Mario l'abbia insultata pesantemente appena l'ha vista. Se sei in contatto con lui, se vai a trovarlo in clinica, mandami notizie. Alle mie mail non risponde! Forse lí dove si trova non ha nemmeno accesso a internet.

«Un bacio,
Madda».

Al momento di rispondere mi trovai come paralizzato. Tre o quattro giorni dopo riuscii a formulare una mail piena di collera in cui accusavo Maddalena di avermi ipotecato l'adolescenza, di avermi bloccato lo sviluppo, di aver mutilato la mia emotività. L'ultima riga era stupefacente: senza pensarci sopra, a trent'anni dalla fine della nostra storia, avevo scritto cinque volte

«TI AMO» in lettere maiuscole e mi ero firmato «Hitchcock». Naturalmente cancellai tutto. Ma per qualche giorno continuarono a venirmi i sudori freddi al pensiero che la mail potesse essersi autoinviata.

Una settimana dopo mi costrinsi a scriverle queste parole:

«Cara Maddalena,

«ultimamente sono stato preso da tante cose e forse ho trascurato la nostra corrispondenza. Ho saputo per caso di Fabrizio e l'ho visto a Roma. Sta abbastanza bene, mi sembra. Di Mario non sapevo nulla. Ti prego, se ti è possibile, di farmi avere il nome della clinica in cui è ricoverato o un altro suo recapito.

«Saluta Ramiro e i ragazzi.

«Un abbraccio,

H».

La risposta di Maddalena arrivò il giorno dopo:

«Ciao Giovanni.

«L'indirizzo è

«... ... ...

«Un bacio,

Madda».

5.

Impostai il navigatore coi dati della clinica. Vidi che tra le lingue del GPS c'era anche il dialetto bavarese e lo selezionai. Una voce maschile che si sforzava di imitare la cadenza di un comico televisivo mi salutò con giovialità artefatta. Subito dopo la stessa voce iniziò a darmi ordini sguaiati accompagnandomi fino all'autostrada e abbandonandosi a osservazioni sulla bruttezza (innegabile) di Berlino e sulla superiorità dei bavaresi rispetto ai prussiani. In seguito tacque per qualche centinaio di chilometri.

Gli alberi e le case ai margini dell'autostrada formavano una cosa sola con le nuvole, con la striscia d'asfalto, con fenomeni come la mia salivazione o il prurito che sentivo a una palpebra. Mi sembrava che tutto fosse schiuma, nient'altro che schiuma sulla superficie di un liquido profondo e indistinto contenuto in un calderone. E il calderone era quello nel quale presto o tardi ero destinato a riaffondare.

«Perché tutto questo, anziché nulla?» continuai a domandarmi per qualche decina di chilometri. Poi accesi l'autoradio su una stazione di musica punk e tutto riacquistò una parvenza di senso.

(Ecco spiegata l'importanza della musica e del punk in particolare, mi dissi.)

All'uscita dell'autostrada si manifestò la voce del GPS che riprese a impartire ordini in bavarese sottintendendo che Monaco era una città molto meno rilassata e anarchica di Berlino e che adesso bisognava rigar diritti. A un certo punto sbagliai strada perché non capii un'espressione dialettale. Il comico che dava la voce al navigatore iniziò a insultarmi, ingiungendomi di tornare indietro e minacciando di saltar fuori dall'apparecchiatura per mettersi al volante lui stesso.

Ma poi trovai l'uscita e mi avviai su una strada di campagna. I cartelli, uniti agli ordini del GPS, mi instradarono verso il parcheggio della clinica psichiatrica come se fossi un bambino ritardato o, ancor peggio, un paziente.

«Alla fine ce l'hai fatta» disse la voce. «Ringrazia il cielo che c'ero io, altrimenti chissà dove finivi».

E dov'ero finito, invece? La clinica era un enorme parco pieno d'alberi con edifici bassi e lindi sparsi qua e là. Era una giornata di dicembre radiosamente gelida e si sentiva il profumo della montagna. Gli intonaci bianchi delle palazzine sembravano sorridere, le tegole dei tetti si stringevano le une alle altre e promettevano di occuparsi di te e dei tuoi cari, i telai delle finestre ci tenevano a dire «non siamo sbarre». Eppure mi sembrava che qualche buca nell'asfalto dei vialetti non avrebbe guastato, e che sarebbe stato più sincero non sforzarsi di far somigliare quei praticelli a dei piccoli campi da golf. E quando da una finestra partí un grido, un grido per il quale non c'era proprio niente da fare se non iniettare sedativi nelle vene di chi l'aveva lanciato, mi accorsi che gli alberi erano neri e spogli, che nel vento tuonavano i motori dei camion sull'autostrada e che l'odore dei würstel proveniente dal piccolo spaccio-ristorante era tutt'altro che invitante.

Mi confusi e mi persi, in quella piccola città la cui popolazione era divisa tra chi prendeva i farmaci e chi li somministrava. Cosí ci misi tre quarti d'ora a trovare la Haus 8. Quando finalmente ci arrivai ed entrai nel portoncino (e capii che se me lo avessero richiuso alle spalle non sarebbe stato per niente facile uscire), scoprii che l'uomo della reception aveva la stessa voce e la stessa cadenza del mio GPS e mi guardai intorno chiedendomi se non fossi finito dentro a una candid camera.

L'uomo mi salutò ma mi guardò con sospetto, come se in lui l'apparato vocale e quello preposto all'osservazione fossero separati. Scartabellò lo schedario per prendere tempo in attesa di capire se fossi anch'io un paziente psichiatrico fuggito magari da qualche altro reparto della gigantesca clinica. Poi, parlandomi in dialetto stretto, mi guidò alla sala visite.

L'arredamento era indubbiamente Ikea, legno chiaro che conciliava i buoni sentimenti. Ma i mobili erano minuscoli. Il tavolo e le sedie erano dieci centimetri piú bassi della norma. Le pareti erano tappezzate di disegnini infantili. Cominciai a temere di essere finito per sbaglio in un reparto pediatrico.

E invece quei disegni erano opera di pazienti adulti eseguiti su fogli A4 per macchina da scrivere, probabilmente gli unici a disposizione dei degenti della Haus 8. Erano variopinti e sproporzionati. Ritratti, macchie di colore, paesaggi fatti a matita, con i pastelli a cera, con i pennarelli. Poi c'erano delle poesiole in tedesco, anche quelle scritte su fogli A4 con matite di vario colore e calligrafie tutte simili. Erano per lo piú in rima e a prima vista il tema ricorrente sembrava essere la gratitudine verso i medici, le infermiere, i cuochi, gli altri pazienti.

Ero immerso nella lettura di un componimento che era riuscito ad allineare una serie incredibilmente lunga di rime in *-auben*, quando la mano di Mario mi si posò tra le scapole.

Mi abbracciò senza nemmeno darmi il tempo di guardarlo, come un ostaggio appena rilasciato. Lo sentii troppo magro tra le scapole e quando tentai di separarmi da lui spingendolo dolcemente per le costole mi strinse piú forte per impedirmelo. Fu lui alla fine a disormeggiare le braccia dalle mie spalle, a sedersi su una poltroncina, a esibire i cinquanta chili di tendini e ossa a cui si era ridotto.

Lo guardai in piena luce e mi sedetti sul divanetto. No, ci cascai proprio sopra per lo spavento. Non lo avevo mai visto cosí magro, neanche da adolescente. Le guance sparivano dentro all'ombra proiettata dai suoi zigomi. Eravamo in Germania, in una clinica psichiatrica, lui era cosí dimagrito, e automaticamente mi venne in mente...

Scacciai quel pensiero, chiusi gli occhi. Poi li riaprii e mi alzai, andai verso la finestra e guardai il cielo frammentato dai rami ossei di un platano.

Mi costrinsi a voltarmi e a questo punto mi costrinsi a guardarlo in viso.

«Mario, ma che t'è successo?» domandai.

Prese fiato per un istante e i suoi occhi vibrarono come due gocce di inchiostro colpite dal soffio di un ventilatore. Disse:

«*Ich bin hier, um zu arbeiten...*».

«Ma perché mi parli in tedesco?».

«Ah sí, scusa, neanche me ne accorgo piú. Sono venuto qui per lavorare. Sto rielaborando i miei due articoli, quello su Billy Wilder e quello sul Signor d'Arcore, ti ricordi? Ne sto preparando un'edizione in versi».

«In versi?».

«Sí. Il primo poema sarà in tedesco, il secondo in italiano. Li vedrei bene in un volume unico con testo a fronte. Una cosa che non è mai stata fatta prima d'ora. Sarà un successone. Nessun editore potrà dirmi di no a meno che non sia un pazzo. Ehi, hai sentito? Ho detto "pazzo". Proprio qui dentro. Che ridere, no?».

L'indomani riuscii a parlare con una dottoressa. Quando mi strinse la mano e si presentò le chiesi di ripetere il suo complicato cognome tedesco e lei mi rispose che potevo chiamarla Frieda. Era una bionda naturale la cui chioma risplendeva magnificamente sotto il neon dell'infermeria grazie a una buona percentuale di fili d'argento mischiati ai lunghi capelli color paglia.

Frieda ascoltò le mie richieste con un pugno posato su un fianco poi disse di non essere autorizzata a dare informazioni a estranei. Osservai che non ero un estraneo ma un amico d'infanzia di Herr Pedrotti. Raccontai che ero venuto apposta da Berlino, che dormivo in albergo.

Frieda si impietosí. Mi portò nel suo ufficio e mi riferí che in due mesi ero la seconda persona a far visita a Mario. La prima era venuta una volta sola e non era mai piú tornata. Federica Cersosimo, pensai.

Le domandai chi pagasse le spese della degenza. Se fosse stato necessario, mi affrettai ad aggiungere, avrei potuto contribuire. Frieda mi spiegò che Mario aveva diritto all'assistenza gratuita in quanto residente in Germania e titolare di una polizza i cui premi risultavano regolarmente pagati.

«La vedo sorpreso» osservò.

«In effetti lo sono. Ha trascorso lunghi periodi in Germania, ma...».

«Herr Pedrotti è cittadino tedesco. Lo sapeva?».

«No, non ne sapevo nulla. Ma... di che disturbi soffre esattamente?».

Fece ruotare la sedia girevole, afferrò una cartellina posata su un mobile bianco, la aprí.

«Come le dicevo non posso rivelarle la natura del suo disordine. Posso dirle però che Herr Pedrotti è ricoverato nella Haus 8 su base volontaria in seguito ad approfonditi colloqui e a una sua specifica dichiarazione di volontà».

«Colloqui? E con chi?».

«Con me» rispose puntandosi un dito su un punto del camice che mostrava un rigonfio piuttosto invitante. «Ogni settimana facciamo il punto della situazione e concordiamo il futuro decorso della sua degenza».

«Quindi in teoria può uscire quando vuole?».

A Frieda questa domanda non piacque. Rispose a voce molto alta.

«Si vede proprio che lei non mi ascolta! Il suo amico si è fatto ricoverare volontariamente ma è malato. Lo ha visto anche lei, no?».

Mi domandai se Frieda non fosse in realtà una degente che si fingeva medico. Osservai il badge che portava appeso al petto. Si portò una mano al collo e chiuse un bottone del camice.

«La prego di scusarmi» disse inspirando profondamente. «Herr Pedrotti ne avrà ancora per un po'. In ogni caso la sua situazione non è gravissima. Credo che potremo dimetterlo intorno a febbraio. Lei intanto si prenda un po' di tempo per venirlo a trovare. Gli farà piacere di sicuro. Ha detto che siete amici da molto tempo?».

«Da sempre» dissi. «Eravamo compagni di liceo. Siamo... siamo fratelli, si può dire».

«Conosce la sua famiglia?».

«Certo».

«E sono tutti in Italia?».

«Sí... Cioè no! Sua sorella è in Argentina e suo padre... è morto da molto tempo... io ero presente, sa...».

«Alla morte di suo padre?».

«Sí, proprio cosí».

«Ha voglia di parlarmene?».

«Guardi, magari un'altra volta».

E fuggii precipitosamente dalla Haus 8.

Mi fermai a Monaco per una decina di giorni. Era quasi Natale e non c'era nessuna urgenza di tornare a Berlino. Dovevo solo scrivere relazioni e stendere resoconti. Tutte cose che potevo fare da Monaco. Telefonai alla segretaria dell'ufficio, le dissi di fare orario ridotto fino al 18 dicembre e poi di starsene a casa fino al 6 gennaio.

Nei giorni successivi lavorai un paio d'ore al giorno, dividendomi tra la mia camera d'albergo e i caffè del quartiere di Schwabing. Dopo pranzo prendevo un trenino suburbano e andavo da Mario. Passavo qualche ora con lui in sala ricevimento e qualche volta Frieda ci dava il permesso di uscire dal reparto per andare allo spaccio. Lí mangiavamo würstel e bevevamo Spezi, un'orribile mistura di coca cola e aranciata.

Verso le sei tornavo a Monaco. Mi facevo un bicchiere di *Glühwein* in uno dei mercatini natalizi della città e in stato di euforia alcolica cercavo un ristorante dove cenare e versare millilitri di inchiostro in uno dei miei quadernetti. Infine tornavo in albergo e crollavo felice sul letto.

In quei giorni il ritmo della mia vita rallentò insieme alla cadenza dei passi e al battito del cuore. Camminavo lento e mi fermavo a contemplare una ragazza che passava in bicicletta sull'altro lato della strada, lo zampillo gelato di una fontana, i fiocchi di neve che calavano come una cortina di fiori bianchi davanti a un porticato. Arrestavo il passo per ascoltare commosso il suono delle campane. Un'altra settimana a Monaco e sarei diventato cattolico.

Mario parlava, parlava, parlava. In pochi giorni mi riversò addosso piú parole che in tutti i trentacinque anni precedenti. Commentava notizie di attualità, sparlava di politici tedeschi che non avevo mai sentito nominare. A volte si zittiva di colpo con lo sguardo vuoto e un sorriso vegetativo sulle labbra aride.

Rividi Frieda a quattr'occhi e mi disse che stava aiutando il mio amico a ricostituire una visione coerente e veritiera del mondo. Mi chiese se avessi notizie del «fratello di Herr Pedrotti».

«Quanto ne sa lei, di Fabrizio?» domandai. «Gliene ha parlato lui? C'entra qualcosa con la malattia?».

«Veramente sono io che le ho fatto una domanda».

«Ha ragione» dissi. Poi risposi alla sua domanda: «L'ho visto poco tempo fa a Roma».

«E come lo ha trovato?».

«Relativamente bene».

«Che significa "relativamente"? Per caso anche lui...». Frieda si toccò una tempia con un dito. Rimasi incredulo e per un po' non riuscii a parlare. Forse una psichiatra può permettersi di fare certi gesti, pensai. Come i becchini che raccontano barzellette sui morti mentre scavano le fosse.

«Diciamo che fa una vita... fuori dagli schemi» risposi dopo una lunga pausa.

«E mi dica... Herr Pedrotti ha parenti in Germania? È cresciuto bilingue?».

«No... è assolutamente italiano. Ha iniziato a studiare il tedesco da adulto».

«Ne è sicuro?».

«Sicurissimo. Lo conosco dall'età di quattordici anni. Perché me lo domanda?».

«Perché parla il tedesco come un madrelingua e questa è una cosa davvero fuori dal comune» disse Frieda toccandosi nuovamente la tempia con un dito. Capii che si trattava di un gesto meccanico. Forse.

«Non me n'ero accorto, non sono in grado di giudicare» dissi. «Il mio tedesco, come avrà notato, non è particolarmente buono. Ma... c'è qualcosa che non va in questo? Voglio dire, il bilinguismo acquisito è di per sé un sintomo?».

«Diciamo che in Herr Pedrotti c'è una forma di volontà molto forte, anzi troppo forte».

«Si spieghi meglio, per favore».

«Il suo amico è determinato a uscire da se stesso. A diventare un altro».

Mi fissò. Non era sicura che avessi compreso. Anzi, non era sicura che *fossi in grado* di comprendere. E invece io sapevo esattamente di che cosa stava parlando. Mi sembrò quasi di poterle guardare dentro la testa attraverso le iridi chiarissime.

«E secondo lei ci sta riuscendo?» domandai.

Il suo sguardo modulò una sfumatura di complicità. Anche il colore degli occhi mutò lievemente. Si fece piú scuro, oleoso.

«Sí, direi che ci riesce abbastanza bene». Adesso sembrava che stesse parlando di me. «Ma forse inizia a capire che non gli conviene».

Uscire da se stessi. Non era proprio quello che desideravo anch'io? Se avessi potuto, mi sarei preso una bella vacanza dalla mia vita. Poi avrei deciso con calma se tornare in me oppure no. Il fatto di dover essere sempre e soltanto *me stesso* a volte diventava cosí soffocante da togliermi la voglia di vivere. Era tempo che soffrivo di attacchi di... come chiamarla? Noia? Sazietà di me? Anche da ragazzo ero cosí. Avrei voluto essere Fabrizio Pedrotti. Non essere *come* lui, ma essere proprio *lui*. Queste cose però non le dissi a Frieda. Non ero sicuro che poi mi avrebbe lasciato andare.

Mi recai da Mario un'ultima volta alla vigilia di Natale. In una settimana aveva ripreso un po' di vita e addirittura qualche chilo. Merito, credo, dei dolciumi che gli portavo dai mercatini di Monaco. Ma forse mi ero solo abituato alla sua faccia martoriata, alla ruga fiacca che gli divideva la fronte in due sacche pallide, alle occhiaie da panda che si confondevano ormai con il colorito grigio delle guance.

Quell'ultimo giorno trascorremmo tre ore insieme, tra la solita sala visite piena di disegnini infantili, i würstel dello spaccio-ristorante, i viali della clinica appena liberati dalla neve che si stendeva sulle aiuole simile a erba bianca. Riuscimmo a parlare quasi normalmente, senza le secchiate di parole che lui mi aveva riversato addosso nei giorni precedenti, mentre io rabbrividivo alla vista dei corvi aggrappati ai rami piegati.

Il giorno prima Frieda aveva detto che sarebbe partita in treno per andare a passare il Natale dalla sua famiglia a Oldenburg. Io avevo fatto di sí con la testa come se avessi capito, ma non sapevo dove fosse Oldenburg e nemmeno se per «famiglia» intendesse marito e figli oppure genitori, fratelli.

«Possibile che la dottoressa non abbia fatto commenti su di me?» chiesi a Mario, dato che in quei pochi giorni dovevo essermi un po' innamorato di Frieda.

Mario tenne sospeso nell'aria un pezzetto di salsiccia infilzato nella forchetta, col suo perfetto ricciolo di senape in cima. Mi fissò in un modo strano, come dal lato della morte, e prima di rispondere addentò la forchetta, masticò e si nettò le labbra con un tovagliolo verde.

«Ha detto che è una fortuna avere un amico come te» rispose.

«Mi fa piacere. Ma... che cosa intendeva esattamente?».

«Non me l'ha spiegato. Però mi sembra chiaro. Voleva dire che sei un buon amico».

«Grazie. E... lo pensi anche tu?».

«No, lo pensa Frieda».

«...».

«Dai, non fare quella faccia, Hitchcock. Certo che lo penso. Sei il mio miglior amico. L'unico che io abbia mai avuto».

Mario fece luccicare le iridi scure e io pensai che in fondo avrei potuto confessargli tutto in quel momento. Poi mi ricordai che era la vigilia di Natale e che lui era ricoverato in una clinica psichiatrica.

No, decisamente non era il momento giusto.

Rimandai ancora una volta.

Vienna

1.

Mi hanno fatto patire, rimandando la data del mio trasferimento di sei mesi in sei mesi per due anni e mezzo. Nel mio computer erano salvate almeno tre diverse versioni di una lettera di dimissioni che, ne ero certo, avrei spedito presto.

Alla fine però me lo hanno dato, il maledetto posto a Milano.

Niente di che. Un ufficio, la segretaria Giulia, due impiegati che all'inizio erano tre finché uno di loro ha sfasciato la scrivania usando un tubo di metallo preso agli operai che stavano finendo la ristrutturazione perché i soldi gli sembravano pochi. Forse aveva ragione, però ho dovuto mandarlo via lo stesso. Gli stipendi non sono io a deciderli.

L'ufficio è in via Ponchielli. Io abito in via Eustachi, a due isolati dalla casa in cui sono nato. In ufficio vado a piedi. La sera, tornando a casa, passo da un caffè dietro piazza Bacone, mi faccio un aperitivo molto alcolico e poi non ceno. L'autore di quei cocktail fatti apposta per stordire la gente idolatra un giocatore chiamato Cassano e ha riempito il locale di fotografie calcistiche. È nato a Milano da genitori baresi e non riesce ancora a inquadrarmi, dice. I decenni trascorsi all'estero devono avermi lasciato addosso una certa cadenza o una certa faccia o non so che altro.

I due ragazzi che lavorano con me hanno ventotto anni e si sono laureati col vecchio ordinamento. Giulia ne ha ventidue e spera un giorno di prendere una laurea triennale. Ma intanto ha bisogno di soldi perché i suoi non se la passano bene. Sono immigrati, lavorano tanto e guadagnano poco. I tre vanno a pranzo insieme, non mi invitano mai a mangiare con loro, mi chiamano «dottore». Giulia all'inizio mi chiamava «direttore» ma poi si è adattata agli altri. A volte mi trattano come se non potessi capire quanto sia complicato il loro lavoro. La cosa è piuttosto buffa, dato che gliel'ho insegnato io per filo e per segno. Ma accetto quella loro intonazione sbrigativa come un fatto di natura. Per la prima volta quelli della loro età non mi sembrano miei coetanei, e questo è un bene.

Negli ultimi tempi deve essere successo qualcosa tra di loro. Sospetto che uno dei due si sia fatto avanti con Giulia e che lei lo abbia respinto. Oppure no, lei non lo ha affatto respinto e per questo l'altro, che aveva anche lui delle mire sulla ragazza, c'è rimasto male. In ogni caso, l'equilibrio tra i tre è turbato.

È molto bella. Ha gambe mirabili che danzano come liberate dalla necessità di sostenere il peso del corpo. La sua pelle ha dentro il miele e il cacao. Io fingo che la cosa non mi riguardi. Ma a volte mi viene in mente che donne cosí non c'erano, trent'anni fa. La specie umana continua a migliorare. Una volta, per far ridere i due impiegati, ha detto: «Il dottore è un bell'uomo» e dopo non sono riuscito a lavorare per tutto il pomeriggio.

«Dottore, posso chiederle quanti anni ha?» ha chiesto una volta che eravamo soli nel mio ufficio.

«Cinquantuno» ho risposto senza fare il solito giochino dei miei coetanei, di chiedere «lei quanti me ne dà». Giulia ha fatto una faccina spaventata e poi si è messa a ridere. È andata a chiudere la finestra e si è allontanata in punta di piedi. Ho capito che mi stava prendendo in giro, ma solo un pochino.

Da questo ufficetto insignificante, che non ha nemmeno una targa sulla porta, gestiamo la rete di vendita dell'Europa occidentale e del Sudamerica. Soffriamo di complessi di superiorità e ogni tanto uno dei due ragazzi, quello che abbastanza presto si è abituato a parlare da solo, dice cose come «ora mando affanculo il Cile» oppure «il Portogallo è completamente inutile, perché non lo cancelliamo dalla cartina».

I discorsi che si fanno la sera nel caffè di piazza Bacone girano intorno al sentimento della paura, alle speculazioni internazionali i cui manovratori, a detta di alcuni, andrebbero impiccati sulla pubblica piazza, all'ingiustizia del mondo. Qualcuno lamenta di non potersi piú permettere una settimana di vacanza. Sono piú giovani di me, la maggior parte di loro ha l'età dei miei impiegati o poco piú. Credo però che alcuni vadano per la quarantina anche se cercano di passare per trentenni. Nessuno di loro ha un contratto di assunzione, sono tutti precari. Dicono che faremo la fine della Grecia e c'è qualcuno che si intromette ogni volta per dire che la colpa non è dei greci.

L'aperitivo è l'ultima spiaggia.

«Quando non verranno piú saremo davvero poveri» dice il barman tifoso di Cassano. «Io continuo ad aumentare la dose di alcol ma alla fine non servirà nemmeno quello».

2.

Qualche tempo fa Arthur mi ha invitato a trascorrere una settimana nella sua casa di Fuerteventura e io ho fatto l'errore di andarci. Aveva promesso di venirmi a prendere all'aeroporto ma quando sono arrivato non c'era. Ho provato a chiamarlo al telefono e non ha risposto, ho aspettato due ore perché non avevo il suo indirizzo e alla fine si è presentato ubriaco. Quando mi ha visto si è sfilato una bottiglia da una tasca della giacca e ha cominciato ad agitarla per salutarmi. Un poliziotto lo ha bloccato e poi lo ha lasciato andare come se lo conoscesse, senza togliergli la bottiglia.

Arthur mi ha chiesto di guidare il fuoristrada. Mi avrebbe fornito lui le indicazioni per arrivare a casa sua. È stato un viaggio infernale e ci abbiamo messo tre ore. Continuava a ordinarmi di scavalcare i guard-rail e le aiuole delle rotonde, mi gridava di imboccare i garage delle ville. All'improvviso gli veniva in mente una spiaggia che doveva assolutamente farmi vedere e subito dopo si addormentava. Prima che arrivassimo a destinazione mi ha detto che il giorno prima sua figlia era arrivata insieme a un surfista francese.

Quella notte Arthur ha provato a spaccare la testa del surfista con la stessa bottiglia che aveva brandito quel pomeriggio all'aeroporto solo perché il ragazzo non lo capiva abbastanza bene da apprezzare fino in fondo i suoi insulti. Quello per fortuna ha dimostrato di avere buoni riflessi e all'ultimo momento è riuscito a mettere una mano tra la bottiglia e la testa. Il vetro non si è rotto, la mano sí. Lo abbiamo portato al pronto soccorso, ci hanno detto che aveva il metacarpo fratturato. Dato che era davvero un bravo ragazzo, ha impedito alla figlia di Arthur di denunciare suo padre alla polizia spagnola. La mattina dopo i due hanno fatto le valigie e sono andati a cercarsi un albergo. Non sono piú tornati.

L'ultima sera mi sono sbronzato insieme ad Arthur, poi mi sono addormentato su una poltrona e all'alba mi sono svegliato con uno dei suoi cani seduto sul petto. La porta della camera di Arthur era aperta. Lui dormiva nudo, riverso su un fianco. Nella stanza c'era cattivo odore. Sulle lenzuola erano comparse lunghe tracce scure. Forse era sangue, forse altro. Per fortuna era abbastanza buio. Sul letto, dietro alla sua schiena, c'era la solita bottiglia. Sono uscito dalla stanza, ho rifatto la valigia, ho chiamato un taxi. Mi sono fatto portare all'aeroporto.

Arthur e mio padre sono morti nella primavera del 2012 a pochi giorni di distanza.

Stavo leggendo la mail che annunciava ai dipendenti la scomparsa dell'autore del metodo Arthur quando Giulia è entrata nel mio ufficio senza bussare e ha chiesto: «Dottore, e adesso che succederà?».

Io per una volta l'ho guardata a lungo. Stava in piedi tra la mia scrivania e la porta. Si teneva le spalle tra le mani come se avesse freddo. Un ginocchio si sovrapponeva all'altro fuori dalla gonna. I capelli le ricadevano sulle spalle e sembravano bagnati. Era spaventata. Giulia era una ragazza affidabile e precisa ma non avevo capito quanto ci tenesse a quel lavoro. Le ho risposto dandole del tu, è stata la prima e ultima volta.

«Sta' tranquilla, non ti succederà niente. Ci sono io. Torna a lavorare e non preoccuparti».

Il viso le si è acceso. Non se lo aspettava. Doveva essersi assuefatta al pessimismo del mondo, al panico.

È tornata alla sua scrivania e quella mattina l'ho sentita cantare.

Dopo la morte di mio padre sono andato a Roma per organizzare il funerale, far sgomberare la casa, dare a un'agenzia immobiliare l'incarico di venderla. Mi hanno dato poche speranze di ricavarci un prezzo decente ma volevo sbarazzarmene in fretta.

Una volta terminato lo sgombero sono andato a trascorrere qualche giorno nel vecchio appartamento di Torvajanica. Avevo deciso di non venderlo, almeno per il momento. L'ho trovato nelle stesse condizioni di sei anni prima, solo piú polveroso. Mio padre era morto dopo mesi di malattia e probabilmente non ci aveva messo piede da tempo.

Dato che sono convinto di vivere in un romanzo, mi sono messo a cercare una sua lettera.

A dire il vero l'avevo già cercata nella casa di Roma, quella lettera, setacciando mobili e cassetti. Avevo parlato con uno dei ragazzi mandati dalla ditta di traslochi, quello che dei tre mi era sembrato piú sveglio.

«Deve esserci una lettera. Non buttate niente che sia scritto a mano: liste, note, diari eccetera. Va bene?».

Quello aveva fatto uno sguardo dolce, rassegnato.

«Che c'è, non mi sembri convinto» gli avevo detto a muso duro.

«No no, se lo dice lei la lettera ci sarà» aveva risposto scoprendo i denti bianchissimi nella faccia quasi nera.

«Certo che c'è!».

Ma i ragazzi non avevano trovato niente se non dei giornali del 1973 infilati dietro a un armadio zoppo a fare da spessore contro la parete. Sul margine di una delle pagine erano annotati dei numeri. Vecchi conti, addizioni in lire. Niente che contenesse una rivelazione capace di rivoltare il mio passato come uno scarafaggio e mostrarmene le zampine frenetiche, come speravo.

Forse per questo sono andato a Torvajanica. Ma quella lettera non è saltata fuori nemmeno lí nonostante l'abbia cercata ovunque, persino tra la tavola di compensato e il panno del subbuteo.
La mattina del terzo giorno sono andato a fare colazione da Stefano. Erano le otto e mezzo e una piccola folla occupava lo stretto spazio tra il bancone e la parete. Due agenti della municipale con gli occhiali da sole, alcuni netturbini coi gilé arancioni, qualche calvo già abbronzato, qualche ragazza coi tacchi alti. Stefano mi ha guardato senza sorpresa. Ho preso un cappuccino e un danese. Quando mi sono avvicinato alla cassa per pagare, gli altri clienti erano usciti.
«Scusa se non ti ho dato retta ma quella è brutta gente» ha detto Stefano.
«Chi, gli spazzini?».
«No, i vigili. Vengono qui a mangiare e bere a sbafo, chiedono prestiti a me e agli altri commercianti della zona. Soldi che non restituiscono mai. Cinquanta, cento euro a botta...».
«E se ti rifiuti?».
«Se ti rifiuti puoi anche chiudere subito. Di fatto sono estorsioni. Senti Giovanni... ho saputo di tuo padre. Ti faccio le mie condoglianze. Sai che quella volta che eri stato qui, qualche anno fa, lui era passato da Torvajanica?».
«Come... quando?».
«Era il 2006, mi pare. C'erano i mondiali. È arrivato una mattina ed è venuto qui a fare colazione».
«Ma gliel'hai detto, che a casa sua c'ero io?».
«Certo».

«E perché non è venuto su?».

«Ha detto che non voleva disturbarti. Se n'è tornato a Roma la mattina stessa. Poi mi sono scordato di dirtelo. A proposito, c'ho una cosa per te...».

Stefano sí che ce l'aveva, una lettera per me. Era il biglietto che mio padre gli aveva dato sei anni prima e che lui si era dimenticato di consegnarmi. L'ha tirato fuori da un cassettino davanti ai miei occhi. Un gesto banale, piú o meno come estrarre una rivoltella carica.

Sul foglietto c'era stampata la pubblicità di un aperitivo. E sopra, con un inchiostro verde che in origine doveva essere nero, due righe scritte a mano:

«Sono passato ma non volevo disturbarti.

Se vieni a Roma chiamami. Papà!».

Con quel punto esclamativo mio padre pareva invocare il suo, di padre. O dirmi che suo padre ero io. Oppure stupirsi di dover scrivere ancora una volta quella parola alla sua età. O anche ricordarmi che la mia famiglia era lui e non i Pedrotti. Che avrebbe potuto capirmi meglio di chiunque altro se solo io gli avessi parlato. Che aspettava l'occasione di abbracciarmi. I miei silenzi dell'adolescenza, intendeva dire con quel biglietto del 2006, erano acqua passata. Mi aveva perdonato, potevo tornare quando volevo. Vieni, vieni a Roma. Abbiamo sei anni di tempo. Sei anni per poterci vedere parlare ridere prima che io muoia nel 2012. Prendi la macchina, prendi l'aereo. Io sono qui e non ho niente di meglio da fare che stare ad ascoltarti. Raccontami tutto per bene. Dall'inizio, però. Di Maddalena di Fabrizio di Mario. Dell'Onorevole e di come è morto. Di come sei andato via, in Irlanda, in Germania, in giro per il mondo, senza piú la voglia di farti degli amici e di impastarteli alla carne come avevi fatto con quegli amici-fratelli. Di come tutto ti pesa e vorresti fermarti. Parlami, Giovanni. Magari basta parlare una volta, una sola, e tutto si dissolve. Come raccontare un brutto sogno la mattina a colazione. Io, vedi, mi sto facendo vecchio e passo un sacco di tempo da solo. Qualche volta prendo la vecchia Fiat Duna scassata e me ne vengo a Torvajanica. Ci sto quattro cinque giorni, una settimana. Prendo una barchetta e vado al largo ma non si pesca quasi niente. Nessuno mi accompagna. Come vedi nemmeno io mi sono fatto tanti amici. Proprio come te. Come se non bastasse, tua madre è morta quarant'anni fa e non sono stato capace di rendermi interessante agli occhi di nessun'altra. Non dovremmo parlare un po' anche di tua madre? Non lo vedi che siamo soli tutti e due e che se aspettiamo ancora sarà troppo tardi? Ti lascio tutto il tempo che ti servirà. Ma poi, quando ti senti pronto, vieni da me!

Ecco. C'era tutto questo, in quel punto esclamativo che aveva impiegato sei anni a raggiungermi.

3.

Da qualche tempo sono su Facebook. Ho provato a resistere fino all'ultimo perché mi sembrava ridicolo mettermi a spiattellare gli affari miei sul web, alla mia età. Poi è intervenuta Giulia.

«Dottore, ma lei si deve rinnovare» ha detto con quel misto di materno e filiale che rischia sempre di incontrarsi nel mezzo per farmi perdere la ragione. «Lei è giovane!».

Ha creato diversi miei profili, su Facebook, LinkedIn e qualche altro social network che non so dire. Improvvisamente c'erano tracce e pezzi sanguinolenti di me sul web. L'ho lasciata fare. Tanto Facebook mi aveva raggiunto e inglobato da tempo. Da anni vengo contattato via mail o addirittura per telefono da vecchi *amici*, compagni di scuola, gente del quartiere, antichi vicini di casa irlandesi di Drumcorda che tramite i social network chiedono e ottengono mie notizie da altri. Perfino la ragazza turca di Wedding, quella che avevo smesso di vedere quando uno dei suoi cugini mi aveva minacciato per le scale e che ora ha quarant'anni, recentemente mi ha scritto un sms.

Tutti si sentono in dovere di aiutare gli altri a ritrovarsi. Ogni generazione ha i suoi buoni motivi, certo. Per la nostra è la paura di invecchiare soli. Resistere è inutile.

In autunno sulla mia bacheca di Facebook è comparso il link di un certo Alfredo H. cui avevo concesso l'amicizia perché giurava di essere mio compagno di liceo. Aveva postato un album di fotografie intitolato *Vienna*. Ovviamente non sono andato a sfogliarlo, le foto delle vacanze degli altri continuano a essere fuori dal mio orizzonte. Ma poi Giuliana, la mia primissima *amica* su Facebook, mi ha mandato un messaggio.

«Sull'album *Vienna* di Alfredo H. c'è una foto di Fabrizio e Mario Pedrotti. L'hai vista?».

Sono andato sul profilo di Alfredo, ho aperto un album di 350 foto e ho trovato quella dei due fratelli. Il commento era: «Due artisti di strada. Uno ricorda il mio compagno di classe Mario Pedrotti, l'altro somiglia a suo fratello Fabrizio. Non li vedo da trent'anni. Qualcuno sa dirmi se sono loro? Mi sa che non se la passano tanto bene».

Fabrizio e Mario dovevano essersi accorti che Alfredo li stava fotografando ed erano in posa. Dalle loro espressioni non c'era modo di capirlo, ma probabilmente lo avevano riconosciuto. Almeno Mario.

Fabrizio imbracciava una chitarra mezza sfasciata legata a una cintura rossa che gli solcava il petto. Il braccio sinistro era posato sulle spalle di suo fratello. Sembrava voler tirare a sé Mario, che teneva i piedi a una certa distanza ma protendeva la faccia verso la guancia di Fabrizio come per baciarla. Il corpo di Mario era diagonale e le due figure formavano un triangolo irregolare. Tra il corpo di Fabrizio e quello di Mario c'era uno spazio vuoto, un varco.

E in quel varco io stavolta non ero riuscito a intrufolarmi.

Sulla foto Fabrizio figurava più o meno nelle stesse condizioni in cui l'avevo visto cinque anni prima, quando era venuto a bussare alla mia porta di Berlino. La grande barba infeltrita e ormai bianca si arricciava sopra una sciarpa che gli faceva da bavero. Il naso storto appariva ulteriormente ispessito, le narici erano ingigantite, slabbrate dall'età. La ruga diagonale al centro della fronte spioveva tanto da formare un angolo acuto con la linea delle sopracciglia. I capelli erano malamente arginati da una cuffia chiara dalla quale fuoriuscivano ricadendo sulle spalle in un unico intrico con la barba. Indossava un cappottone simile a un saio che lo copriva fino alle caviglie.

Mario sembrava aumentato di peso dall'ultima volta che l'avevo visto in clinica. Era pallido e le storiche occhiaie da panda erano assorbite dal grigio omogeneo del volto. L'occhio quasi furibondo (il sinistro, l'unico visibile sulla foto dato che Mario era quasi di profilo), luccicava come una pallina di mercurio. Nel cespo dei capelli color ruggine si erano impigliati frammenti di stoffa e carta. Ma nel complesso conservava un certo decoro. Sembrava addirittura quello che avrebbe voluto essere, un intellettuale, uno scrittore, un critico cinematografico con la giacca lisa troppo leggera per l'autunno viennese. I pantaloni dovevano essere di velluto a coste verde bottiglia ma poteva anche trattarsi di un vecchio paio di calzoni militari come quelli che le organizzazioni umanitarie distribuiscono tra i senzatetto in Germania e in Austria.

Ogni somiglianza tra i due fratelli era cancellata.

Ce l'avevano fatta, a non assomigliarsi.

Una volta al mese mi faccio vedere a Vienna nella sede della società. La città mi piace, nei ristoranti servono ancora cotolette grandi come fogli di giornale, il lesso al rafano di Plachutta mi fa piangere di gioia. Due o tre giorni prima di partire mi metto a dieta perché vado a Vienna soprattutto per mangiare.

Durante il meeting di novembre le due foto, quella postata da Alfredo su Facebook e quella scattata nel 1980 a Villa Ada dalla mia LTL2, mi bruciavano nel taschino della giacca. E siccome le grafiche delle presentazioni power point non mi lasciano mai illeso, nel bel mezzo della convention ho cominciato a sentirmi impaziente e a pensare a come sganciarmi.

Poco prima della pausa pranzo ho iniziato a massaggiarmi lo stomaco e a piegarmi sul tavolo della conferenza finché il mio vicino, un australiano, mi ha chiesto se mi sentissi bene. Ne ho approfittato per fuggire drammaticamente in bagno e rientrare in sala all'inizio della pausa pranzo. Ho detto all'amministratore delegato che sarei tornato in hotel. Mi contorcevo come un bambino delle elementari e lui, il vecchio volpone austriaco, ha spento il laptop e ha detto «*ya of course*» ma si è abbassato gli occhiali sul naso per farmi capire che non ci cascava.

Non sapevo dove andarli a cercare. Ma siccome era improbabile che Alfredo H. avesse scattato le sue foto turistiche in periferia, ho deciso di cominciare dalle strade del centro. Appena uscito dal palazzetto della società ho alzato un braccio per chiamare un taxi per un automatismo vecchio di vent'anni. Non se ne è fermato nemmeno uno e alla fine ho deciso di prendere la metropolitana. Sono sceso a Stephansdom e ho iniziato a girare per il centro. Lo smartphone era silenziato. Avevo scaricato un'applicazione che tracciava il mio percorso su una piantina di Vienna. Verso sera, sul display, un groviglio di linee rosse avvolgeva la cattedrale. Quelli della ditta mi avevano cercato. Tra le quattro o cinque chiamate perse ce n'era una dal cellulare privato dell'amministratore delegato.

Il sole era tramontato da un pezzo quando li ho visti. Fabrizio stava smontando un leggio. Mario ripiegava una coperta adagiata sul lastricato. La chitarra era dentro una vecchia custodia aperta. E vicino alla custodia c'era un cane di taglia media che sarebbe stato bianco se gli avessero dato una bella lavata. Ne ho dedotto che vivevano di quello. Fabrizio suonava e Mario girava tra i passanti col bicchiere, chiedendo un'offerta.

«Hitchcock» ha detto Mario a voce bassa e senza alzare la testa, come se mi avesse visto da tempo.

«Hitchcock?!» ha gridato Fabrizio. «Hitchcock, ma sei proprio tu?».

Mi è venuto incontro zoppicando. Teneva il leggio in mano. Poi lo ha gettato per terra e mi ha seppellito nell'abbraccio. Nella stretta ho sentito che mi afflosciavo e che cadevo, cadevo dentro me stesso.

Qualche minuto dopo ero adagiato sugli scalini di marmo di una fontana. Fabrizio mi teneva una mano sotto la testa e un'altra in fronte. Parlava con Mario. Dovevo essere svenuto, come quella volta al concerto swing. Il cane mi alitava in faccia. Quando si è accorto che tenevo gli occhi aperti mi ha leccato un orecchio.

«Brina, stai ferma!» ha detto Mario.

«Brina? La terza Brina? Ma che, stavolta è una femmina?» mi sono sentito dire. La mia voce mi arrivava attutita. Mi sono portato una mano a un orecchio per controllare che non ci fosse dentro uno dei tappi di cera che usavo per dormire ma ci ho trovato solo un laghetto di saliva canina raffreddata.

«Sí, è femmina» ha risposto Fabrizio. «Ma di' un po', ci stavi cercando o ci hai trovati per caso?».

«Non lo so, io...».

«Lascialo perdere adesso» ha detto Mario.

Mi sono tirato su aggrappandomi alle pietre della fontana. Ma poi mi sono guardato i piedi e li ho visti come dalla cima di un palazzo, mi sono sentito precipitare. Mi sono seduto sul bordo di marmo e ho cominciato a frugarmi addosso.

«Il portafogli» ho farfugliato. «Dov'è il portafogli?».

«Eccolo» ha detto Mario e me l'ha messo in mano. «Ti era caduto di tasca».

L'ho preso, ci ho infilato due dita, ho tirato fuori un mazzetto di banconote. Tutti i soldi che avevo con me. C'erano quattro biglietti da cento e altri da cinquanta e da venti. Dovevano essere circa settecento euro. Non mi capitava mai di andare in giro con tutti quei soldi in contanti. La mattina avevo fatto un prelievo al bancomat dell'hotel. Senza saperlo mi ero preparato all'incontro con i due fratelli.

«Ecco, prendete» ho detto porgendo i soldi a Fabrizio.

Lui li ha accolti sul palmo di una mano e con l'altra si è grattato la testa, la barba. Ha guardato suo fratello che fissava le banconote come se fossero foto di ricercati. Mario ha scosso il capo, ha preso i soldi dalla mano di Fabrizio e ha provato a rimettermeli in tasca. Io l'ho respinto, le banconote sono cadute a terra, hanno iniziato a sparpagliarsi nel vento. Brina si è messa ad abbaiare. C'era un uomo che ci osservava da un po' e che aveva cominciato ad avvicinarsi a passo svelto con le mani fuori dalle tasche. Fabrizio si è affrettato a raccogliere il denaro e a farlo sparire dentro al grosso pastrano. Mentre era piegato ha emesso una specie di ruggito e l'uomo è scappato via di corsa.

«Diamoci una calmata» ha detto Fabrizio. «Hitchcock, mi dici per favore che cosa dobbiamo farci, con questi soldi?».

«Dovete tenerli» ho risposto con una voce talmente sguaiata che poteva essere stata Brina a prestarmela. «Dovete tenerli assolutamente. Poi... poi ve ne porto degli altri, devo solo andare in banca a ritirarli. Io ho soldi abbastanza anche per voi...».

«Siediti» ha detto Mario prendendomi per le spalle e adagiandomi sullo scalino di marmo. «Cerca di calmarti, adesso».

4.

La mattina dopo, quando sono sceso a fare colazione nel ristorante dell'hotel, ho trovato l'amministratore delegato che mi aspettava seduto a un tavolo della sala. Era venuto a prendermi in albergo in abito scuro e cravatta blu. Io in quel momento avevo addosso una maglietta gialla a disegni psichedelici. Di solito metto l'abito dopo colazione.

Il CEO parla molto bene l'italiano oltre ad altre cinque o sei lingue. Sostiene di averle imparate tutte col metodo Arthur e ai meeting gli piace ripetere che è lui la nostra miglior cavia. Ma io non gli credo. Penso piuttosto che sia cresciuto in una famiglia di diplomatici o qualcosa del genere. Che abbia frequentato ottime scuole internazionali.

«Giovanni, ieri ti abbiamo chiamato per tutto il pomeriggio».

«Mi dispiace che vi siate preoccupati, Viktor. Ultimamente soffro di sbalzi di... pressione» ho risposto, sostituendo all'ultimo momento «pressione» a «umore».

«Ma non hai detto che ti faceva male lo stomaco?».

«Sí... anche...».

«E sei stato dal medico?».

«Ieri pomeriggio. Per questo non ho risposto. Al pronto soccorso ho trovato un cardiologo bravo. Mi ha misurato la pressione e mi ha dato delle pasticche. Sai, ho dimenticato le mie a Milano...».

Viktor non era la persona a cui potessi confessare di essere andato alla ricerca di due amici che per colpa mia erano diventati orfani e si erano rovinati fino a diventare mendicanti.

Ora però temevo che mi chiedesse il nome delle

pasticche per la pressione. Aveva sessant'anni e pesava centoventi chili, di sicuro era un esperto. Ma era anche un uomo di mondo e per questo ha smesso di fare domande imbarazzanti.

«Allora oggi sei dei nostri» ha detto.

«Ma certo» ho risposto, anche se fino a un minuto prima non ne ero sicuro.

«Carina» ha detto ammirando i disegni psichedelici della mia maglietta. «La tieni anche durante il meeting? Io potrei sfoggiare la mia, quella con la faccia di Jimi Hendrix. Ti avverto che è piú bella della tua. La porto in valigia quando sono in giro per affari. Se scoppia la rivoluzione posso sempre cambiarmi».

«Giulia?».

«Dottore, che sorpresa! Non mi aveva mai chiamato al cellulare privato».

«Sí, mi scusi. Il mio forse non è un comportamento ortodosso. Dove si trova adesso?».

«Sono in pausa pranzo. Ne approfitto per fare un po' di spesa alla Coop. Ma è successo qualcosa, lí a Vienna? Ha una voce cosí strana...».

«No, è che... mi stanno succedendo delle cose...».

«Tira una brutta aria, eh? Non è che vogliono chiudere l'ufficio di Milano?».

«No, stia tranquilla. Per quello è tutto a posto. Voglio dire che a me personalmente stanno succedendo delle cose. Io... devo prendere delle decisioni e...».

«Oddio, dottore. Ma lei cosí mi fa paura!».

«Ho bisogno di un consiglio, Giulia. È una cosa molto personale».

«Ma che dice? Io mi sento tanto scema in confronto a lei. Non ho nessuna esperienza ... *con chi stai parlando* ... aspetti, dottore, solo un attimo ... *si può sapere chi è* ... scusi, sto per entrare al supermercato col mio ragazzo. Posso chiamarla piú tardi? ... *ma cosa vuoi richiamare, lascialo perdere* ... mi dispiace dottore, devo chiudere».

Sono riuscito a liberarmi verso le sei e mezzo dopo il colloquio finale coi venditori della rete. Mi hanno obbligato a partecipare a un gioco a premi. Avrei potuto vincere facilmente ma alla fine ho sbagliato la risposta per favorire il responsabile australiano che ci teneva tanto ad avere il premio. Un alce di pezza con il logo della nostra ditta. Ho usato ancora una volta la storia della pressione alta per non andare a cena coi colleghi.

Stavolta ho preso un taxi e mi sono fatto portare all'indirizzo di Mariahilferstraße che Fabrizio e Mario mi avevano scritto su un bigliettino la sera prima. Il sangue mi frizzava per la vergogna di essermi reso ridicolo davanti a Giulia. Tornato a Milano mi sarei scusato con lei. Le avrei mentito, avrei detto che durante il meeting era stata sorteggiata per uno di quei giochini in cui i manager devono dimostrare di saper comunicare coi dipendenti. Magari l'avrei proposta alla centrale per un piccolo aumento di stipendio.

Il cuore mi batteva forte. Anche la respirazione doveva essere alterata, troppo rumorosa o troppo frequente. Il taxista mi lanciava sguardi preoccupati dal retrovisore.

Vienna luccicava d'asfalto nero bagnato, striato dalle vene rosse dei fanali delle auto. Gli edifici esibivano vecchie insegne che sembravano richieste d'aiuto.

L'ingresso al palazzo di Mariahilferstraße dava su una specie di marciapiede rialzato che correva un metro e mezzo al di sopra del piano della strada. Il vecchio portone di legno e ferro battuto era aperto.

Seguendo le indicazioni del biglietto mi sono avviato lungo la scala B. Da una feritoia, nell'illuminazione fioca, ho visto il cortile limitato da tre piani di ballatoi sui quali si aprivano le porte degli appartamenti. Sentivo intorno a me colpi di tosse di adulti e bambini in abitazioni che immaginavo misere e odorose di montone freddo.

Al secondo piano c'era una vecchia signora in pantofole coi lunghi capelli neri che diventavano bianchi in cima come se le avessero rovesciato sulla testa un piattino di polvere di gesso. La donna era avvolta in uno scialle di lana pesante e parlava con un uomo dalla voce profonda che la guardava da uno spiraglio e si nascondeva dietro alla porta di casa, probabilmente perché era in mutande. Dalla bocca della donna fuoriuscivano sbuffi di vapore. Difficile dire come si intendessero, lei in vecchio dialetto viennese e lui in un tedesco approssimativo e dal forte accento straniero, probabilmente africano. Quando le sono passato accanto la donna ha detto qualcosa che non ho capito e l'uomo è scoppiato in una risata che verso la fine si è rotta in colpi di tosse. Anche la vecchia ha riso e ha tossito.

Ho suonato all'interno 14 ma non ho sentito il campanello.

«Le consiglio di bussare» ha detto l'uomo dall'accento straniero che si era affacciato dietro di me. «Mi sa che non hanno la corrente elettrica».

Ho bussato una, due volte. Dentro la casa Brina ha abbaiato. Ho sentito dei passi, un numero interminabile di passi che percorrevano un impiantito scricchiolante. Poi la porta si è aperta. Mario aveva una coperta buttata addosso e sorrideva con un filo di beatitudine che gli sigillava le labbra. Brina uggiolava di frenesia e mi saltava intorno sul ballatoio cercando un orecchio da leccare.

L'appartamento era formato da un'unica stanza. C'erano due finestre coi vetri doppi senza imposte e faceva quasi piú freddo che sul pianerottolo. Una candela bruciava sul tavolo e la fiammella oscillava simile a una cantante muta su un piccolo palco a forma di colonna. Sul davanzale della finestra c'era un cero tozzo e sul ripiano della cucina accanto all'uscio altri due lumini. In un angolo incombeva l'ombra di una vecchia stufa di ceramica spenta. C'erano due brande addossate a pareti opposte. Su una, quella piú vicina alle finestre, era sdraiato Fabrizio.

«Ma che è, una veglia funebre?» ho detto.

«Fabrizio ha la febbre» ha risposto Mario.

«Ma mi è già passata» ha protestato Fabrizio, che subito si è messo a tossire. «Deve essere stata la pioggia di ieri».

«Siamo tornati a casa a piedi e siamo arrivati zuppi. Diluviava. Povera Brina! Vieni qua, bella! Ti sei bagnata tutta, vero?... Ti sei bagnata tutta...». E anche Mario ha iniziato a tossire mentre accarezzava il cane.

Intanto i loro occhi ardevano per il riflesso delle fiammelle. Ormai sarebbe stato impossibile indovinare che erano fratelli. Ognuno dei due era riuscito a cancellare l'altro dal proprio volto.

«È brutta, quella tosse che avete» ho detto. «Dovreste andare da un medico».

«Non è niente» ha risposto Fabrizio. «Ce l'abbiamo tutti, in questa casa. È un segno distintivo. Arriva la sera e se ne va la mattina, di giorno ti lascia in pace...».

In quel momento Brina ha emesso un latrato che era anche quello simile a un colpo di tosse.

«C'è molta promiscuità» ha detto Mario. «Abbiamo i bagni in condivisione sul corridoio esterno, praticamente pisciamo all'aperto. Li usiamo noi inquilini, e già siamo otto o dieci su ogni piano, ma li usano anche le mignotte che battono il vicolo accanto. Il portone non si chiude, tutti entrano ed escono quando vogliono».

«Ma quindi il palazzo è contaminato...».

«E dai, è solo un po' di tosse, che sarà mai...» ha detto Fabrizio.

«Il fatto è che fa freddo» ha detto Mario. «Non abbiamo la corrente e nemmeno ce la riattaccano perché non abbiamo un reddito. Quindi niente stufa elettrica. I soldi per comprare i mattoncini di lignite da mettere nella stufa in questo momento non ce li abbiamo. Stasera qui dentro ci saranno dodici gradi. Ma considera che Goethe e Schiller in inverno non se la passavano molto meglio. Fra un po' ce ne andiamo da Vienna, comunque. Torniamo al caldo».

5.

Dopo essere tornato al Sofitel avevo iniziato a tossire. E, a tarda sera, non riuscivo piú a smettere. Due ore mi erano bastate per rimanere contagiato dal morbo di Mariahilferstraße.

Ripensavo a quello che era successo tra me e i miei due amici e ancora non ci potevo credere.

Davvero avevo trovato finalmente le parole giuste per parlare di quello che era successo trentadue anni prima?

Davvero avevo confessato tutto?

Tossendo davanti allo specchio mi ripetevo mentalmente ciò che avevo detto a Fabrizio e a Mario al lume di quelle povere candele.

«Voi siete in queste condizioni per colpa mia»

avevo detto

«sono io che ho ucciso vostro padre»

avevo detto

«quella sera che è tornato a casa spaventato a morte perché credeva di essere scampato a un agguato delle Brigate Rosse io e Max (ma di te proprio non si ricordavano, Max!) stavamo scappando con la mia vespa dopo avergli fatto uno scherzo»

avevo detto

«vostro padre è sceso dalla macchina, noi avevamo parcheggiato la vespa cento metri prima del portone, ci siamo avvicinati senza far rumore, ci siamo nascosti dietro un albero a spiarlo»

avevo detto

«l'Onorevole si stava godendo l'aria fresca prima di rincasare, l'auto con De Rosa era già ripartita, noi osservavamo vostro padre e ridevamo nascosti dietro l'albero, lui si è messo a scoreggiare e allora non ce l'abbiamo fatta piú»

avevo detto

«siamo usciti allo scoperto, Max è rimasto indietro, poi si è messo a correre con il casco in testa, l'Onorevole si è spaventato, è corso verso il portoncino, ha provato ad aprirlo con le chiavi ma le mani non gli ubbidivano, si è girato, ci ha puntato le chiavi, ha detto fermi o sparo, proprio cosí, fermi o sparo, e noi siamo scappati di corsa verso la vespa»

avevo detto

«siamo saliti in vespa, siamo ripartiti contromano lungo il viale del residence, il giorno dopo tu Mario mi hai telefonato per dirmi che vostro padre era morto, ti ricordi? Io sono venuto, l'ho visto sdraiato sul catafalco in salotto, sapevo di averlo ammazzato e però non sono stato capace di dire niente, ora sono passati trentadue anni, fino ad oggi non ho avuto il coraggio di confessarvelo, e adesso voi siete poveri per colpa mia».

Poi avevo detto

«torno a Milano e mi metto a cercare una casa grande cosí voi due potrete venire a stare da me, penso a tutto io, ho un buon lavoro, non ho figli»

avevo detto

«ce la possiamo fare con quello che guadagno, ho un ottimo stipendio e i premi di produzione, voi non dovete fare niente, avrete una stanza a testa, tu Fabrizio suoni la chitarra, tu Mario leggi e scrivi, vi riposate un po', vi curate quella tosse, dopo qualche tempo se ne avete voglia vi rimettete in carreggiata, vi cercate un lavoro, posso aiutarvi anche in questo, vi prenderete il tempo che ci vorrà»

avevo detto

«cercherò una casa accanto a un grande parco cosí potrete portarci Brina, sarà una bellissima vita, la sera quando torno dal lavoro possiamo cucinare, cantare, fare quello che dovevamo fare molto tempo fa. Va bene? Va bene? Per favore, ditemi di sí!».

E mentre finalmente confessavo, come avrei dovuto fare trentadue anni prima, mi sentivo quasi contento per avergli ammazzato il padre. Mi sembrava che Fabrizio e Mario ora fossero obbligati ad accettare il mio aiuto. Non potevano fare a meno di me, non potevano dirmi di no, dovevano accettarmi come uno di loro.

Strano. Vero, Max? Sapevo di essere un assassino e proprio per questo mi sembrava di avere diritto a essere loro fratello. Il terzo fratello. Anzi il quarto, contando anche Maddalena.

Ora mi avrebbero afferrato, pensavo. Mi avrebbero picchiato a sangue, preso a calci, sputato addosso. Mi avrebbero accusato di avergli rovinato la vita e aizzato contro il cane. E io non mi sarei difeso. No. Li avrei fatti sfogare e avrei aspettato che finissero. Prima o poi avrebbero smesso, di certo non mi avrebbero ammazzato.

E invece sono stati zitti a lungo fissando il vuoto e dopo si sono limitati a scambiarsi uno sguardo pieno di fiammelle di candela. Fabrizio si era seduto sul bordo del letto. Guardava Mario che guardava Fabrizio. Tossivano tutti e due.

«Torna in albergo, Giovanni» ha detto Mario dopo quel silenzio interminabile, e aveva sulle labbra un mezzo sorriso lontano lontano.

«Ma io...».

«Noi stiamo bene» ha detto Fabrizio. «Hitchcock, stiamo bene adesso. Lo capisci?».

«...io voglio fare qualcosa per voi...».

«Non ce n'è bisogno» ha detto Mario.

«...non capite, voi siete poveri per colpa mia, io...».

«Hitchcock...» ha detto Fabrizio, «io e Mario ora ci vogliamo bene. Siamo fratelli. La ricchezza è questa. Non ti immischiare piú. Torna in albergo *e non impicciarti mai piú*».

Max

1.

L'ultimo dei miei quadernetti è rimasto a metà. Perché da quando mi hanno messo a dirigere l'ufficio di Milano non giro piú il mondo. Nella mia vita non ci sono piú i tempi regalati e dilatati degli aeroporti, i ristoranti di periferia, le stanze d'albergo. Ora mi limito a spostare altra gente sul planisfero facendomi aiutare da Giulia e da quei due intelligentoni dei suoi colleghi. I ristoranti di periferia mi mancano, mi manca quel perdermi nella nebbia giallina dei vicoli, quel dimenticare chi sono per ricordare chi ero stato. Ma l'ho voluto io e non posso lamentarmi.

Ho capito che aveva ragione Stefano, il barista di Torvajanica. Non mi sono mai ristabilito completamente dal mio incidente in vespa. Una parte della mia memoria è rimasta sparpagliata sull'asfalto della tangenziale.

L'amministratore delegato aveva cominciato a prendermi da parte e a farmi lunghi discorsi.

«Giovanni, premetto che non abbiamo motivo di lamentarci di te. Hai riorganizzato la rete a meraviglia. Ora c'è piú efficienza e puntualità. In questo voi italiani siete superiori a chiunque. Ma io vorrei... noi vorremmo vederti piú partecipe, ecco. Non vieni piú alle nostre cene, non ci accompagni quando andiamo a divertirci con le ragazze, sembri sempre annoiato. Gli altri mi chiedono di te e io non so che rispondere. Si può sapere che ti piglia? Eppure guadagni bene. Non hai figli, non giochi d'azzardo, non bevi e non ti piacciono le macchinone...».

Quest'ultima parte del discorso era evidentemente dedicata alla memoria del vecchio Arthur.

Io davo risposte evasive. Non dovevo certo delle spiegazioni a quel vecchio filibustiere di Viktor.

Scrivere la storia dei Pedrotti chiuso nel mio ufficio per tutte quelle ore al giorno aveva un vantaggio non secondario, ed era quello di sottrarmi agli sguardi dei miei tre impiegati. Dopo la telefonata di qualche mese prima, quella in cui avevo provocato la gelosia del fidanzato di Giulia, mi vergognavo a farmi vedere in ufficio, e quando arrivavo la mattina avevo fretta di chiudermi alle spalle la porta della mia stanza. No, non c'erano stati commenti in mia presenza. E in fondo non avevo nemmeno la certezza che Giulia fosse fidanzata con uno dei due impiegati. Tuttavia mi sembrava che mi guardassero in un certo modo...
Comunque stessero le cose, i miei impiegati mi liquidavano sempre piú frettolosamente, come se io fossi lí solo per fargli perdere tempo o per attentare alla loro innocenza. Forse però mi sarei comportato allo stesso modo se fossi stato precario, sottopagato, e se per di piú fossi stato convinto di capire tutto al volo. E soprattutto se non avessi avuto motivo di provare gratitudine o ammirazione verso la generazione precedente.

Un giorno che a Milano la primavera aveva deciso di farsi attendere ancora, Giulia ha bussato alla porta della mia stanza e l'ha aperta senza attendere che dicessi «avanti».

«Dottore, io e lei dobbiamo parlare» ha detto avvicinandosi alla scrivania e sedendosi sulla poltroncina di fronte a me.

«Mi dica, Giulia. Che cosa l'affligge?» ho domandato, sforzandomi di spianare le rughe della fronte mentre mi affrettavo a chiudere il file del capitolo al quale stavo lavorando in quel momento.

«Sono preoccupata per il suo atteggiamento, dottore».

Erano piú o meno le parole di Viktor. Ho sentito immediatamente puzza di bruciato e prima di rispondere ho fatto mezzo giro con la sedia. I vetri delle finestre erano picchiettati di goccioline. Probabilmente stava piovendo da un pezzo e non me n'ero accorto. La luce pomeridiana raggiungeva Milano come il fondale di uno stagno torbido e improvvisamente mi sembrava di essere una tinca.

«Non sono qui per farmi giudicare da lei, Giulia» ha detto la tinca dal fondale dopo aver completato il giro della poltrona.

Volevo solo tornare alla scrittura e dimenticare il resto. Giulia mi aveva interrotto proprio a metà di una scena che amavo molto, quella in cui io e Fabrizio Pedrotti passeggiamo di notte sul colle Celio con il cagnolino Brina che annusa i copertoni delle macchine. Avevo nelle orecchie il ticchettio dei passi di quel cane quasi umano, avevo voglia di riprendere a vivere dentro a quella sera.

Queste pagine ormai erano l'unico luogo in cui potevo incontrare i Pedrotti.

«Guardi che non è mia intenzione giudicarla» ha risposto Giulia con un lieve ruggito nella voce. «Ma le ripeto che sono preoccupata per lei. E di riflesso per il mio lavoro».

Era un pensiero piú che ragionevole, ho ammesso dentro di me. Soprattutto per una ragazza di ventitré anni. Soprattutto di questi tempi e con un capo tutto preso da se stesso che abbandona una rete di distribuzione a otto cifre in mano a chi non è pagato per prendersi responsabilità.

«Le ho già detto che non ha motivo di preoccuparsi...» ho provato a rispondere.

«Sí, me lo ha detto però... Senta dottore, adesso proverò a farle un discorso. Posso chiudere la porta?».

«Certo. Se non teme che i suoi colleghi...».

Senza farmi finire si è alzata, ha chiuso la porta ed è tornata a sedersi. In otto passi, quattro all'andata e quattro al ritorno, mi ha fatto capire che la sua capsula d'aria era solo sua e che non avrebbe mai permesso che gliela insidiassero.

«I miei colleghi non c'entrano con quello che c'è tra me e lei».

«E mi dica, che cosa c'è tra me e lei?» ho chiesto provando ancora a fare il duro.

«Lei è una bella persona e ho capito che quel giorno, quando mi ha chiamato da Vienna, voleva dirmi qualcosa di importante. So di non essere stata all'altezza e mi dispiace» ha detto Giulia con voce dolce.

«No, è stata colpa mia...».

«Dottore, non mi interrompa per favore. Già cosí non è facile. Lei ha tanta esperienza e di sicuro se lo è meritato, se l'hanno messa dov'è. Scusi, so che posso sembrarle una scema. Ma se ha bisogno di me...».

«Giulia, la ringrazio» ho detto perdendo per un attimo il controllo di un certo umidore che andava addensandosi tra le mie palpebre. «Io però... non so veramente che cosa lei possa fare...».

«Ma lo so io» ha detto bruscamente. «Io... ho preso un'iniziativa. Mi dispiace. Ma dovevo agire. Per proteggerla».

«Proteggere me?».

«Il dottor Schertl mi telefona ogni tanto. Diciamo pure che mi chiama ogni giorno. Anzi, piú volte al giorno...».

Il dottor Schertl. E cioè Viktor. L'amministratore delegato. Giulia adesso mi guardava con le sopracciglia sollevate. Due rughe morbide le solcavano la fronte mediorientale. Aspettava che assimilassi la notizia.

«Viktor?» ho detto dopo una lunga pausa. «Viktor la chiama? E dove? Qui in ufficio?».

Mi sentivo parlare come alla moviola.

«No. Al mio numero privato. E fuori dall'orario d'ufficio».

Adesso le pareti del mio esofago si erano appiccicate e tra le scapole si era prodotta una lieve scossa elettrica. Ma il risultato era stato un aumento del torpore.

«E... posso domandarle il perché?».

«Non c'è bisogno che me lo domandi, visto che glielo sto dicendo spontaneamente. Il dottor Schertl chiede di lei, vuol sapere come passa le ore in ufficio. La accusa di staccare il telefono, di non essere disponibile quando ha bisogno di parlarle».

«E per dirle questo... la chiama privatamente?».

«Esatto».

«E lei che risponde?».

«Che è tutto normale. Che lei lavora dodici ore al giorno. Che noi ragazzi siamo molto contenti di lei».

«La ringrazio».

«Aspetti. Non è finita. Il dottor Schertl dice che vuole aumentarmi lo stipendio e che ha dei progetti su di me. Mi ha dato appuntamento a Vienna fra quattro giorni. L'albergo è già prenotato, dice. Ci ha tenuto a dirmi che è una camera doppia. Matrimoniale».

«Ma che vuole?».

«Andare a letto con me, credo. E poi vuole mandare via lei, sostituendola con un'altra persona. L'altra persona è già pronta a trasferirsi a Milano».

«E lei... come fa a sapere tutte queste cose?».

«Diciamo che il dottor Schertl... Viktor, come lo chiama lei e come vorrebbe che lo chiamassi io... è un po' distratto e ha commesso un errore. Ha mandato una mail dal contenuto... molto personale al dottor Strathmann. Ma ha fatto lo sbaglio di mettermi in copia. Voglio credere che si sia trattato di una disattenzione. Però non escludo che l'abbia fatto apposta, per un eccesso di sicurezza».

«E Strathmann che c'entra?».

«Il dottor Strathmann sarebbe il suo successore. Nella mail l'amministratore delegato gli chiede di pazientare ancora un po' per Milano. E su di lei, dottore, dice delle gran falsità. Poi parla di me, non sto a dirle che apprezzamenti da carrettiere. E non ci piglia per niente! Non mi ha nemmeno guardata bene, quel giorno che sono andata a Vienna a sostituire lei. Si ricorda? Tre mesi fa...».

«Mi dispiace. Davvero, Giulia. Mi dispiace da morire».

«Lo so, dottore. Lei è una brava persona. L'ho detto anche ai miei. E l'ho difesa col mio ragazzo, se lo vuole sapere».

«E questa mail di Schertl... a quando risale?».

«A ieri».

«Capisco. Allora stanno per mandarmi via, no?».

«Di questo non deve preoccuparsi. Ho già provveduto».

«Ha provveduto?».

«Sí. Mezz'ora fa ho risposto alla mail del dottor Schertl. Ho comunicato a lui e al dottor Strathmann che io e lei stiamo per dare un party».

«Io e lei? Che party?».

«Il party inaugurale del nostro appartamento a Milano».

«Ma...».

«Cosí il dottor Schertl la lascerà in pace. E lascerà in pace anche me, spero».

«...».

«Si ricordi che ufficialmente siamo una coppia, adesso. Mandi anche lei una mail con la notizia del party. Senza invitarli, però. Ha capito? Non si preoccupi se la invidiano, non possono farle niente».

«...».

«E mi raccomando, quando va a Vienna si faccia

vedere un po'... un po' piú *partecipe*. E non stacchi piú il telefono in ufficio. Io non so che cosa faccia lei chiuso qui dentro ogni giorno. Sicuramente sta lavorando a una cosa importante. Un'opera letteraria o qualcosa del genere. Anch'io scrivo racconti. Posso capirla».

«Giulia, io...».

«Voglio che sappia una cosa, dottore: con lei mi sento sicura e lavoro tanto volentieri. Mi piacerebbe che per qualche anno il mio capo restasse lei».

Giulia ha guardato fuori dalla finestra. Adesso aveva proprio finito. I suoi occhi verdi tendevano al grigio in quella luce calante che era ancora invernale. Io ho fatto un sorrisino scemo. Lei non me lo ha restituito anche se si vedeva che ne aveva voglia. Ma voleva essere certa che non avessi dubbi sulla sua onestà. Si è alzata ed è uscita, ondeggiando come se avesse bevuto un po'. Quel poco di potere che esercitava su uomini quasi anziani la inebriava.

La sera, quando mi sono addormentato, non riuscivo a togliermi dalle labbra il sorrisino scemo che avevo dal pomeriggio, dopo aver parlato con Giulia. Credo di essermici addormentato.

Viktor Schertl però non è il tipo da imbarazzarsi. Una settimana dopo, rivedendomi a Vienna, mi ha fatto le congratulazioni e mi ha stretto a lungo la mano. Mi guardava su tutta la faccia cercando di capire che cosa avessi io che mancava a lui.

Ha detto: «Sei proprio un bell'uomo, non me n'ero mai accorto. Sono contento che tu sia di nuovo tra noi. Non deve essere stato un corteggiamento facile, cavolo. Ventitré anni! E tu quanti ne hai? Cinquantadue, cinquantatré? Ora capisco tante cose. Ti stimo, Giovanni. Ma lei com'è... voglio dire... *ach*, lasciamo perdere».

Sembrava addirittura sincero.

Strathmann mi ha evitato per tutto il meeting. Poche ore dopo ho saputo che si era licenziato per andare a lavorare a Vancouver, per una ditta concorrente.

Quella sera Viktor ha preteso che andassimo a cena da soli. Io e lui da Plachutta, nel quartiere di Heitzing. A parlare dei vecchi tempi.

Sotto al blazer, per l'occasione, aveva indossato la t-shirt con la faccia di Jimi Hendrix.

2.

Sai, Max? Mi è venuto naturale suddividere questa storia in capitoli organizzati intorno a una parola o a un nome. *Gargalesi, Maddalena, Sudamerica*. Ho scoperto che avevano il potere di calamitare intorno a sé pezzi di memoria, di vita. Cosí ho lasciato che fossero quelle parole a lavorare per me.

Verso la fine della primavera sono arrivato all'ultima frase dell'ultimo capitolo e mi sono accorto che era proprio finita.

Ho stampato il testo cosí come era andato facendosi sul monitor del mio laptop in sette mesi di lavoro. Ne è venuto fuori un grosso scartafaccio che ho infilato in una cartellina di plastica trasparente. Ho riposto la cartellina in un mobile del mio ufficio, che era lo stesso in cui si trovavano i quadernetti. Ho richiuso la vetrina e sono uscito dalla stanza.

Dopo qualche passo mi sono appoggiato alla scrivania di Giulia per non cadere. Ho sentito con sollievo che la mia mente si assentava, un benefico allontanarsi di tutte le cose. Un capogiro a volte può essere una benedizione.

Ma invece di perdere i sensi e magari morire mi sono piegato sulle ginocchia per il vecchio maledetto istinto di conservazione. Il sangue si è rimesso a irrorare il cervello e i miei pensieri hanno ripreso ad aggregarsi.

Giulia non c'era. Non c'era nessuno, in ufficio. Fuori era buio e dalla strada non salivano rumori. L'orologio a muro segnava le tre e quaranta.

A metà giugno ho provato a mettere il tuo nome su Google e ho scoperto che fai l'editore. Ti ho chiesto l'amicizia su Facebook e me l'hai data sei minuti dopo. Ho guardato il tuo profilo su LinkedIn. C'era una tua foto. Nessuna relazione tra l'uomo florido e sorridente che sei adesso e il ragazzo sballato e oppresso dall'alcolismo di suo padre che quella sera di trentatré anni prima non voleva togliersi il casco. Nessuna somiglianza con il mio complice nell'omicidio dell'Onorevole Pedrotti.

Quando ti ho spedito il manoscritto non l'ho fatto certo per fartelo pubblicare. Te lo avrei inviato anche se avessi scoperto che fai il sommozzatore. Dovevo condividere con te questa storia perché rischiavo di finirne schiacciato ora che i Pedrotti mi avevano lasciato solo. Dovevo sapere se eri disposto a prendertene una metà, ad afferrarne una maniglia per aiutarmi a trascinarla lungo l'interminabile scalinata della mia vita.

Quindici giorni dopo mi hai chiamato al cellulare tedesco.

«È tanto che non ci sentiamo» hai detto.

«Eh già, devono essere trent'anni. Anzi, di piú. Come mai non hai chiamato il cellulare italiano?».

«Sul manoscritto c'era solo questo numero. Credevo che vivessi all'estero».

«No, non piú».

Ho preso il trenino dall'aeroporto di Fiumicino alla Stazione Termini e ho proseguito a piedi. Tu sei venuto a prendermi al portone dell'edificio in cui si trova la tua casa editrice. Indossavi un maglioncino giallo con un coccodrilletto adagiato su una specie di tetta flaccida. Sei diventato grasso. E dato che dai vent'anni in poi non sei piú cresciuto in altezza, la tua corporatura ricorda la forma di un uovo su due mozziconi di sigaretta. Ho provato a immaginare come sarebbe andare in vespa con te adesso, sentire la tua pancia sbatacchiarmi sulla schiena.

Abbiamo attraversato un cortiletto e siamo passati al retro dell'edificio. Siamo entrati in un enorme stanzone sormontato da un soppalco. C'erano pile di stampati ovunque, perfino sui gradini della scala a chiocciola di ferro che collegava i due piani. Mi hai portato alla tua scrivania. Tra i manoscritti si intravedeva un casco da motocicletta. Max e il casco. Sono nel posto giusto, ho pensato.

«Fino a due anni fa la scala e il soppalco non c'erano» hai detto. «Il soffitto è alto cinque metri e la mattina ci trovavamo i piccioni che svolazzavano. Abbiamo soppalcato perché non sapevamo piú dove mettere gli incartamenti. Io non so che è successo in Italia. Scrivono tutti. Poi dicono che non abbiamo tempo. C'è gente che ne ha troppo, te lo dico io. Se non arrivasse tutta questa cartaccia basterebbero due computer. Invece cosí... Saliamo, va'!».

Anche sul soppalco c'erano torri, viottoli, muraglie di carta. Sarebbe bastato gettare un fiammifero acceso dietro una di quelle pile e...

Ci siamo avventurati sul pavimento metallico in un cunicolo scavato tra i manoscritti finché abbiamo trovato una ragazza seduta a un tavolino minuscolo. Era bianca e fragile. Anche lei e il suo vestitino senza maniche sembravano fatti di carta. Un origami dalle sembianze umane. Teneva una penna sollevata su un foglio e pareva addormentata, o incantata.

«Franca, questo è il mio amico Giovanni» hai detto.

«Un attimo...» ha risposto la ragazza, ed è rimasta seduta in quella stessa posizione. «Ecco, dovevo finire il capoverso» ha detto poi. «Piacere!».

«Franca qui fa l'editor. Voglio farle leggere il tuo romanzo».

«No, macché romanzo» ho detto, perché davvero mi sembrava ridicolo chiamare cosí la storia dei Pedrotti. Tu e Franca vi siete guardati con aria sorpresa.

In trattoria hai parlato quasi solo tu. E forse non sei nemmeno un chiacchierone di natura. Facevi lunghe pause e mi guardavi da dietro le lenti aspettando che dicessi qualcosa. Ti accarezzavi il maglioncino all'altezza della pancia come se la mano dovesse aiutarti a digerire.

Dopo una pausa inframmezzata da un piatto di linguine allo scoglio mi hai detto che ti dispiace di non poter pubblicare il mio libro. Se fossi un grande editore lo faresti senz'altro ma sei solo un artigiano, hai aggiunto. Certo, da qualche tempo il tuo lavoro sta avendo riconoscimenti importanti. Premi, paginoni sui giornali. Tuttavia la programmazione era già bell'e fatta. Fino alla fine del 2014 e anche nel 2015 ci sono certi titoli sicuri che tu devi, *devi* assolutamente fare. Senza che te lo chiedessi hai promesso che mi avresti messo in contatto con persone che possono aiutarmi. Editor di Mondadori, Einaudi, Stile Libero. O anche editor a pagamento.

«Il tuo romanzo è stato una lettura appassionante» hai detto dopo una nuova pausa. «Una macchina del tempo. Ho riconosciuto alcuni dei personaggi dei capitoli ambientati a scuola, sai? I fratelli Pedrotti somigliano parecchio a quei nostri compagni di scuola, i figli dell'Onorevole ***. Mi è tornato in mente un episodio. Durante le occupazioni del '77 il maggiore dei due, quello che somiglia al Fabrizio del tuo romanzo, era andato a occupare l'Archimede. Ti ricordi? Lo scientifico vicino a piazza Minucciano. Madonna, se penso che avevamo sedici, diciassette anni... Un giorno andai a trovarlo. Aveva dipinto con la vernice rossa un'aula intera. Pareti, pavimento, soffitto, finestre, vetri, banchi. Tutto da solo. Le suole delle scarpe si appiccicavano al pavimento e c'erano mozziconi di sigarette impastate alla vernice. Una puzza da svenire. E in mezzo all'aula c'erano due ragazze in mutandine che si rotolavano per terra. Erano stordite dai gas della vernice. Lui invece era in piedi. Fumava e aveva il petto nudo tutto imbrattato di vernice rossa. Pareva coperto di sangue. Mi fece venire in mente Achille dopo che aveva ammazzato Ettore. Capii che se le era appena fatte tutte e due, quelle ragazze. Lí a scuola, in pieno giorno. Dio mio. Aveva una forza travolgente, no?».

Finite le scaloppine ne hai ordinata un'altra mezza porzione (avevi fatto lo stesso con le linguine allo scoglio) e hai detto: «Invece non ricordo quasi nulla di Mario, voglio dire il minore dei due fratelli, quello che assomiglia al Mario del tuo libro. Leggendo però mi è tornato in mente un episodio. Devi sapere che una volta partecipai a uno scherzo alle sue spalle, nei bagni del liceo. Qualcuno voleva fotografarlo sulla tazza con una polaroid. Mi salí sulle spalle per raggiungere la fessura tra la porta e il soffitto poi però una volta lassú non ebbe il coraggio di scattare la foto. Gli chiesi il perché ma quello non volle rispondermi. Non riesco proprio a immaginare che cosa abbia visto. Ho continuato a domandarmelo fino a oggi».

Io continuavo ad ascoltarti in silenzio. Al dessert hai detto: «La sorella grande, quella che hai ribattezzato Maddalena, non credo di averla mai conosciuta. Non veniva a scuola con noi, vero?... Insomma Giovanni, devo dirti che mi è piaciuto proprio. Non è facile tenere insieme una storia di quattro decenni».

«Ma io non volevo tenere insieme un bel niente» ho detto parlando per la prima volta da quando eravamo nel ristorante. «Al massimo me stesso!».

3.

«Però c'è un problema, Giovanni» hai detto. «E se vuoi proporre il romanzo a qualche editore ti consiglio di risolverlo. Come finisce questa storia? Io non ci vedo un finale. È l'unica cosa che mi manca ancora».

«È proprio questo il motivo per cui sono venuto qui» ti ho detto guardandoti per la prima volta negli occhi. «Vorrei che il finale di questa storia lo scrivessimo insieme, Max».

«Senti, ma si può sapere perché mi chiami Max? Anche prima, quando mi hai salutato...».

«Scusami, mi viene naturale. Dentro di me ti ho chiamato cosí per mesi».

«Io però non sono Max».

«Senti. Mi sono messo in contatto con te perché... perché vorrei sapere che cosa è diventata questa storia nella tua testa, nei trentatré anni che sono passati. Se hai gli stessi pensieri che ho io oppure...».

«Ma a che storia ti riferisci, scusa?» hai domandato.

«Hai mai pensato di confessare tutto ai figli della vittima... voglio dire, ai due fratelli?».

«Di che cosa parli, Giovanni?».

«Dai, Max! Parlo della sera in cui abbiamo fatto morire l'Onorevole! La sera in cui per colpa nostra i fratelli Pedrotti sono diventati orfani!».

«Giovanni. Io non sono il Max del tuo romanzo. Va bene? E quella sera non c'ero!».

4.

Caro Giovanni,
mi dispiace per come sono andate le cose l'altro giorno a Roma. Ammetto che non avrei dovuto alzare la voce e che non avrei nemmeno dovuto andare via cosí, lasciandoti da solo in trattoria. Mi sa che non ho neanche pagato il conto. Spero di poter rimediare.

Devo dirti però che mi sono un po' spaventato quando mi sono accorto di come tu ti sia immedesimato nel tuo romanzo. Ti propongo di prenderti un po' di tempo e di tornarci sopra. Chiamami uno di questi giorni per telefono o su skype, se vuoi parliamo di tutto con calma. Che ne dici?

Ho parlato a Franca della nostra conversazione, ti scrivo anche per questo. È davvero una ragazza d'oro e ha fatto alcune ricerche. Ha scoperto cose che possono aiutarti nel tuo lavoro e anche, perché no, a livello personale.

Cominciamo dalla semifinale di Coppa dei Campioni tra Nottingham Forest e Ajax, quella che nel tuo romanzo Hitchcock sta andando a vedere a casa dei Pedrotti insieme a Max la sera della morte dell'Onorevole. Quella partita è stata effettivamente giocata il 23 aprile del 1980, proprio come scrivi tu. Ma abbiamo scoperto che la Rai ne ha trasmesso solo una sintesi in tarda serata. Franca ha telefonato alla sede di Saxa Rubra, un amico che lavora lí l'ha aiutata con l'archivio e ti assicuro che le cose stanno proprio cosí. Secondo me dovresti tornare sulla scena in cui i ragazzi spaventano il padre dei Pedrotti. Devi farli arrivare lí per un motivo diverso dalla partita. Gli editori ci tengono, all'esattezza dei fatti storici.

Passo ora alla figura storica dell'Onorevole ***, il

padre dei nostri due compagni di scuola a cui tu ti sei ispirato per delineare il personaggio dell'Onorevole Pedrotti. Franca ha scoperto che non è morto la sera di Nottingham-Ajax. Quella sera l'Onorevole *** già non era piú in vita. Per la precisione, era morto nel settembre del 1979 al Policlinico Gemelli dopo un ricovero di una settimana e due operazioni alle coronarie. Il decesso è avvenuto dunque sette mesi prima rispetto a quella partita. Ti segnalo anche che nel 2009, a trent'anni dalla sua scomparsa, gli è stata intitolata una piazza nel suo paese natale, che si trova effettivamente in provincia di Trento. Tutto questo ovviamente non richiede una modifica al testo. L'Onorevole Pedrotti resta un personaggio fittizio e hai il diritto di farlo morire come e quando vuoi. Ho pensato però che queste notizie possano servirti a ristabilire la giusta distanza tra il romanzo e i fatti della tua vita.

Infine vorrei chiarire la questione di una possibile identificazione tra me e Max. Io ho trascorso l'anno scolastico 1979-1980 in Senegal. Mio padre faceva l'ingegnere. Lavorava per la Cordioli, un'impresa italiana che lo aveva mandato lí a costruire delle opere di edilizia. Era astemio. E per quanto riguarda me personalmente devo dirti che non ho mai ripetuto un anno (mentre il Max del tuo romanzo è ripetente). Oltre a ciò, non ho mai fatto uso di droghe e non ho mai portato il casco. Il primo casco della mia vita, pensa un po', l'ho acquistato tre anni fa insieme allo scooter che uso per venire al lavoro. E infine, ahimé, non sono mai stato magro, neanche a vent'anni. Come vedi la tua caratterizzazione di Max non mi corrisponde nemmeno un po'.

In fondo a questa mail trovi un link con l'articolo in cui si parla della cerimonia per i trent'anni dalla morte dell'Onorevole ***. E anche un pdf con la copia del mio diploma di maturità, che ho conseguito in un liceo francese di Dakar nel 1980.

Sospetto che Max o chi per lui non sia mai esistito. Io per lo meno non ricordo nessuno che gli somigli, tra i nostri compagni di classe.

5.

«Pronto, Stefano?».
«Sí?».
«Ciao, sono Giovanni. Posso disturbarti?».
«Giovanni, abbello! Vai tranquillo, il bar è vuoto».
«Vorrei parlare con te di quell'incidente in vespa che feci sulla tangenziale piú di trent'anni fa. Una volta hai detto che quando mi sono svegliato i miei ricordi si erano come rimescolati...».

6.

«E Mario come sta?».

«Bene. Ha aperto una piccola casa editrice, qui a Buenos Aires. Fa solo libri elettronici. Scrittori italiani che vivono in Sudamerica. I primi due usciranno a giorni. I costi sono limitatissimi e questo abbassa di molto il rischio».

«Mi fa piacere che stia bene».

«Sí, in quella clinica tedesca lo hanno curato bene a quanto pare. Per merito suo poi abbiamo recuperato anche Fabrizio».

«Davvero?».

«Sí. Mario aveva saputo che era andato a stare a Vienna e qualche mese dopo essere uscito dalla clinica lo ha raggiunto. Ha vissuto insieme a lui per diverse settimane. Pare che casa sua fosse un tugurio. Ci ha messo un po', ma alla fine è riuscito a convincerlo a venire qui».

«Anche Fabrizio in questo momento è a Buenos Aires?».

«Certo. Siamo tutti riuniti, finalmente. Non accadeva dal...».

«...da una trentina d'anni, lo so. E come sta Fabrizio?».

«Benissimo. Buenos Aires fa impazzire i savi e rinsavisce i pazzi. Lo sai che sta per risposarsi?».

«Ma dai! E con chi?».

«Carmen, una di qui».

«Anni?».

«Tranquillo, è piú vecchia di lui».

«E coi soldi come fanno?».

«I soldi ce li hanno sempre avuti, quei due disgraziati. Si sono tenuti una bella riserva. Io non lo sapevo. Mi sono preoccupata invano per tutti questi anni».

7.

«Buongiorno, Giulia. Sono Giovanni».
«Oh, dottore!».
«Giulia, che si fa quando si scopre che le cose sono diverse da come ce le eravamo immaginate?».
«Mm... un po' diverse... o *molto* diverse?».
«Diciamo... *completamente* diverse».
«Non so... se qualcuno mi delude o mi tradisce io in genere provo una gran rabbia».
«E se questo qualcuno che ti delude o ti tradisce fossi tu? O magari una parte di te?».
«Credo che allora... mi sentirei una stupida».

8.

Di quella giornata ricordo tutto.
Ogni parola.
Ogni passo.
La foto è del 1980 ed è calda come quel piatto di riso che attraversò i sette mari.
Ci siamo io, Mario e Fabrizio sul prato di Villa Ada.
Dietro di noi si intravede una palma storta che oggi non c'è piú.
I due fratelli non si vedono da dieci mesi e sono contento di averli fatti incontrare.
Davanti a noi c'è una macchina fotografica.
È la mia Praktica LTL2.
Un braccio di Fabrizio avvolge le spalle di Mario, che guarda l'obiettivo con un occhio simile a una goccia d'inchiostro.
Mario sembra sospeso tra due impulsi opposti, quello di slanciarsi verso suo fratello Fabrizio e quello di tenersene alla larga.
Io sono accucciato dietro di loro e la mia faccia spunta dalla cornice formata dai loro fianchi.
Sembra un fotomontaggio.
E ora so che se mi sono infilato tra di loro è perché non ho una vita mia.

Stampato per conto di Neri Pozza Editore
da Grafica Veneta S.p.A., Trebaseleghe (Padova)
nel mese di ottobre del 2013

Questo libro è stampato col sole

Azienda carbon-free